民國文化與文學^{研究}^{文叢}

（蘇州大學特輯）

九 編

湯哲聲、李怡 主編

第 **6** 冊

預告、呈現、揭示
——文學廣告視角的現代文學傳播研究（1915～1949）

胡 明 宇 著

國家圖書館出版品預行編目資料

預告、呈現、揭示——文學廣告視角的現代文學傳播研究
（1915~1949）／胡明宇 著—初版—新北市：花木蘭文化事業
有限公司，2017〔民106〕
目 2+230 面；19×26 公分
（民國文化與文學研究文叢 九編；第 6 冊）
ISBN 978-986-485-028-0（精裝）
1. 中國文學史 2. 傳播研究
820.9   106012778

ISBN-978-986-485-028-0

9 789864 850280

民國文化與文學研究文叢
九　編　第六冊　　　　　　　ISBN：978-986-485-028-0

預告、呈現、揭示
——文學廣告視角的現代文學傳播研究（1915～1949）

作　　者　胡明宇
主　　編　湯哲聲、李怡
企　　劃　四川大學現代中國文化與文學研究中心
　　　　　北京師範大學民國歷史文化與文學研究中心
總 編 輯　杜潔祥
副總編輯　楊嘉樂
編　　輯　許郁翎、王　筑　美術編輯　陳逸婷
出　　版　花木蘭文化事業有限公司
社　　長　高小娟
聯絡地址　235 新北市中和區中安街七二號十三樓
　　　　　電話：02-2923-1455／傳真：02-2923-1452
網　　址　http://www.huamulan.tw 信箱 hml810518@gmail.com
印　　刷　普羅文化出版廣告事業
初　　版　2017 年 9 月
全書字數　178544 字
定　　價　九編 8 冊（精裝）新台幣 15,000 元

預告、呈現、揭示
——文學廣告視角的現代文學傳播研究（1915～1949）

胡明宇　著

作者簡介

胡明宇，男，1978 年 3 月出生，文學博士，蘇州大學鳳凰傳媒學院副教授，碩士研究生導師，廣告系副主任。入選中宣部和教育部「媒體和高校傳媒人才互聘千人計劃」。

研究方向：戶外廣告規劃管理、文學廣告與大眾文化、編輯出版。著有《中小城市戶外廣告控設體系研究》（合著）、《廣告學導論》（副主編）等專著，在《中國現代文學研究叢刊》、《中國社會科學報》、《中國廣告》、《當代傳播》等刊物發表論文 10 餘篇。參加國家社科重大專案 1 項，主持江蘇省高校哲學社會科學項目 1 項（已結項），完成江蘇省教育廳哲學社會科學專案 2 項（合作）；主持蘇州大學橫向科研專案 8 項，參與蘇州大學橫向科研專案 10 餘項。作為主要執筆者，完成省級技術規範 1 項。

提　要

近年來，學界對現代文學廣告給予了較大的關注，分別從不同角度系統收集、分析、整理和研究現代文學廣告。對現代文學廣告的關注和研究得益於學界對現代文學史料研究的重視，現代文學廣告是現代文學史料的重要組成部分。1915 年至 1949 年現代文學發展的三十年這一時間段內，刊載在報刊、圖書上的文學廣告的數量是十分龐雜的。不僅刊載廣告的媒體豐富多樣，包括了報紙、雜誌和書籍本身，就報紙和雜誌來看，還包括純文學報紙／雜誌、準文學報紙／雜誌以及非文學報紙／雜誌；刊載的內容更是風格多樣，新文學作家撰寫的文學廣告文學意味足，書卷氣息濃，具有現代書話的特徵，通俗文學作家撰寫的文學廣告通俗、直白，商業氣息重；同時撰寫文學廣告的作家隊伍的數量也十分龐大，其中不乏現代文學名家和大家。在數量如此龐雜的現代文學廣告背後，存在一個共性的東西：現代文學廣告作為大眾傳播媒介文本，在一定程度上再現了現代文學發展史，凸顯了一定時期內的「文學生態」。本書認為，現代文學廣告不僅是現代文學研究史料的重要組成部分，其本身也是文學史研究的重要視角、是分析和揭示現代文學傳播的重要管道；透過對典型文學廣告的分析，可以「再現」現代文學的發生過程。

《民國文化與文學研究文叢》
蘇州大學特輯序

湯哲聲

　　2015 年，「蘇州大學中國現代通俗文學研究中心」成立，標誌著蘇州大學中國現當代通俗文學研究團隊建設進入了新的階段。爲了總結和展示蘇州大學中國現當代通俗文學研究近 40 年來的科研成果，應李怡教授和臺灣花木蘭文化事業有限公司之約，策劃了《民國文化與文學研究文叢·蘇州大學特輯》。

　　蘇州大學中國現當代通俗文學研究團隊是中國現當代通俗文學研究隊伍最整齊、成果最豐富的研究團體，是中國現當代通俗文學研究的排頭兵。蘇州大學中國現當代通俗文學團隊多年來的研究對學科最重要的貢獻和意義在於：改變了中國現當代文學研究的價值觀念，完善了中國現當代文學史的格局，增添了中國現當代文學教學的新內容，被國內外學界認爲是近 40 年中國文學研究的重大成果之一。

　　20 世紀八十年代初，中國文學研究進入了新時期。1981 年開始，由中國社會科學院文學所牽頭，文學史料在全國範圍內的大規模整理得到開展。大概是考慮到「鴛鴦蝴蝶派」作家作品主要誕生於上海、蘇州、揚州地區，《鴛鴦蝴蝶派文學資料》就由蘇州大學（當時稱之爲「江蘇師範學院」）承擔。經過數年的努力工作，70 多萬字的《鴛鴦蝴蝶派文學資料》於 1984 年出版。署名：芮和師、范伯群、鄭學弢、徐斯年、袁滄洲。這五位學者也成爲蘇州大學中國現當代通俗文學研究的第一個學術團隊。

　　1984 年蘇州大學中文系開始招收現當代文學碩士研究生，中國現當代通俗文學專業被列入招生方向，1990 年蘇州大學現當代文學專業被國務院學位

委員會評爲博士學位授權專業，開始招收中國現當代通俗文學方向博士研究生。特別是 1986 年，以范伯群教授爲主持人的「中國近現代通俗文學史」被評爲國家哲學社會科學首批 15 個重點項目之一。明確了研究方向和研究目標之後，蘇州大學中國現當代通俗文學研究團隊進行了重新組合。該團隊由范伯群教授爲學術帶頭人，主要成員有芮和師教授、徐斯年教授、吳培華教授以及湯哲聲、劉祥安、陳龍、陳子平。學術團隊在資料整理的基礎上，開始了作家作品的整理和研究。經過數年努力，1994 年出版了《中國近現代通俗文學作家評傳》一套 12 本，共收 46 位近現代通俗文學作家小傳及其代表作。在整理和研究作家作品的基礎上，經過團隊成員的相互協作和努力工作，《中國近現代通俗文學史（上、下）》於 2000 年由江蘇教育出版社正式出版。這部著作是中國第一部近現代通俗文學史，共分八卷，分別是「社會文學卷」「武俠文學卷」「偵探文學卷」「歷史文學卷」「滑稽文學卷」「通俗戲劇卷」「通俗期刊卷」「通俗文學大事記」。這部著作的出版對現當代文學研究產生了極大影響，引發了國內外學者的密切關注。

在完成《中國近現代通俗文學史（上、下）》的基礎上，2000 年以後，學術團隊成員根據各自的研究方向進行了學術拓展，出版了一批學術專著，發表了一批學術論文，且精彩紛呈。這些成果進一步奠定了蘇州大學中國現代通俗文學研究的學術地位，使蘇州大學成爲中國現當代通俗文學的研究重鎭。

2013 年，以湯哲聲教授爲首席專家的「百年中國通俗文學價值評估、閱讀調查及資料庫建設」被評爲國家社科重大項目。該項目側重於現當代通俗文學的理論研究、市場研究和資料數據庫的收集、整理與建設。

2015 年，「蘇州大學中國現代通俗文學研究中心」成立。該中心以范伯群教授爲名譽主任，以湯哲聲教授爲主任。學術團隊有了新的組合。

2014 年，范伯群教授被蘇州市人才辦公室授予「姑蘇文化名家」稱號。在蘇州大學和蘇州市的支持下，以范伯群教授爲主持人的「中國現代通俗文化研究」課題組成立，開始了中國現代大眾文化與通俗文學的研究。該研究從過去的中國現當代通俗文學研究拓展到中國現當代大眾文化研究。

蘇州大學現當代通俗文學研究的發展軌跡主要有三個特點：（1）以項目爲中心形成團隊。其優勢在於有明確的研究方向和研究成果，容易形成凝聚力。

（2）研究紮實地推進，軌跡是：「資料整理——作家作品研究——文學

史研究——理論的研究——文化研究」。每一個階段都是新的拓展，每一次拓展都有新的成果。認準目標，潛心研究，踏踏實實，用成果說話，是該團隊最為突出的特點，受到學界認可。

（3）注意學術新人的培養，保證了學術團隊的健康更新。蘇州大學中國現當代通俗文學研究團隊已完成了老中交接，第三代學人也正在培養之中。經過近40年傳承，學術團隊歷久彌新，在全國學術界並不多見，有很好的口碑。

經過近40年的潛心研究，蘇州大學中國現當代通俗文學研究團隊成果豐碩，這些成果對中國現當代文學研究格局產生了深刻的影響，體現在：

（一）中國現當代通俗文學的認識觀念發生了根本性的變化。中國現當代通俗文學過去被認為是中國現當代文學中的「逆流」，現在成為中國現當代文學的重要組成部分，得到了學界較為普遍的認可。2008 年，國內總結黨的十一屆三中全會以來文學史研究界取得的成績時，學界均肯定了通俗文學研究取得的良好成績。例如《文學評論》上的兩篇總結三十年來近代文學和現當代文學研究的文章都提到了蘇州大學通俗文學的研究成果及其影響。現當代文學研究專家朱德發教授評價《中國近現代通俗文學史》時說：此書的出版「隨之帶動起一場通俗文學『研究熱』」。他指出了這場「研究熱」的時代與社會背景：「自改革開放以來，隨著思想解放運動的深入和新市民通俗文學的崛起，研究者主體突破了雅俗文學二元對立認知模式的羈絆與局限，而且以現代性的視野對以鴛蝴派為代表的通俗文學從宏觀與微觀的結合上重新解讀重新評價，既為現代中國文學梳理一條雅俗並舉互補的貫通線索，又把張恨水、金庸等通俗文學納入現代文學史大家的地位……」（朱德發，現代中國文學研究三十年〔J〕，文學評論，2008（4）：9-10）而近代文學研究專家關愛和、朱秀梅在合撰的文章中也充分肯定了《中國近現代通俗文學史》推出後取得的學術影響，認為這部專著已「由論及史，既意味著論題的相對成熟，也為以鴛鴦蝴蝶派為代表的通俗文學進入文學『正史』做了充分的鋪墊……」（關愛和，朱秀梅，中國近代文學研究三十年〔J〕，文學評論，2008（4）：14）

（二）中國現當代文學史的格局得到了更為合理的調整。自1950 年代以來，中國現當代文學史均為新文學史，是「一元獨生」的現當代文學史，承認了通俗文學的文學價值之後，文學史的格局自然就有了很大調整。（1）中國現當代文學將產生「多元共生」的格局。文學史中通俗文學顯然佔有很大

比重。（2）中國現當代文學史的起點需要「向前位移」，直接影響了中國文學古今演變與文學史重新分期的思考。（3）中國大眾文化將成為中國現當代文學產生、發展中的重要文化源泉。不僅僅是精英文化或者意識形態文化，市民文化也成為中國現當代文化的組成部分。（4）中國現當代文學有著魯迅、茅盾等精英文學優秀作家及其作品，也有張恨水、金庸等通俗文學優秀作家及其作品。（5）中國現當代文學的批評標準不再是單純的新文學標準，而是包含著多元指標的現代文學標準。中國現當代文學史成為真正意義上的「現當代文學」。

（三）對中國現當代文學的教學和學科建設產生了影響。20 世紀九十年代以後，中國現當代通俗文學已作為文學史教學的重要的部分，進入了大學課堂，無論是史學研究還是作家作品，通俗文學都成為教學中的重要環節。在本科生、碩士研究生、博士研究生的學位論文答辯中，以通俗文學某一問題為學位論文題目的數量也在逐年增加，逐步成為了學科的「顯學」。

范伯群教授主編的《中國近現代通俗文學史》是學科團隊成果的重要標誌，獲得了多項大獎。

序號	成　果	獎　項	頒獎單位	年　度
1	《中國近現代通俗文學史》（上、下）	第三屆全國高等院校人文社會科學優秀成果獎中國文學一等獎	教育部	2003 年
2	《中國近現代通俗文學史》（上、下）	第二屆「王瑤學術獎」優秀著作一等獎	中國現代文學研究會	2006 年
3	《中國現代通俗文學史（插圖本）》	第二屆「三個一百」原創圖書出版工程	國家新聞出版總署	2008 年
4	《中國近現代通俗文學史（新版）》（上、下）	第三屆「三個一百」原創圖書出版工程	國家新聞出版總署	2011 年
5	《中國近現代通俗文學史（新版）》（上、下）	第四屆中華優秀出版物獎	國家新聞出版總署	2013 年
6	《中國近現代通俗文學史（新版）》（上、下）	第三屆中國出版政府獎	國家新聞出版總署	2014 年

2015 年《中國近現代通俗文學史（新版）》（上、下）又被國家社科外譯基金辦公室審定列為中國學術原創代表作五十本之一，譯為英文，向海外推薦。

　　蘇州大學中國現當代通俗文學學科研究團隊得到了海內外學術界好評。臺灣《國文天地》雜誌在 1997 年第 5 期的《編者報告》中就注意到蘇州大學學術團隊的學術貢獻：「長期被學者否定與批判的鴛鴦蝴蝶派小說，在近年來逐漸受到學界的重視。」當蘇州大學的一批學者開始將現代文學研究的重心轉移到近現代通俗文學中時，當時鄙視通俗小說的學界一片「譁然」，可是經十餘年努力，當他們整理資料並進行理論建設之後，「終於取得豐碩的成果，引起學界的興趣與重視，重新評價通俗小說。」（《編輯部報告》，載臺灣《國文天地》第 12 卷第 12 期（總第 144 期），首頁（無頁碼），1995 年 5 月 1 日出版。）

　　華東師範大學陳子善教授評價蘇州大學通俗文學學術研究成果時說：「上世紀 80 年代以降，蘇州大學理所當然地成了中國現代文學研究界探索通俗文學的大本營，一部又一部鴛鴦蝴蝶派作品精選和研究專著在這裡問世，迄今為止最為完備的長達百萬字的《中國近現代通俗文學史》（范伯群主編）也在這裡誕生。這部由蘇州大學教授湯哲聲所著的《流行百年——中國流行小說經典》則是最新的令人欣喜的研究成果。」（2004 年香港《明報》開卷版）中國社科院楊義研究員認為蘇州大學學術團隊是新時期的「蘇州學派」：「如果從現代文學研究的學者（術？）格局來看，我覺得它是一個蘇州學派……它從一個獨特的角度切入到我們現代文學整體工程中去，做了我們過去沒有做的東西。」（2000 年 9 月 20 日《中華讀書報》）韓穎琦教授認為蘇州大學學術團隊有著承繼和發展：「在中國通俗文學研究領域，范伯群教授是拓荒者，湯哲聲教授則是繼承者，他把研究的目光拓展和延伸到當代，填補了當代通俗小說沒有史論的空白，進一步完整了中國大陸通俗文學史的構建。」（2009 年《蘇州大學學報》第 4 期）

　　2007 年《中國近現代通俗文學史》榮獲第二屆王瑤學術優秀著作獎一等獎時，該獎項評委會的評語是：「范伯群教授領導的蘇州大學文學研究群體，十幾年如一日，打破成見，以非凡的熱情來關注、專研中國近現代通俗文學，顯示出開拓文學史空間的學術勇氣和科學精神。此書即其集大成者。皇皇百多萬字，資料工程浩大，涉及的作家、作品、社團、報刊多至百千條，大部皆初次入史。所界定之現代通俗文學的概念清晰，論證新見迭出，尤以對通俗文學類型（小說、戲劇為主）的認識、典型文學現象的公允評價、源流與演變規律的初步勾勒為特色。而通俗文學期刊及通俗文學大事記的史料價值也十分顯著。這部極大填補了學術空白的著作，實際已構成對所謂『殘缺不

全的文學史』的挑戰，無論學界的意見是否一致，都勢必引發人們對中國現代文學史的整體性結構性的重新思考。」

這些評價從一定程度上對蘇州大學中國現當代通俗文學研究學術團隊的學術成績作出了肯定。

蘇州大學中國現當代通俗文學研究正在發展中。這套專輯展示的成果將保持一貫的團隊精神，老中專家引領，青年學者為主。在這裡出版的青年學者的著作都曾是受到過答辯委員會高度評價的博士論文。這些青年學者的科研成果特別關注中國現當代通俗文學和大眾文化的發展趨勢，將中國現當代通俗文學與大眾文化發展中的新狀態、新動態納入了研究視野，其成果選題具有相當強的學術敏感性；成果的論證和辨析注意到中西文化的融合，既保持了團隊的中國化研究的風格，也體現出新一代學者的學理修養；成果的語言風格有著嚴格地科研訓練的嚴謹的作風，也展示了充滿個性的青春氣息。任何一個有貢獻的學者都是一步一步地前行者，但願這套叢書成為這些年輕學者們前行中的一個紮實的腳印。

2015 年 12 月於蘇州市蘇州大學教工宿舍北小區

目

次

緒 論

一、選題緣由

近年來，學界對現代文學廣告給予了較大的關注。有的學者對廣告文字和廣告式樣進行了系統搜集和整理；有的學者從廣義的文學廣告的角度，對書衣、圖書插圖進行了系統的搜集和研究；有的學者以文學廣告史料爲研究對象，對作家（特別是名人）所擬文學廣告（書籍廣告）進行考證研究；有的學者以文學廣告史料爲切入點，對某一時期的文學事件進行分析，力圖通過文學廣告來還原文學事件原貌；還有的學者從文學書話和現代文學版本的角度來研究文學廣告。對現代文學廣告的關注和研究得益於學界對現代文學史料研究的重視。近年來，現代文學研究中的史料問題被廣泛關注，2005 年更被媒體稱爲見證現代文學研究的「史料年」，而現代文學廣告是現代文學史料的重要組成部分。〔註1〕我本來對於文學廣告就比較關注，在導師的指導和幫助下，我對 1915 年至 1949 年現代文學發展的三十年這一時間段內，刊載在報刊、圖書上的文學廣告進行了系統的收集和整理。這三十年間，文學廣告的數量是十分龐雜的。不僅刊載廣告的媒體豐富多樣，包括了報紙、雜誌和書籍本身，就報紙和雜誌來看，還包括純文學報紙／雜誌、準文學報紙／雜誌以及非文學報紙／雜誌；〔註2〕刊載的內容更是風格多樣，新文學作家撰

〔註1〕 詳細內容參見本文緒論部分「四、本課題研究的現狀」。

〔註2〕 關於純文學期刊、準文學期刊的概念可參見劉增人：《現代文學期刊的景觀與研究歷史反顧》，《中國現代文學研究叢刊》，2005 年 06 期，第 158 頁。劉增人在文中提出「所謂文學期刊，應該包括純文學期刊與「準」文學期刊兩大系列：純文學期刊指發表各體文學創作（小說、詩歌、散文、戲劇文學、電影文學等）、文學理論、文學批評、文學研究、文學譯介、民間文學、兒童文學等作品的期刊；「準」文學期刊主要指由文學家參與策劃、編輯、撰稿、發

寫的文學廣告文學意味足，書卷氣濃，具有現代書話的特徵，通俗文學作家撰寫的文學廣告通俗、講究「噱頭」，商業氣息重；同時撰寫文學廣告的作家隊伍的數量也十分龐大，其中不乏現代文學名家和大家。在數量如此龐雜的現代文學廣告背後，存在一個共性的東西：現代文學廣告作爲大眾傳播媒介文本，在一定程度上再現了現代文學發展史，凸顯了一定時期內的「文學生態」。

二、概念的界定與說明

（一）現代文學廣告

本文所指的現代文學廣告是指 1915 年至 1949 年，現代文學發展的三十餘年間，在報紙、文學期刊和書籍上出現的、以文學書刊宣傳爲主要內容的廣告信息，這類廣告信息的數量是十分龐大的。爲文學做廣告，本是出版商、作家或編輯進行促銷的商業行爲，但它最終卻成爲現代文學活動的有機組成部分，現代文學廣告參與和見證了現代文學的生成、發展和傳播過程；現代文學作品能順利地到達讀者，現代文學廣告在其中發揮了獨特的中介作用。由於報紙、文學期刊、書籍與報館、出版社（書局）特殊的關係，一般會在報館、出版社（書局）出版的各種報紙、雜誌和書籍上刊登大量的文學廣告。報紙上的廣告，主要出現在具體的報紙版面上，就篇幅來講，很多文學廣告佔據了報紙版面較大的篇幅，某些電影廣告甚至佔了報紙整版的篇

圖 1　圖書勒口廣告

行的，開設專欄或以相當篇幅發表文學類作品的綜合性、文化類期刊，以及主要刊登書目、刊目、書評、刊評、讀書指導、讀書札記、出版消息等書評類刊物，摘登文化—文學類稿件的文摘類刊物。」

幅；雜誌上的廣告，大多放在封二（封裏）、封四（封底或底封）以及雜誌前後的襯頁；書籍上的廣告，大多和書籍的內容介紹放在一起，位於書籍勒口、封二、封三、底封和後襯頁。（圖1圖書勒口廣告；圖2圖書封底廣告）

現代文學史上的重要刊物，如二十年代的《小說月報》、《語絲》，三十年代的《現代》、《文學》，四十年代的《文藝復興》等都刊載了大量的現代文學廣告。一些現代文學書籍上也刊載了部分書刊廣告，如「文藝連叢」、「未名叢刊」、「烏合叢刊」等，廣告就附於

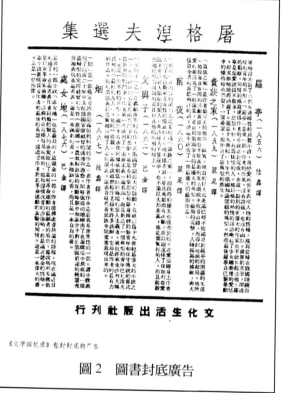

《文学回忆录》包封封底的广告

圖2　圖書封底廣告

原書之後；「良友文學叢書」的廣告刊載在圖書後襯頁上。

就現代文學廣告的內容來講，本文認爲主要包括以下兩個方面：

首先是對作家、作品（書籍）和文學刊物的廣告宣傳。其中，對作家、作品（書籍）的廣告，有作家自撰，也有他撰的。值得一提的是「他撰」，在別人寫的某一作家、某一作品（書籍）的廣告宣傳文字中，常常會引用作家本人（特別是知名作家）對自己作品評介的話，因爲知名作家本身就具有很強的廣告效應。對文學期刊的廣告宣傳也分爲兩種，即自己宣傳自己和自己宣傳他人。就某一文學期刊對其他文學期刊的廣告宣傳而言，通常的情況是，這兩本文學期刊同屬於一個出版社（書局），並且經常是互相介紹，有效實現了出版社（書局）內部廣告資源的共享。

需要指出的是，文學期刊上刊載的各類「社告」，包括創刊號社告、新開設欄目的社告等等，都是重要的文學廣告文字，對於揭示雜誌的性質有十分重要的作用。

現代文學廣告是隨著現代文學的產生而出現的，參與和見證了現代文學

的生成、發展和傳播過程，本身就具有重要的史料價值。透過某些文學廣告，甚至可以透視和還原文學事件的原貌，呈現特定時間下的現代文學生態。在《新文學廣告的史料價值──以 30 年代的三個廣告事件爲例》一文中，作者就以《文學》創刊前後的廣告來探討其辦刊傾向和反響；以丁玲被捕之後的廣告來窺探 30 年代文化領域的「圍剿」與「反圍剿」鬥爭；以《中國新文學大系》的廣告來論述書刊營銷、傳播策略〔註3〕。事實上，在現代文學 30 年的發展過程中，這樣的例子還有很多。例如可以通過分析刊載在 1942 年 4 月 27 日《大公報》（桂林版）的一則廣告「文協桂林分會文藝座談會討論保障作家權益等事宜」，可以介紹和論述 1940 至 1942 年間大後方的「保障作家生活」的討論等等。

無論是對作家、作品（書籍）和文學刊物的廣告宣傳還是文學期刊上刊載的各類廣告性質的「社告」，就文學廣告的內容而言，由於文學家的介入，特別是有像魯迅、巴金、葉聖陶等一大批名家參與到現代文學廣告的撰寫、製作中來，現代文學廣告的總體品位得到了提升，廣告的文學意味、文化內涵大大增強，顯示出了與其他商業廣告迥異的特性。現代文學廣告因爲具有較強的文藝性和較高的文化品位，有學者甚至提出，可以把現代文學廣告看作是現代書話之一種，即廣告類書話〔註4〕。

（三）1915 至 1949 年

1915 年至 1949 年是傳統的現代文學三個十年的分期。1915 年 9 月，《青年雜誌》創刊，1915 年至 1927 年爲第一個十年，1927 年至 1937 年爲第二個十年，1937 年至 1949 年爲第三個十年。

中國現代文學最終確立的標誌是「五四」新文化運動〔註5〕，而揭開「五四」運動序幕，翻開「五四」新文化運動第一頁的是《新青年》雜誌的創刊。《新青年》初名《青年雜誌》，1915 年 9 月 15 日創刊於上海。由陳子沛、陳子壽兄弟開辦的群益書社印刷和發行，青年雜誌社（新青年雜誌社）編輯，1920 年 9 月第 8 卷起改由新青年社印行。主編爲陳獨秀（1879～1942），創刊

〔註3〕 見金宏宇、彭林祥：《新文學廣告的史料價值──以 30 年代的三個廣告事件爲例》，載《中國現代文學研究叢刊》，2007 年第四期。
〔註4〕 參見趙普光：《新文學書刊廣告類書話芻議》，載《中國現代文學研究叢刊》，2007 年第六期。
〔註5〕 吳福輝：《插圖本中國現代文學發展史》，北京大學出版社，2010 年 1 月，第 30 頁。

號有陳獨秀的《敬告青年》等。1916 年 2 月 15 日，1 卷 6 期出版後因戰事而停刊半年。1916 年 9 月 1 日第 2 卷第 1 期復刊後改名爲《新青年》月刊〔註6〕。1916 年底，蔡元培（1868～1940）約陳獨秀擔任北京大學文科學長，期刊編輯部遂自 1917 年 1 月起遷北京（位於北河沿箭杆胡同九號陳獨秀家）。1919 年五四運動爆發，陳獨秀積極投身於運動之中。6 月，在一次散發《北京市民宣言》時被捕，《新青年》第二次被迫停刊近半年。9 月，陳獨秀被救出獄，11 月復刊。隨後，1920 年初陳獨秀回到上海，《新青年》編輯部亦再次遷回上海。1921 年 4 月 1 日，自第 8 卷第 6 期遷廣州出版。1921 年 9 月再第三度遷回上海出版，並在 1923 年一度成爲中國共產黨機關理論刊物。1922 年 7 月第 9 卷 6 期出版後暫時休刊。1923 年 6 月在廣州復刊後改爲季刊，仍爲中共中央的理論性機關刊物，出版至 1924 年 12 月（共出 4 期）再次休刊。1925 年 4 月再次復刊，改爲不定期刊出版，共出 5 期。1926 年 7 月《新青年》出完不定期刊第 5 期後最後停刊。前後持續 11 年，共出 9 卷 63 期〔註7〕。《新青年》的創刊，標誌著中國現代報刊的誕生，也標誌著中國編輯出版史進入了現代階段。

關於《新青年》雜誌與中國現代文學的源流關係，近年來學術界的關注愈來愈多，最爲吸引讀者眼球的還是兩篇直截了當談論該雜誌與現代文學關係的文章。一篇是王曉明發表於上個世紀 90 年代初的《一份雜誌和一個「社團」——重評五四文學傳統》〔註8〕，一篇是陳平原發表於新世紀初年的《思想史視野中的文學——〈新青年〉雜誌研究》〔註9〕。非常巧合的是，相隔十年的兩篇研究論文都是從文學史與思想史的雙重視角研究《新青年》雜誌與現代文學之關係的。就本文的研究對象現代文學廣告而言，《新青年》雜誌也尤爲突出。無論是《青年雜誌》社告（1915 年 9 月 15 日《青年雜誌》1 卷 1 號），還是《新青年》創刊伊始（1915 年第 1 卷第 2 號）就在封二等顯著位置爲《科學》雜誌做目錄廣告（圖3《新青年》第 1 卷第 2 號《科學》雜誌廣告），以及 1918 年 5 月 15 日出版的 4 卷 5 期預告即將出版的「易卜生號」、（圖4

〔註6〕　一說改名是因爲與上海基督教會主辦的《上海青年》有名稱的雷同，群益書社徵得陳獨秀的同意而改名。

〔註7〕　《新青年》雜誌今存上海圖書館，人民出版社於 1954 年曾出版影印本。

〔註8〕　王曉明：《一份雜誌和一個「社團」——重評五四文學傳統》，《上海文學》1993 年第 11 期。

〔註9〕　陳平原：《思想史視野中的文學——〈新青年〉雜誌研究》（上、下），分別發表於《中國現代文學研究叢刊》2002 年第 3 期和 2003 年第 1 期。

「易卜生號」出版預告）1918年6月15日按時出版4卷6期的「易卜生號」，又同時為「易卜生劇叢」單行本所作的廣告（圖5「易卜生號」目錄），包括1920年8卷3期刊載的《新青年》雜誌社自己出版的「新青年叢書」的廣告（圖6「新青年叢書」廣告），文學廣告貫穿《新青年》雜誌始終。透過《新青年》雜誌上的文學廣告，不僅可以清晰地看到雜誌的辦刊宗旨、主編的變化以及作者隊伍的構成，而且可以通過分析文學廣告的刊載、雜誌贈送、交換、代派銷售等多種成功的經營管理方式，研究《新青年》雜誌的營銷與傳播。以《新青年》雜誌的創刊為開端的現代文學的第一個

圖3　《新青年》第一卷第二號
　　　《科學》雜誌廣告

十年，是新文學的創造時期。特別是1921年文學研究會、創造社的成立，以及之後《小說月報》、《創造週刊》、《語絲》、《現代評論》的先後創刊，《詩》、《戲劇》、《詩刊》、《劇刊》的出現，現代文學開始了多種文學流派（現實主義、浪漫主義和現代主義）和各種新文體（新詩、現代小說、散文、戲劇）的新實驗，新競爭。可以說現代文學第一個十年的發展動力、文學風貌都可以在這一時期刊載在報紙、雜誌和書籍上的文學廣告中得到體現。

圖4　「易卜生號」出
　　　版預告圖

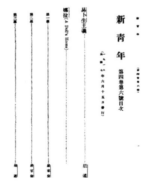

圖5　「易卜生號」目錄

圖6　「新青年叢書」
　　　廣告

　　如果說二十年代文學創造的主要動力來自啓蒙主義，文學風貌相對單純的話，三十年代文學動力就比較複雜和多元化。決定三十年代文學選擇的時代背景，有兩大因素，一是 1926～1927 年大革命的失敗導致的知識分子的不同選擇：主要是「五四」那一代老作家，魯迅、周作人、茅盾、朱自清、蔣光慈等，也包括葉紫、柔石等這樣的新人，都是帶著他們對大革命失敗的不同體驗，而進入三十年代文學的，即使是穆時英、施蟄存這樣的作家最後走向現代派，也與大革命失敗後的絕望有關，其背後的故事都是極豐富的；二是三十年代中國社會的大動蕩，都市化進程、農村破產，以及以後日本侵略帶來的民族危機，促成了一大批文學新人進入新文學，他們也都帶著各自不同的人生經驗，自然有許許多多的故事，如沙汀、艾蕪、吳組緗、蕭紅、蕭軍、端木蕻良、沈從文、盧焚、老舍、丁玲等等。如何展現「故事」背後的豐富性，文學廣告是一個很好的切入點。比如可以通過分析刊載在 1928 年 1月 1 日《創造月刊》第 1 卷第 8 期初版和二版的「《創造週報》復活了」以及「《創造月刊》的姊妹雜誌《文化批判》月刊出版預告」兩個廣告，分析創造社對於「無產階級革命文學」的倡導以及《文化批判》雜誌的誕生，對馬克思主義文藝理論在中國的傳播、對左聯內部不同派別關於馬克思主義文藝思潮的不同理解以及不同派別之間團結的深遠影響。

　　四十年代的文學，最大的背景自然是戰爭。但不同作家對戰爭的反應、體驗，也是不同的。抗戰初期出現的幾大文學潮流：報告文學與報告文學化的小說的興盛、朗誦詩運動、通俗文學運動、戲劇宣傳隊的活報劇演出等等，都是作家出於愛國激情、參與戰爭的欲求，以文學作爲全民戰爭動員的一種方式。文學廣告依然是展示現代文學發展第三個十年豐富性的重要切入點。比如說可以通過分析刊載於 1936 年 8 月 10 日《光明》1 卷 5 期的由茅盾主編的大型報告文學集《中國的一日》的廣告，分析《中國的一日》徵文寫作如何推動了 1930 年代中期直至 40 年代的報告文學潮，甚至可以分析《中國的一日》徵文寫作對於 1941 年發生在河北抗日根據地的《冀中一日》徵文活動的影響。〔註10〕

〔註10〕　《冀中一日》徵文活動發動群眾十分廣泛，共收到五萬多篇稿件，後由王林、
　　　　　孫犁等選擇了其中的二百餘篇，分爲四輯，在極簡陋的印刷條件下堅持石印
　　　　　或油印出版。

三、核心問題

（一）文學廣告與現代文學傳播之間的關係：預告、呈現和揭示。

縱觀 1915 年至 1949 年文學廣告和現代文學發展之間的關係，文學廣告不僅預告了文學事件、文學運動的發生，文學廣告文本還貯存和隱含了文學事件產生、發展、變化、傳播等方面的大量歷史信息，揭示了文學期刊創辦、發行、改版的內幕；提示了文學作品的修改和版本的變遷；留下了文學事件、文學運動和文藝鬥爭的痕跡；呈現了作家與作家、作家與編輯以及編輯與編輯之間的關係。探討文學廣告和現代文學傳播之間的關係，預告、呈現、揭示是三個重要的關鍵詞。

就「預告」而言，現代文學廣告是對作家生平、作品內容以及期刊編輯方針的全面預告。首先，文學廣告預告了文學書刊、文學作品的誕生，就預告的內容而言，作家和作品內容的介紹是許多文學廣告的首選。除了對具體文學作品內容進行預告外，文學廣告還對具體文學期刊的創刊和出版進行了預告。需要指出的是，文學廣告所起的「預告」功能，不僅受制於預告的內容，就文學期刊的出版預告而言，更受制於文學廣告刊載的渠道。在某種程度上，文學期刊出版預告刊載的渠道，對於擴大期刊和書局的聲譽影響重大。還需要指出的是，文學期刊上刊載的各類「社告」，包括創刊號社告、新開設欄目的社告等等，都是重要的文學廣告文字，對於預告和揭示雜誌的性質有十分重要的作用。

就「呈現」而言，文學作品、文學期刊的出版預告常常以作品簡介、期刊辦刊宗旨為主要內容，在預告中也就「呈現」了文學作品的主要內容、文學期刊的風格特色，但這僅僅是文學廣告所具備的「呈現」功能的一個方面，更重要的是，文學廣告在一定程度上呈現了一定時期的文學生態。

就「揭示」而言，有廣義和狹義之分。廣義的「揭示」包含了上文所述的「預告」和「呈現」的內容，只不過在程度上有所區別；狹義的「揭示」，則著重強調透過同一時期或不同時期的同一報紙、期刊或不同報紙、期刊關於同一個文學活動、文學事件的廣告宣傳文字，揭示文學活動、文學事件動態發生的過程。

（二）文學廣告是現代文學史研究的重要視角，文學廣告是分析、揭示現代文學發展過程的重要渠道。

　　現代文學廣告不僅是現代文學研究史料的重要組成部分，其本身也是文學史研究的重要視角，是分析和揭示現代文學發展過程的重要渠道。以《新青年》雜誌的創刊爲例。《新青年》的創刊，標誌著中國現代報刊的誕生，也標誌著中國編輯出版史進入了現代階段；《新青年》的創刊同時也是現代文學發展史上的重要事件。本文在分析《新青年》文學廣告的特色和《新青年》廣告營銷策略的基礎上，從《甲寅》雜誌上刊載的《新青年》廣告、《新青年》創刊號「社告」以及《新青年》上刊載的《每週評論》出版廣告這些「廣告文本」出發，揭示《新青年》與《甲寅》月刊的關係、《新青年》的讀者定位／編輯方針以及《新青年》雜誌的「精英化」傾向，這些研究豐富了《新青年》研究的視角。需要指出的是，文學雜誌上刊載的各類「社告」，包括創刊號社告、新開設欄目的社告，是重要的文學廣告文字，對於揭示雜誌的性質有十分重要的作用。

（三）本文對文學廣告的選擇

　　首先，文學廣告的選擇要具有典型性，作爲現代文學研究的史料類型之一，文學廣告要能成爲文學史研究的重要視角、文學廣告應是分析、揭示現代文學傳播的重要渠道；同時文學廣告應能「再現」典型文學事件的發生過程以及「還原」特定時期的「文學生態」。其次，現代文學傳播史就是傳播媒介（主要是報紙、文學期刊和圖書）不斷出現、發展和豐富的歷史；就是文學社團不斷建立、新舊更替的歷史；就是文學樣式（左翼文學、京派文學、海派文學和鴛鴦蝴蝶派文學（通俗文學））不斷多元發展的歷史；就是受眾逐步接受的歷史。結合本課題研究的時間概念，本文將 1915 年至 1949 年劃分爲三個時期，結合每個時期文學發展的特徵，從現代文學傳播要素的角度，分別選擇不同的側重點，從文學廣告的角度分析文學期刊、圖書的編輯出版；分析文學社團的建立和新舊更替；分析不同文學樣式多元發展的特徵。

四、本課題研究現狀

　　研究文學廣告的一個重要出發點在於，探討現代文學商業化、商業運作等問題。在討論現代文學商業化、商業運作的時候，偶有文章稱其爲市場化、市場運作，核心內容討論的都是現代文學與市場、與生產的關係。〔註11〕

〔註11〕關於現代文學與市場、與生產關係的文獻綜述部分參考了石娟：《〈新聞報〉副刊研究（1928～1937）——以文學／文化的商業運作爲中心》（蘇州大學博

　　現代文學與市場、與生產相關問題研究，在國內開展的時間不長，據筆者掌握的資料，到目前爲止，大陸最早關注到這一問題的是陳平原先生初版於 1989 年的《二十世紀中國小說史》（第一卷）中的《商品化傾向與書面化傾向》一章，從「小說市場的拓展」、「小說家的專業化」、「新小說的商品化傾向」以及「新小說的書面化傾向」四個方面予以展開。其中提出了一個非常重要的觀點：「在所有制約、規範著新小說發展趨向的文化因素中，最重要的當推小說的商品化傾向。」正是「由於新小說市場的建立以及作家的專業化，商品意識迅速介入小說家的創作過程，並直接影響了這一時期小說思潮的演變」。〔註12〕其中不僅關注到稿酬、文學生產，還關注到文學消費、讀者，視角較爲全面。在承認既有研究批評小說商品化具有負面影響的基礎上，陳平原先生敏銳地看到在清末民初這一新舊小說急劇轉換的時代它還存在著正面的價值，這一視角，具有開拓意義。

　　之後，關於文學市場及文學生產的相關討論則是圍繞著不同的角度展開。首先是稿酬問題。1992 年 4 月，欒梅健先生的《二十世紀中國文學發生論》中《稿費制度的確立與職業作家的出現》一文，涉及文學生產範疇，他注意到稿費制度對作家在精神及人格方面的影響——它保障了作家創作的自由和人格的獨立，20 世紀初文化市場的繁盛培養與培育了一大批作家，這是中國現代文學發生的重要的經濟基礎。〔註13〕對稿酬與文壇關係更爲翔實的討論是魯湘元先生的專著《稿酬怎樣攪動文壇——市場經濟與中國近現代文學》，稿酬是全書的切入視角，書中不僅系統討論了市場經濟對於文人生活甚至生存的現代意義，更以多達三章的篇幅系統討論了中國現代稿酬制度對各類文學的影響以及現代文人對於稿酬的一系列認識和態度〔註14〕。該書雖然已經出版十幾年，但時至今日，該書在市場經濟與中國近現代文學關係的研究中，很多見解仍不失其前瞻性。陳明遠先生的《文化人與錢》〔註15〕及其後《文化人的經濟生活》〔註16〕一書，則以非常嚴謹的考據，從心理學、社

　　士論文，2011 年）一文中的文獻綜述部分。
〔註12〕陳平原：《二十世紀中國小說史（1897－1916）》（第一卷），北京：北京大學出版社，1989 年 12 月版。
〔註13〕欒梅健：《二十世紀中國文學發生論》，臺北：業強出版社，1992 年 4 月版。
〔註14〕魯湘元：《稿酬怎樣攪動文壇——市場經濟與中國近現代文學》，北京：紅旗出版社，1998 年 1 月版。
〔註15〕陳明遠：《文化人與錢》，天津：百花文藝出版社，2001 年 1 月版。
〔註16〕陳明遠：《文化人的經濟生活》，上海：文匯出版社，2005 年 2 月版

會學、經濟學的角度，鉤沉了 19 世紀末到 1949 年半個多世紀文化人在各階段的生活條件和經濟背景，在作家與稿酬關係的相關研究方面，提供了大量生動而翔實的數據，非常引人注目。

其次是媒體特徵與文學生產關係問題。在文學研究中比較早的關注到這一問題的是吳福輝先生。1994 年，吳福輝先生在《作爲文學（商品）生產的海派期刊》一文中，以海派期刊爲媒介討論了文學生產的問題，關注到了「小說作爲『商品』來生產，來流通，來消費，畢竟在本世紀裏主要是由老的鴛鴦蝴蝶派和新的海派來付諸實現的」，結合期刊屬性從作家、編輯、出版商、讀者四個方面對「文學的『場』」予以全方位闡釋〔註17〕。1998 年，曠新年先生在《1928：革命文學》中在《1928 年的文學生產》一節從上海作爲文化生產的基地的角度，通過分析彼時之雜誌、新書業與文學生產的關係，認爲新文學市場和消費（書店和讀者）在 1928 年已然形成，果斷提出了「文學的生產方式在很大程度上決定著文學的本質」觀點，發前人所未發〔註18〕。1999 年，湯哲聲先生在《中國現代通俗小說流變史》的《緒論》一章中，將報紙副刊的特點與刊載於其上的通俗小說特點聯繫在一起，指出通俗小說具有副刊性質，其產生背景與報紙副刊面向大眾，具有世俗化、社會化的特點分不開，同時也影響了通俗小說創作的情節結構，並進而指出這是通俗小說特有的審美特徵，不能被盲目否定，首次將通俗小說本質與媒體特點聯繫在一起進行分析〔註19〕。後來在《論現代大眾傳媒對中國現代文學創作機制的影響》一文中，更是以《阿 Q 正傳》爲例，對通俗文學文體特點、審美特徵與載體之間的本質聯繫予以進一步闡釋〔註20〕。2003 年，雷世文先生的《現代報紙文藝副刊的原生態文學史圖景》，則從還原文學生態的角度，對報紙副刊尤其是新文學的文藝副刊在文學史中的價值和地位進行了翔實的考證與論述，看到了報紙文藝副刊的文學文本與單行本的文學文本在有些時候有變異、變形的成分在內，據此他認爲，「在此類媒體上發表的文學文本是具有文化生命力

〔註17〕吳福輝：《作爲文學（商品）生產的海派期刊》，《中國現代文學研究叢刊》1994年第 1 期。

〔註18〕曠新年：《1928 年的文學生產》，載《1928：革命文學》，濟南：山東教育出版社 1998 年版。

〔註19〕湯哲聲：《中國現代通俗小說流變史》，重慶：重慶出版社，1999 年 1 月版。

〔註20〕湯哲聲：《論現代大眾傳媒對中國現代文學創作機制的影響》，《江蘇社會科學》2007 年第 5 期，187～192 頁

的。而這種文化生命是只有在嵌入版面的空間結構，與前後左右的背景材料發生對話關係時，它才是鮮活的」〔註21〕。李今女士《海派小說與現代都市文化》一書，在討論上海新聞出版業的商業特徵之時，不僅討論了上海的讀者群體，還關注到上海新型文化人走向世俗，成爲「具有現代意義的大眾傳播媒介報紙刊物的雇傭者」，而「小報」則最能代表新聞出版業的商業特徵〔註22〕。沿此思路，李楠女士《晚清民國時期上海小報》在討論小報小說特點之時，注意到小報小說「是文學被納入市場格局後的產物，是非單行本化、連載化的報刊媒體文學」，具有「未完成時態、片斷化、章回體化」等特點，而這些特點，都是與小報的商業性質和媒體性質密不可分的〔註23〕。陳平原先生的《現代文學的生產機制及傳播方式──以1890年代至1930年代的報章爲中心》一文則關注到了報章在文學革命、文學生態、文體以及作者群之間的重要作用，關注到報紙的「製造」對文學思潮及現代文學性格及進程的深刻影響〔註24〕。而全面關注到媒體屬性與現代文學關係的則是周海波先生。他的《現代傳媒視野中的中國現代文學》一書，全面考察了現代傳媒與現代文學的各類問題，如「現代傳媒與現代文學生產及特徵」的關係、「現代傳媒與文學流變」的關係、「傳媒符碼與現代文學語言」的關係以及「現代傳媒與小說文體」之間的關係，將現代傳媒與文學從生產者到消費者再到文本，都有機聯繫在一起，在論證中力圖還原文學現場，考察了中國現代文學的原創性特徵。其中各個問題的思考，爲今後的文學與媒體關係研究，開拓出更爲廣闊的空間〔註25〕。

再次是現代文學與市場機制的關係。較早談及這一問題的是袁進先生。在《近代文學的突圍》一書中，他關注到了現代文學中文本的製作與傳播方式在文學活動中的重要地位，梳理了文學傳播方式的古今演變，指出它不僅制約著作者的創作，同時也制約著讀者的閱讀。隨著近代文學運行機制的劇

〔註21〕雷世文：《現代報紙文藝副刊的原生態文學史圖景》，《中國現代文學研究叢刊》2003年第1期。

〔註22〕李今：《海派小說與現代都市文化》，合肥：安徽教育出版社，2000年12月版。

〔註23〕李楠：《晚清民國時期上海小報》，北京：人民文學出版社，2006年9月版。

〔註24〕陳平原：《現代文學的生產機制及傳播方式──以1890年代至1930年代的報章爲中心》，《書城》2004年2月。

〔註25〕周海波：《現代傳媒視野中的中國現代文學》，北京：中華書局，2008年5月版。

烈變化，市場在給予文學機遇的同時，也使文學迅速被市場「異化」〔註 26〕。在其後來出版於 2006 年的《中國文學的近代變革》一書中，談到文學的市場化與文學的變革關係之時，也基本持這一觀點，認為市場機制「使文學內部缺乏人文精神的支持，文學未能眞正建立在表現人的生命狀態基礎上」，對文學的市場運作持否定態度〔註 27〕。對於現代文化市場機制的建立，通俗文學研究界則持樂觀的肯定態度。范伯群先生《現代通俗文學的現代化與現代文化市場的創建》一文中則認為，大眾傳媒的發展和推動在新型市民文化的創建過程中承擔著積極的作用，由它建構的現代化的文化市場，使生產者與消費者在其中可以自由交易，從期刊到小報、電影、畫報，通俗文學作家在文化市場中如魚得水，他們可以隨著讀者興趣的變化而隨時更新寫作對策和編輯方針，與此同時，他們也承擔了培養讀者新興趣的引領者的角色，「既能順應又能駕馭市場」〔註 28〕。與此一致，徐斯年先生在《王度廬評傳》中談及通俗文學與新文學文學個性的差異時也認為，民國時期的通俗文學顯然「是以文化市場爲其動力機制的」，「這一機制集中體現爲主要由作者－書商（包括報刊編輯和出版商）－讀者（顧客）三方組成的動力結構」，與新文學判然有別。「那些傑出的通俗文學作品的產生過程，那些傑出的通俗文學作家的成長道路，都與『市場』密切相關」〔註 29〕，明確了「市場」與通俗文學之間的依存關係。之所以有如此大的觀念差異，完全是由通俗文學與新文學的創作過程、評價標準、審美標準的差異決定的。引人注意的是，在《五四新文學的先鋒性》一文中，陳思和先生則從現代性問題的相關思考出發，關注到大批以現代傳媒爲中心的文體和文學也逐漸完善了市民階級審美的心理和審美的需要，恰恰是現代文學現代性的兩個維度之一，而「文學史始終出現一方面，是走市場化的文學」。另一個維度，就是「批判的、通過反面的衝動、通過反動的力量，來改變這個文學的進程，來對這個文學產生某種意義」的五四新文學〔註 30〕。這一結論，對於構建多元文學史觀，具有積極意義。劉

〔註 26〕袁進：《近代文學的突圍》，上海：上海人民出版社，2001 年 10 月版。

〔註 27〕袁進：《中國文學的近代變革》，桂林：廣西師範大學出版社，2006 年 6 月版。

〔註 28〕范伯群：《通俗文學的現代化與現代文化市場的創建》，《南京師範大學文學院學報》，2002 年第 3 期。

〔註 29〕徐斯年：《王度廬評傳》，蘇州：蘇州大學出版社，2005 年 12 月版。

〔註 30〕陳思和：《五四新文學的先鋒性》，見陳子善，羅崗主編：《麗娃河畔論文學》，上海：華東師範大學出版社，2006 年 11 月版。

勇先生也在 2008 年出版的高校教材《中國現代文學研究的視域與形態》〔註31〕一書中，將《現代文學與傳播文化》專列一章，把現代文學與市場機制之間的複雜關係正式納入文學史教學，有利於使該課題引起更廣泛的關注。

但是，就文學廣告本身而言，上述的研究可以說只談到了文學廣告的載體——現代傳媒，僅把文學廣告作為現代文學市場化的一個例證，而未深入研究現代文學廣告本體。本文上文曾提到，所謂文學廣告是指在報紙、文學期刊和書籍上出現的、以文學書刊宣傳為主要內容的廣告信息。為文學做廣告，本是出版商、作家或編輯進行促銷的商業行為，作為例證，可以很好地說明現代文學市場化的特徵。但是，我們還應該看到，文學廣告不同於其他類型的商業廣告，就其內容而言，由於文學家的介入，特別是有像魯迅、巴金、葉聖陶等一大批名家參與到現代文學廣告的撰寫、製作中來，現代文學廣告的總體品位得到了提升，廣告的文學意味、文化內涵大大增強，顯示出了與其他商業廣告迥異的特性，現代文學廣告成為現代書話的一種。

對現代文學廣告本體進行研究得益於學界對現代文學史料研究的重視。近年來，現代文學研究中的史料問題被廣泛關注，2005 年更被媒體稱為見證現代文學研究的「史料年」〔註32〕。這一年在香港新發現了海派作家張愛玲的佚文《鬱金香》，促成對史料的關注成為 9 月 14 日在清華大學召開的《中國現代文學研究叢刊》理事會的熱點話題。緊接著，2005 年第 6 期《中國現代文學研究叢刊》推出了「文獻史料專號」，在媒體的擴大影響之外，又深化了對這一問題的學術滲透。然而對史料的關注並非始於 2005 年。早在 2003 年 12 月，出於因不重視史料而導致現代文學「『學術研究安全運轉』都成了問題」〔註33〕現狀的焦慮，錢理群提議召開了小範圍的「中國現代文學的文獻問題座談會」，並達成了「座談會 8 點共識」〔註34〕。2004 年 10 月又以「史料的新發現與文學史的再審視」為題，由河南大學文學院、《文學評論》編輯部、洛陽師範學院中文繫聯合舉辦了「中國現代文學文獻問題學術研討會」，與會者對「史料的發掘整理，孕育著現代文學研究新可能與新突破，也是加

〔註31〕劉勇：《中國現代文學研究的視域與形態》，北京：北京師範大學出版社，2008年 7 月版。

〔註32〕祝東風：《2005，見證文學研究「史料年」》，載《中華讀書報》，2005.11.19（9）。

〔註33〕錢理群：《重視史料的「獨立準備」》，載《中國現代文學研究叢刊》，2004（3）。

〔註34〕解志熙：《「中國現代文學的文獻問題座談會」共識述要》，載《中國現代文學研究叢刊》，2004（3）。

強本學科史學素質、理性品質的有效途徑」形成了統一意見。而此番學術共識，已經被前輩學者認眞地「規劃」過。樊駿先生積長年的思考，花費整整兩年的時間（1987 年 8 月～1989 年 8 月）寫作了長達 4 萬餘字的《這是一項宏大的系統工程——關於中國現代文學史料工作的總體考察》，分上、中、下刊載於《新文學史料》1989 年第 1、2、4 期，指陳現代文學研究中史料工作的種種嚴重弊端，論說「逐步形成獨立的史料學，……不僅是現代文學研究作爲一門完整而成熟的學科所不可或缺的，同時也標誌著史料工作開始成爲這門學科中有自己理論和體系的分支」。從樊駿先生當年少數人心得獨有的「吶喊」，到目前學科領域多數從業人前後相隨的共鳴，問題意識已相當明顯。文學廣告是現代文學史料的重要組成部分。吳秀明、趙衛東在《應當重視現當代文學史料建設——兼談當代文學史寫作中的史料運用問題》一文中概括了現代當文學史料包括的主要內容，分別是：（一）公開發表的各種文學作品（含文集、全集）尤其是文學評論、文學論爭、書評、序跋，有關文學問題的文件和政策法規、書刊的廣告和編者的說明，文學評獎的宗旨、條例、評委會成員、獲獎作品等；（二）黨和國家領導人在當代文學的不同時期所做的涉及文學作品、文藝政策、文化人（知識分子、作家等）問題的講話、談話、發言等；（三）歷次文藝批判運動中文藝界領導、知名人士以及作家在各種場合對於文藝問題和人際關係問題做出的口頭和書面的表態，以及他們在那個時期寫作的各種檢討、辯白、揭發、批判性文字；（四）作家和其他文藝界參與者在各種運動中留下的書信、日記和手稿；（五）歷次文藝運動和文學事件參與者的回憶錄、口述實錄、沒有公開發表但有價值的各種文學作品、文學評論等；（七）港臺方面的文學作品、文學評論、文學爭論、文學評獎等。作者將文學廣告（書刊的廣告）置於現當代文學史料第一類中，可見文學廣告作爲現當代文學史料對現當代文學研究的重要性。〔註 35〕

對現代文學廣告本體進行研究，比較代表性的研究成果包括以下一些方面：

首先是對廣告文字和廣告式樣的系統搜集和整理，這方面的研究成果以專著居多，代表性的研究成果是范用先生編寫的《愛看書的廣告》一書〔註 36〕。

〔註 35〕吳秀明、趙衛東《應當重視現當代文學史料建設——兼談當代文學史寫作中的史料運用問題》，《中國現代文學研究叢刊》，2005 年第 8 期，50 頁。
〔註 36〕范用：《愛看書的廣告》，生活‧讀書‧新知三聯書店，2004 年 4 月版。

該書內容分爲三個部分，即廣告文字、廣告式樣和書籍廣告談。廣告文字主要收入魯迅、葉聖陶、巴金、胡風等名家作品，以及二十世紀三四十年代文化生活出版社、北新書局、新月書店、良友圖書公司等的廣告文字。這些廣告文字，其實已稱得上是很好的文學作品，可供人學習，亦可供人欣賞。許多是短小的書評，有時還傳達出撰寫者的感悟。廣告文字雖然簡約，但不缺少文采。廣告式樣亦主要收入三四十年代的作品，設計美觀，又很實用，處處表現出設計者的才華與苦心。書籍廣告談部分收入十六篇文章，主要介紹中國現代書籍廣告的史實掌故，並表達出作者對書籍廣告的見解。廣告文字、廣告式樣以及書籍廣告談三個部分內容互相照應，形成立體的效果，充滿文化趣味又不乏實際的指導意義。就廣義的書籍廣告和廣告式樣而言，書衣（通常是指圖書封面）、圖書插圖也具有文學廣告的性質，對書籍起到宣傳和廣告的重要作用。姜德明先生對書衣、圖書插圖進行了系統的搜集和研究，其研究成果包括：《書衣百影：中國現代書籍裝幀選（1906～1949）》〔註37〕、《書衣百影續編：中國現代書籍裝幀選（1901～1949）》〔註38〕、《插圖拾翠：中國現代文學插圖選》〔註39〕。

其次是以文學廣告史料爲研究對象，對作家（特別是名人）所擬文學廣告（書籍廣告）進行考證研究。這方面的研究以對魯迅所擬文學廣告（書籍廣告）的考證研究最有代表性，研究成果包括：肖振鳴的《〈北平箋譜〉廣告是否爲魯迅佚文》〔註40〕、劉運鋒的《魯迅所擬書籍廣告和說明文字三則考辨》〔註41〕以及趙龍江的《〈域外小說集〉和它的早期日文廣告》〔註42〕。

第三是以文學廣告史料爲切入點，對某一時期的文學事件進行分析，力圖通過文學廣告來還原文學事件原貌，需要指出的是，力圖通過文學廣告來

〔註37〕姜德明：《書衣百影：中國現代書籍裝幀選（1906～1949）》，生活・讀書・新知三聯書店，1999 年 12 月。

〔註38〕姜德明：《書衣百影續編：中國現代書籍裝幀選（1901～1949）》，生活・讀書・新知三聯書店，2001 年 7 月。

〔註39〕姜德明：《插圖拾翠：中國現代文學插圖選》，生活・讀書・新知三聯書店，2000 年 6 月。

〔註40〕肖振鳴：《〈北平箋譜〉廣告是否爲魯迅佚文》，《魯迅研究月刊》，2009 年 9 月。

〔註41〕劉運鋒：《魯迅所擬書籍廣告和說明文字三則考辨》，《魯迅研究月刊》，2005 年 3 月。

〔註42〕趙龍江：《〈域外小說集〉和它的早期日文廣告》，《魯迅研究月刊》，2005 年 2 月。

還原的文學事件通常與名人有關或是比較重要的。孫擁軍在《魯迅是否就讀過東京外國語學校──由〈豫報〉雜誌上兩則廣告引出的考證》一文中，從《豫報》雜誌上的兩則廣告入手，考證出魯迅沒有就讀過東京外國語學校〔註43〕；金宏宇、彭林祥在《新文學廣告的史料價值──以30年代的三個廣告事件爲例》一文中，論及20世紀30年代文壇三個重要的文學事件，以《文學》創刊前後的廣告來探討其辦刊傾向和反響；從丁玲被捕之後的廣告中窺探30年代文化領域的「圍剿」與「反圍剿」鬥爭以及從《中國新文學大系》廣告文本來瞭解書刊營銷、傳播等策略〔註44〕。

　　第四是從文學書話和現代文學版本的角度來研究文學廣告。趙普光在《新文學書刊廣告類書話芻議》一文中提出，「新文學書刊廣告是與現代報刊傳媒的興起發展和新文學的市場化、商品化相伴而生的。很多新文學家都注重書刊廣告的寫作。由於新文學家的介入，廣告主體品味的提升，於是新文學書刊廣告的文學意味、文化內蘊大大增強，成爲新文學書刊廣告類書話。新文學書刊廣告書話具備迥異於其他商業廣告的內在特徵：文化內蘊、書卷氣息。新文學書刊廣告書話具有獨立的文學審美特徵：即內斂的抒情、印象式評論、知識性說明以及小品化傾向等。這對於現代書話文體的豐富與現代文學史研究的拓展有著獨特的價值和意義」〔註45〕；金宏宇在《新文學版本之「九頁」》一文中指出，「研究新文學版本要看很多材料，比如說作家的傳記、日記、回憶錄、創作談、年譜、著作書目等。但最關鍵的是要關注版本實物。而版本實物不光是正文，還有其他因素。一個完整的版本應該有九種因素，即封面頁、扉頁、題辭或引言頁、序跋頁、正文頁、插圖頁、附錄頁、廣告頁、版權頁。我們可以稱之爲「九頁」。「九頁」當然是一種直觀、簡括的說法。事實是只有封面頁、扉頁、版權頁各佔一頁，其他的可能都不只一頁」〔註46〕，「即使是版本中的廣告也可能有重要的文學史料，如魯迅《野草》中關於「未名叢刊」的廣告就被認爲表達了「未名社」的創作主張。附在新文學作品廣

〔註43〕孫擁軍：《魯迅是否就讀過東京外國語學校──由〈豫報〉雜誌上兩則廣告引出的考證》，《魯迅研究月刊》，2010年6月。

〔註44〕金宏宇、彭林祥：《新文學廣告的史料價值──以30年代的三個廣告事件爲例》，《中國現代文學研究叢刊》，2007年第四期。

〔註45〕趙普光：《新文學書刊廣告類書話芻議》，《中國現代文學研究叢刊》，2007年第六期。

〔註46〕金宏宇：《新文學版本之「九頁」》，《人文雜誌》，2006年第6期，103頁。

告頁上的廣告詞有許多都是著名作家、編輯所寫，有署名的，但多半未署名。它應該成為新文學史料學中輯佚和考證的重要對象」〔註47〕。

五、本文的創新之處

（一）從文學廣告的角度來闡述現代文學事件和現代文學發展史，是展現其豐富性的重要方式之一。

（二）將新文學作家與通俗文學作家，將作家、報刊、文學事件和文學運動都置於同一歷史時間與空間裏，就可以最大限度地展現現代文學發展的原生形態。

（三）不僅關注現代文學本身，也關注現代文學與現代教育、現代出版、市場、現代學術之間的關係；關注文學創作與藝術（圖書裝幀等方面）、學術研究之間的關係；使得對文學廣告的選擇有了一個開闊的視野。

（四）論文從文學廣告出發，就意味著更關注文學的「生產」與「流通」，關注「語境」與「接受」；關注廣告所揭示的「典型文學現象」；關注廣告背後的「文化活動」和「文學事件」。

（五）圖文並茂。

六、研究思路與方法

1915 年至 1949 年，現代文學發展的三十年間，文學廣告的數量是十分龐雜的。刊載文學廣告的報刊／書籍數量多；撰寫文學廣告的作者（作家）數量多；進行文學廣告宣傳的出版機構（書局）數量多。如何在數量如此眾多的文學廣告文本中進行選擇？選擇的依據和標準是什麼？這是本課題研究過程中首先碰到的難題。為解決這一問題，筆者在導師的指導和幫助下，首先對三十年中，刊載在報刊、書籍上的文學廣告進行了系統的收集，按照刊載時間的不同進行了歸類和整理。除了按時間之外，作者、出版機構、媒介類型（書籍、報紙、雜誌）也是本課題進行資料收集和歸類的標準。在系統分析收集到的各種類型的文學廣告文本的基礎上，本課題確定了研究方向，即從文學廣告的角度，結合現代文學傳播的諸多要素，將 1915 年至 1949 年劃分為三個時期，結合每個時期文學發展的特徵，分別選擇不同的側重點，從文學廣告的角度分析文學期刊、圖書的編輯出版；分析文學社團的建立和新

〔註47〕金宏宇：《新文學版本之「九頁」》，《人文雜誌》，2006 年第 6 期，105 頁。

舊更替；分析不同文學樣式多元發展的特徵。

　　在對文學廣告文本進行收集的過程中，本文採用了分類研究的方法，即按照不同標準分類收集文獻資料。在選定文學廣告文本後，本文採用了內容分析的研究方法。本課題還借鑒了大眾傳播學／廣告學的研究方法，在論述文學環境的轉型和現代文學廣告的發展之間關係的時候，本文就是從廣告活動發生、發展的三要素——廣告主（現代職業作家）、廣告受眾（讀者）以及廣告媒介（報刊和書籍）角度來加以分析和研究的。分析廣告活動發生、發展的諸多要素，是較典型的大眾傳播學／廣告學的研究方法。

第一章 文學環境的轉型與現代文學廣告的發展

　　吳福輝先生在《插圖本中國現代文學發展史》開篇第一節的標題即爲「望平街－福州路：文學環境的轉型」，他在書中寫道「選擇從上海望平街這條中國最早的報館街（相當於倫敦報業中心所在地的艦隊街）開始，來作現代文學史的敘述，是爲了強調以後延綿一百多年的文學，當年是處於一個與古典文學不同的時代環境裏了。這個環境除去經濟生產力的水平之外，對文學來說最重要的是思想界的急劇變動和物質文化條件的重新構成，而這兩方面都可集中體現在現代報刊出版業的興起上」。〔註1〕

　　文學環境的轉型是促使現代文學廣告出現的最直接的動力。文學廣告的本質是商品廣告，只不過這個商品比較特殊，文學廣告是在報紙、文學期刊和書籍上出現的、以文學書刊宣傳爲主要內容的廣告信息。作爲商業行爲，文學廣告之所以會產生，主要有作者、讀者、媒介三個方面的原因。

　　作爲一種傳播行爲，廣告主是廣告傳播活動的起點，如果廣告主不想做廣告，廣告傳播行爲就不會產生。文學廣告的廣告主是作家，準確地講是現代職業作家，收取稿酬，以寫作作爲謀生手段，他們是十分樂意並十分迫切地想爲自己的作品做廣告的，由此，文學廣告產生的動力有了，文學廣告傳播的起點有了。

　　如果說廣告主是廣告傳播活動的起點，那麼受眾（讀者）則是廣告傳播行爲的終點和目標。作家是十分樂意並十分迫切地想爲自己的作品做廣告的，問題是讀者有對文學廣告的需求嗎？答案當然是肯定的。趙家璧先生在

〔註1〕 吳福輝：《插圖本中國現代文學發展史》，北京大學出版社，2010年1月，第2頁。

《談書籍廣告》一文中就指出，「新書出版後，不見廣告宣傳，作者和讀者都是很有意見的」。〔註2〕可見讀者對文學廣告也是有需求的。

有了起點和終點，廣告傳播行為中必不可少的因素還有媒介。印刷技術的革新、報館／書局／報刊數量激增以及現代文學廣告傳播媒介的重要特徵——多種刊物均屬於同一家書局，廣告資源共享和相互做廣告，帶來了廣告信息傳播的重複效應，文學廣告傳播效果顯著提升。

需要指出的是，本文所指的文學廣告是指現代文學廣告，它與傳統的文學廣告（主要是書籍廣告）是不一樣的。正向本文上文所闡述的，現代文學廣告有三個十分重要的要素：現代職業作家、報刊等大眾傳播媒介以及對文學廣告有接受需求的大眾，而這三點是傳統文學廣告所不具備的。

第一節　從「牌記」到報刊廣告——文學廣告溯源

一、古代書籍廣告

我國古代書籍的商業流通在西漢時便已存在，洛陽「槐市」便是當時著名的書市。但書籍作為商品廣泛流通，書業廣告隨之興起與繁榮，還是在宋代及其以後。始於唐代的雕版印刷，入宋以後漸入昌盛時期。隨著印刷術的普及和書籍的商品化、普及化，至北宋中葉以後印本書逐步取代寫本書，流通急劇增長，書業廣告在兩宋也得到了長足的發展，並呈現出新的特點。

現有的資料表明，唐代便已出現書業廣告的雛形。唐至德二年（757）後，成都卞家印本《陀羅尼經咒》首行印有「唐成都府成都縣龍池坊卞家印賣咒本」字樣。唐咸通二年（861）前，長安李家刻本《新集備急灸經》一書前有「京中李家於東市印」字樣。唐中和二年（882）成都樊賞家雕印具注曆日。此曆日出於敦煌莫高窟，殘片現藏大英圖書館。目下凡存雕印文字四行，題寫文字一行。第二行通欄用大字體雕印「劍南西川成都府樊賞家曆□」。唐長安刁家刻印《曆書》，首行刻有「上都東市大刁家太郎」字樣。上述四書中的「準廣告」都向人們透露這樣一個信息即刻書（或賣書）的地點及主人。它無疑包含有招客前往購買的用意。除了刊刻物上的廣告或準廣告，唐人還有別出心裁的推銷行為。據《全唐詩·李夢符小傳》：「在洪州日，與布衣飲酒

〔註2〕 趙家璧：《談書籍廣告》，見范用：《愛看書的廣告》，生活·讀書·新知三聯書店，2004 年 4 月，第 177 頁。

狂吟，嘗以釣竿懸一魚，向市肆唱《漁父引》，賣其詞。好事者爭買之，得錢便入酒家，或抱冰入水。」這種「以釣竿懸一魚」來吸引「好事者」，以推銷自己的作品，確實是很有創意的。〔註3〕

宋代的書籍廣告形式多樣，刻書的牌記是宋代書籍廣告的主要形式。宋代刻書，無論官刻、家刻還是坊刻，常在書前、書尾或序後、目錄後或內文卷後，刻一牌記，記錄刊印者姓名堂號、雕版時間地點以及內容簡介等。牌記原本是刻書家的字號標誌，最初是爲了便於讀者識別，後來逐漸發展成版權記錄，類似於今天圖書的版權頁（也稱爲版本記錄頁）。牌記有條狀、碑狀、橢圓形狀等，有的加墨欄邊框，因此也稱爲墨圍、碑牌、墨記、書牌子、木記、木牌等。從文字內容和文字數量上來看，書籍的牌記廣告可以劃分爲幾種形式：

首先是標記型廣告。最早出現的書籍廣告是標記式的廣告，一般都是簡短的一句話，說明刻書的時間、地點以及刻書人室名、堂號等。如陳宅書籍鋪有「臨安府睦親坊陳宅經籍鋪印」等〔註4〕（圖7 宋代牌記廣告），這種簡單的介紹型文字對書坊起到了一定的宣傳作用，也增加了圖書的銷售量。在官刻書、家刻書和坊刻書上，標記型的牌記廣告都比較常見。

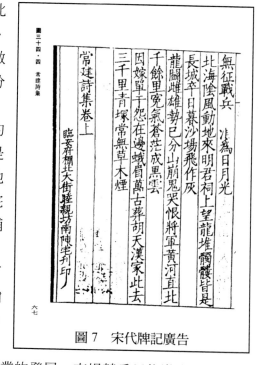

圖7　宋代牌記廣告

其次是介紹型廣告。隨著刻書事業的發展，市場競爭日趨激烈，出現了刊載文字數量較多的書籍推銷廣告。該類廣告在內容上用相當數量的文字介紹刊刻底本、校勘水平甚至新書預告，在刻書者的文字中常常會出現「的無差錯」之類的提示語言。宋紹興二十二年（1152）臨安府榮六郎家刻本《抱朴子內篇》，在卷二十後刻有七十五字的牌記：「舊日東京大相國寺東榮六郎家，

〔註3〕　轉引自范軍：《兩宋時期的書業廣告》，《出版科學》，2004 年第 1 期，第 59 頁。
〔註4〕　陳宅書鋪即南宋代著名書商陳起的書鋪，「前店後坊」是陳宅書鋪的重要特色。

見寄居臨安府中瓦南街東，開印輸經史書籍鋪，今將京師舊本《抱朴子‧內篇》校正刊行，的無一字差訛，請四方收書好事君子，幸賜藻鑒……紹興壬申歲六月旦日。」〔註5〕

第三是故事型廣告。有的書籍內容更加豐富，不僅交待刻書的基本情況，還說明刻書的緣起，少則數十字，多則上百字。這裡我們引錄一則宋淳祐年間（1241～1252）建陽朱士全刻本《新箋決科古今源流至論》的牌記：

> 源流至論一書，議論精確，毫分縷析，場屋之士得而讀之，如射之中乎正鶴甚有賴焉。先因回祿之餘，遂爲缺典。本堂今求到邑校官孟聲董先生鑄抄本，欲便刊行，惟恐中間魯魚亥豕者多，更於好事處訪購到原本，端請名儒重加標點，參考無誤，仍分四集，敬壽諸梓，嘉與四方君子共之幸鑒。

這有點類似於現在的高考用書廣告。時至宋代，出版業廣告宣傳意識更加自覺，廣告內容更加豐富，廣告形式更加完備，廣告意識與版權保護意識相互結合，互爲表裏。

第四是牒文型廣告。宋代的圖書廣告中，還有一種牒文式圖書廣告。牒文是朝廷公文，牒文式廣告即官刻書中的廣告性文字，具有告示天下的性質。由於北宋重文意識盛行，官刻書業非常發達，常常在其雕印的書中附上牒文，同時又在牒文中附上推銷官府刻書的廣告性文字，可謂一舉兩得。〔註6〕綜上所述，兩宋時期，出版者的廣告意識更加自覺、廣告內容愈發豐富、廣告載體固定。宋代刻書家所刻的圖書，既是記載文化知識的載體，也是進行自我宣傳的工具。重視用圖書本身來宣傳圖書，是宋代書業廣告的一個顯著特點，這一點對明清的書業廣告產生了積極影響。明清刻書者也具有較強促銷意識，他們充分利用封面、內封與牌記的有限版面進行促銷，通常採用在封面、內封與牌記上的書名前（冠後）以標示詞、標明出自名家、作預售廣告、標示內附別部小說、刊載簡短的廣告和進行封面裝璜等方式吸引消費者。古代書籍廣告形式的多樣從側面也反映了古代圖書出版業的繁榮。

圖書，既是記載文化知識的載體，也是進行自我宣傳的工具，這是古代書籍廣告的重要特色，同時也暴露出其明顯的缺陷，即讀者只有在接觸到書

〔註5〕 范軍：《兩宋時期的書業廣告》，《出版科學》，2004 年第 1 期，第 61 頁。

〔註6〕 夏寶君：《宋代書籍廣告的形式與傳播特色》，《編輯之友》，2011 年第 6 期，第 109 頁。

本之後才能接觸到圖書廣告，圖書廣告的載體太單一化了，隨著印刷媒體的出現，書籍廣告越來越依賴報刊來作宣傳。按照加拿大著名傳播學者麥克盧漢的「媒介延伸論」學說，報刊的誕生是是人體視覺功能的延伸，由此帶來的是文學廣告傳播效果的增強，文學廣告的數量也激增。

二、報刊登載的書籍廣告

在我國，報刊登載書刊廣告最早可以追溯到 1857 年。上海綜合性中文雜誌《六合叢談》〔註7〕從 1857 年 8 月 20 日第八期開始新增「新出書籍」欄目，專門刊載介紹新書的廣告〔註8〕。由於近代報紙的產生，在報紙上登載書刊廣告應運而生，其數量遠遠超過了雜誌上的書刊廣告。1861 年 11 月英商士林洋行創辦上海近代第一份中文報紙《上海新報》，該報 110 號頭版，首次出現了售書廣告：「(《新刻英話正音》) 大英麥先生翻譯，語音句讀，斟酌盡善，較坊本眞僞懸殊，如要買者，至新新樓對門仁濟醫館西首第二座洋房內便是，或至城內硝皮弄口，文藝篆刻字店亦可。」〔註9〕此則廣告在點明著譯者、發售地址外，已經有了對書籍特點的簡略介紹：「語音句讀，斟酌盡善」；也含有對版本的說明：「較坊本眞僞懸殊」，可看作現代書刊廣告之萌芽。後來，《申報》創刊號第八版刊登了「尙義堂書坊」的售書廣告：「啓者：本號常有《四書》、《五經》、《史記》、《才子》等書，並法貼字典之類發售，其版十分清楚，倘貴客賜顧者，請至興讓街中便是，其價格外相宜，特此布啓，尙義堂書坊啓。」〔註10〕戊戌變法前後，在報刊上刊登的書刊廣告日漸多起來。從光緒十六年（1890 年）開始，英國傳教士傅蘭雅在自己主編的《格致彙編》上常常登載一些格致書室、格致彙編社的售書廣告，這些廣告常有對新書內容的介紹或評價。光緒十六年九月十八日廣州《廣振》報上登出了康有爲的著作廣告，云：「南海康長素先生所著《新學僞經考》在本堂發售。此書考得費易，古文尙書、毛詩、周禮、左傳、爾雅、說文皆是僞書。初印白紙精本，收回紙墨工價銀二百兩正。粵城雙門底珍藏堂謹白。」從上面的例子可知，早期

〔註7〕 《六合叢談》是西方傳教士偉烈亞力（A lexanerW ylie）在上海主編的第一份綜合性中文雜誌。內容有宗教、科學、文學、史地、新聞與商業貨架欄目。
〔註8〕 黃志偉、黃瑩：《爲世紀代言：中國近代廣告》，學林出版社，2004 年，第 271～272 頁。
〔註9〕 1862 年 11 月 25 日《上海新報》。
〔註10〕 1872 年 4 月 30 日《申報》創刊號。

的書籍廣告主要還是作爲單純的商業銷售手段，以傳遞出版和銷售信息爲唯一目的，語言極爲簡單，只是簡略地告知讀者書籍的內容、作者、價格及發售地，絕少文學性、趣味性和思想性。

到了「五四」前後，出版事業進一步發展，各類報紙刊物特別是新文學報刊紛紛出現。這樣書刊廣告就空前地多起來。尤其是新文學的書籍刊物，作爲新生事物，它們迫切想通過廣告這一商業化手段使自己更多地出現在人們的視野裏，進而在舊文學、舊文壇裏開闢出自己的領地。於是許多宣傳新文學報刊書籍的廣告就佔領了大大小小報刊雜誌的邊邊角角。例如，作爲新文學運動重要陣地在當時頗有影響的《新青年》雜誌就常常登載書刊廣告。縱覽《新青年》1～9卷登載的各種廣告，從廣告內容看，《新青年》的廣告可以分爲圖書廣告、雜誌廣告、社團廣告及其他類型廣告。圖書與雜誌廣告是《新青年》廣告的重要組成部分，其中既有自我宣傳廣告，也有商業廣告，更有交換廣告。因此，從商業角度看，可將其分爲四類：一是自我宣傳的促銷廣告；二是商家付費廣告，即商業廣告，它包括對其他各出版機構的圖書或期刊的廣告宣傳以及其他一些商品廣告；三是《新青年》與其他報紙雜誌相互交換的宣傳廣告；四是其他公益廣告，主要指一些社團、學會等信息。《新青年》雜誌的文學廣告呈現出鮮明的特色。與戊戌前及戊戌時期的內容極爲簡略的書刊廣告相比，《新青年》等報刊上登載的廣告不僅多採用白話文，而且開始注重語言的文學性、生動性，有時還包含著某些明顯的思想性、傾向性。如《新青年》上就曾有爲《每週評論》所作的廣告：「看新青年的，不可不看每週評論……新青年是在闡明學理，每週評論是重在批評事實……但是輸入新思想——提倡新文學——宗旨都是一樣，並無不同。」〔註11〕可見，這裡的廣告詞不僅有對《每週評論》十分恰切的評價，而且表明了《新青年》雜誌和廣告撰寫者的思想立場。

現代報紙雜誌上新文學書刊廣告的出現和繁榮，實際上是現代文學開始市場化、商品化的重要表徵。新文學書刊廣告是伴隨著新文學的市場化的需要而產生的。文學、文化一旦成爲商品參與到市場流通中來，爲文學書刊做宣傳的廣告就應運而生。而其中，參與新文學書刊的寫作、編輯乃至出版的人多是作家與出版家一身二任的。所以文學一旦介入到商業活動中，文學書刊廣告就理所當然地作爲一種經營策略來運用了。《現代》雜誌主編、常寫書

〔註11〕1918 年 12 月《新青年》第 5 卷第 6 號。

刊廣告的施蟄存就曾說：「出版一種期刊，對中小型書店來說，是很有利的，如果每月出版一冊內容較好的刊物，在上海市，可以吸引許多讀者每月光顧一次，買刊物之外，順便再買幾種單行本回去。對於外地讀者，一期刊物就是一冊本店出版書籍廣告。」〔註12〕

　　尤其是到了 20 世紀三四十年代，出版業空前活躍發達、新文學生產市場化程度很高，上海北京等大都市書局林立，競爭自然日趨激烈。要在這激烈的競爭中立住腳，重視文學書刊廣告成爲諸多新文學家、出版家普遍的訴求。有學者就指出，20 世紀 30 年代是我國廣告業發展的黃金時期，而「其中佔有重要地位的，是書籍廣告的出現」〔註13〕。僅就《現代》雜誌來說，「在六卷三十四期的《現代》雜誌中，共有約 530 則廣告，平均每期約有 15 則廣告」〔註14〕。編輯印刷技術的提高、市場競爭的激烈，使得新文學家意識到廣告對於文學書刊的發行量、影響力起到至關重要的作用，於是越來越多的新文學家也開始參與到書刊廣告的撰寫中去，至此，撰寫書刊廣告就不僅僅是書商們的工作了。

第二節　大手筆寫小廣告——現代作家的文學廣告創作

一、現代作家的文學廣告創作

　　由於 20 世紀二三十年代文學市場化的加強，眾多的文學行家裏手（其中不乏文學大家、名家）也參與到書刊廣告尤其是新文學書刊廣告的撰寫當中。當代編輯家范用先生在《愛看書的廣告》一書在「編者的話」中就提到，「舊中國幾家著名的出版社，葉聖陶主持的開明書店、趙家璧主持的良友圖書公司、巴金主持的文化生活出版社都很重視廣告。魯迅先生也很重視書的廣告，寫過不少的書刊廣告文字。此外，茅盾、施蟄存、胡風、陸蠡等先生，都寫書的廣告。」〔註15〕

〔註12〕施蟄存：《我和現代書局》，《沙上的腳印》，遼寧教育出版社 1995 年版，第 60～61 頁。

〔註13〕陳培愛：《中外廣告史》，中國物價出版社 1997 年版，第 54 頁。

〔註14〕張永勝：《雞尾酒時代的記錄者——〈現代〉雜誌》，上海人民出版社 2003 年版，第 123 頁。

〔註15〕范用：《愛看書的廣告·編者的話》，生活·讀書·新知三聯書店，2004 年。

　　魯迅的一生，是與編印書刊聯繫在一起的。在編印書刊的過程中，魯迅為了文化事業的普及，為了文學青年的成長，親手寫下了大量的書刊廣告和說明文字。這些文字，或長達上千，或短僅數十，但大都文采斐然，妙趣橫生，是魯迅著作的重要組成部分。魯迅先生對於自己所寫的廣告和說明文字，大多不甚珍視，往往隨寫隨登，而且從不署名。在他自己編輯的文集中，沒有收入一篇廣告和說明文字。1938 年，許廣平在編輯《集外集拾遺》時，將《未名叢刊》和《烏合叢書》等六篇廣告文字作為附錄收入其中〔註 16〕。1981 年版《魯迅全集》仿照《集外集拾遺》的體例，在《集外集拾遺補編》中收入了《苦悶的象徵》等十三篇廣告。

　　《魯迅全集》出版後，魯迅所擬的廣告文字又有發現，如《域外小說集》、《唐宋傳奇集》、《思想・山水・人物》等十六篇廣告文字〔註 17〕，這些已被收入 2001 年群言出版社出版的《魯迅佚文全集》中，《魯迅全集》（2005 年版）中收錄的能確定為魯迅所寫的文學廣告也有四十餘則，但這並非魯迅所擬廣告文字的全部。魯迅一生編輯過多種書刊，接觸過許多書籍，也幫助過許多朋友。除了為許多年輕人的書籍作序外，還親自撰寫廣告，宣傳這些年輕人的譯著。因此，如果留心收集，魯迅所擬的廣告文字還會有不少的數量。

　　葉聖陶也撰寫了大量的文學廣告，就筆者所掌握的資料來看，主要是葉聖陶作為編輯學家，為年輕的作者（包括茅盾、巴金、王統照）所寫的作家、作品的推介廣告，這些廣告集中收入在《葉聖陶集》中。作為編輯家，葉聖陶很好地發揮了「伯樂」的作用，善於發現和推出年輕的作家；在為年輕作家撰寫的文學廣告中常常帶著對年輕作家的激勵。

　　葉聖陶撰寫的介紹新人巴金的廣告（1929 年 4 月）：

> 巴金君的長篇創作《滅亡》已於本號刊畢了。曾有好些人來信問巴金君是誰，這連我們也不能知道。他是一位完全不為人認識的作家，從前似也不曾寫過小說。然這篇《滅亡》卻是很可使我們注意的。其後半部寫得尤為緊張。

（原載 1929 年 4 月 10 日《小說月報》第 20 卷第 4 號，為葉聖陶所寫。）

〔註 16〕劉雲峰：《魯迅所擬書籍廣告和說明文字三則考辨》，《魯迅研究月刊》，2005 年第 3 期，88 頁。

〔註 17〕這三篇廣告文字的具體內容見范用：《愛看書的廣告・編者的話》，生活・讀書・新知三聯書店，2004 年。

在此之前，1928 年 12 月 10 日《小說月報》第 19 卷第 12 號就已經有《第 20 卷內容預告》：「《滅亡》，巴金著，這是一位青年作家的處女作；寫一個蘊蓄著偉大精神的少年的活動與滅亡」。〔註18〕

葉聖陶爲巴金的《家》也寫過廣告（1933 年 9 月）：

> 著者在《激流》總序中這樣說：「在這裡我所欲展示給讀者的乃是描寫過去十多年間的一幅圖畫，自然這裡只有生活的一小部分，但已經可以看見那一股由愛與恨，歡樂與受苦所組織成的生活之激流是如何在蕩動了」。在本書的後記中這樣說：「這只是一年內的事，……然而單從這一年內大小事變的描寫，我們已經可以看到一個正在崩壞的資產階級家庭底全部悲歡離合的歷史了。這裡所描寫的離家正是一個這類家庭底典型，我們在各地都可以找到和這類似的家來」。從這兩段話中，我們可以知道這本書的內容如何值得注意了。全文曾經在一九三一年《時報》上發表，共二十餘萬言。現經作者增刪修改，排印成單行本，讀者連續讀去，一定比報紙上逐日讀一小段更能得到此書的妙處。

（據《葉聖陶集》18 卷，只注明：1933 年 9 月 1 日刊出）

引用作者自己的話作爲廣告宣傳的主要文字，是葉聖陶作爲編輯宣傳他人作品的重要廣告出策略，從某種程度上將，要比編輯自己主觀地講自己的看法和觀念更能說服讀者。葉聖陶在爲朱光潛《談美》寫的廣告中（1934 年 4 月）也體現了這樣的特點：

> 本書是朱先生在《給青年的十二封信》後的第十三封信。朱先生對於美學頗多心得。他自己說：「在這封信裏，我就想把這一點心得介紹給你，假若你看過之後，看到一首詩，一幅畫，或是一片自然風景時，比較從前更感到濃厚的趣味，懂得什麼樣的經驗才是美感的，然後再以美感的態度推到人生世相方面去，我的心願就算達到了」。他的態度親切和談話的風趣，是和《給青年的十二封信》一樣的。

（據《葉聖陶集》18 卷，注明：1934 年 4 月 1 日刊出）

〔註18〕1928 年 12 月 10 日《小說月報》第 19 卷第 12 號。

葉聖陶為茅盾《蝕》所寫的廣告（1930 年 3 月 1 日）：

> 革命的浪潮打動老中國的每一顆心。攝取這許多心象，用解剖似的鋒利的筆觸來分析給人看，是作者獨具的手腕。由於作者的努力，我們可以無愧地說，我們有了寫大時代的文藝了。分開看時，三篇各自獨立，合併起來看，又脈絡貫通——亦唯一併看，更能窺見大時代的姿態。

> （載《葉聖陶集》第 18 卷，發表刊物待查）

同年 5 月，《蝕》三部曲由開明書店出版，在此之前，葉聖陶已為茅盾的《幻滅》、《動搖》和《追求》分別寫過廣告詞。

葉聖陶為王統照《山雨》寫的廣告：

> 作者數年來未有長篇創作，去歲遂成此二十萬言之巨製。書中描寫近年來北方生活之動蕩：外國資本勢力的侵入，軍匪的肆擾，捐稅的繁苛，使誠樸的農民受盡苦難，逃入城市另求生路。作者著眼於經濟力量之足以決定生活及意識，寫農村崩潰之原因，至為詳盡，並暗示因農民不安而引起的社會的轉變，是時代呼聲之新創作。

> （原載 1933 年 10 月 1 日《中學生》10 月號。）

值得注意的是，葉聖陶所寫的文學廣告中特別喜歡從時代高度看某一個作家或作品，「時代」二字是他所寫的文學廣告中出現頻率最高的。他在為茅盾《蝕》所寫的廣告提到「更能窺見大時代的姿態」、在為王統照《山雨》寫的廣告中提到「是時代呼聲之新創作」，這樣的例子還有很多。另外他也特別看重現代文學作品的普及以及文學作品的教育功能，據筆者統計，其很多文學廣告是刊載在諸如《中學生》這樣的雜誌上的。以上兩個方面的特點，是與葉聖陶作為教育家的身份密切相關的。

施蟄存是現代著名作家，又是編輯出版家。在上個世紀 30 年代主編《現代》雜誌，主編「現代創作叢刊」時，施蟄存曾為其中的十五部作品撰寫了廣告。〔註 19〕這些廣告文字頗能顯現出施蟄存深刻非凡的鑒賞力和絕佳的印

〔註 19〕李輝：《施蟄存寫廣告（摘錄）》，見范用：《愛看書的廣告·編者的話》，生活·讀書·新知三聯書店，2004 年，第 174 頁。

象式批評。如他給戴望舒的詩集《望舒草》寫的廣告：「戴望舒先生的詩，是近年來新詩壇的尤物。凡讀過他的詩的人，都能感到一種特殊的魅惑。這魅惑，不是文字的，也不是音節的，而是一種詩的情緒的魅惑。」兩語三言就抓住了戴望舒詩歌的特點：「詩的情緒的魅惑」，非有敏銳的鑒賞和極強的概括力不能為，也很好地發揮了印象式批評的長處，可謂是與詩人戴望舒「靈魂在傑作之間的奇遇」。〔註20〕又如在給彭家煌的《喜訊》寫的廣告中，施蟄存說：「著者是一個沉默寡言的人，自視極為嚴肅，所作亦一如其為人，是濃重而簡練，有如北歐作家的作品。他也諷刺，也有冷嘲，但他的冷嘲是雋妙而帶有一點苦味。」這個評價十分準確，是知人之論。〔註21〕胡風在主持《希望》、《七月》等刊時也留下了很多的書刊廣告，胡風寫的這些書刊廣告文字正如姜德明曾評價的那樣：「有的極富哲理，有的就是詩，或是精闢的短論。獨立開來，一篇篇都是可愛的書話。」〔註22〕胡風曾有這樣一段精彩的論述：「美貌而貧困的郭素娥，『是這封建古國的又一種女人，肉體飢餓不但不能從祖傳的禮教良方得到麻痺，倒是產生了更強的精神飢餓，飢餓於徹底的解放，飢餓于堅強的人生。她用原始的強悍碰擊了這社會的貼壁，作為代價，她悲慘的獻出了生命。』」這一常被現代文學研究者反覆徵引的著名論斷，其實正是胡風給路翎的小說《飢餓的郭素娥》撰寫的廣告詞。由此可見，隨著現代文學作家（特別是大家、名家）參與到文學廣告的撰寫當中，文學廣告在文藝性上大大增強了，文學廣告日趨精緻和審美化，文化內涵、文學意味成為現代文學廣告的重要特徵。

二、文化內涵、文學意味：現代文學廣告的重要特徵

　　文化內蘊、書卷氣息、文學意味是現代文學廣告迥異與其他商業廣告的首要特徵。儘管現代文學廣告仍是基於促進書刊銷售的商業化目的，但是由於廣而告之的對象——文學書籍刊物具有特殊性，故新文學書刊廣告亦形成了與其他廣告不同的特點。從傳播學和符號學的角度來看，廣告是「作為一

〔註20〕趙普光：《新文學書刊廣告類書話芻議》，《中國現代文學研究叢刊》，2007年
　　　　第6期，第227頁。
〔註21〕趙普光：《新文學書刊廣告類書話芻議》，《中國現代文學研究叢刊》，2007年
　　　　第6期，第227頁。
〔註22〕轉引自趙普光：《新文學書刊廣告類書話芻議》，《中國現代文學研究叢刊》，
　　　　2007年第6期，第227頁。

種關於客體且通過客體表達的話語（a discourse through and about objects）……
這種話語涉及一種看來很普遍，但實際上卻很特殊的關係，即人與物（客體）
的關係」。〔註23〕雖然文學書刊廣告也體現人與物的關係，但這裡的「物」已
經不僅僅是紙張或者紙張上印刷的字符，而更多的是這些紙張和字符裏所承
載的文學意味、文化意蘊、思想內涵及知識信息等。在這裡，物質──字符
和紙張不是主要的，而其承載的內容──文學、文化、知識等才是書刊最重
要最根本的價值。正如錢伯城所指出的：「書刊廣告一方面是要有廣告的特
色，另一方面更需要有書刊本身的特色。同商業廣告不一樣，書刊廣告要盡
可能地避免一些『商業氣』，多增加一些『書卷氣』。」〔註24〕

　　錢伯城所謂的「商業氣」，主要是指當時除文學廣告（書刊廣告）之外的
商業廣告作為直接引導市民消費的商業宣傳，它所提供的不僅是一系列「摩
登」的商品，而且傳播了一整套「好的」、「合理的」生活方式和價值觀念，
它對於塑造市民的消費主義意識形態所產生的作用，是直觀而直接的。以 20
世紀 20、30 年代的《申報》商業廣告為例。從 1872 年創刊開始就登載廣告
的《申報》，在經過了近半個世紀的發展之後，到 20 世紀 20—30 年代，其廣
告無論是在類型、印刷，還是在語言技巧上都達到了相當高度。鋪天蓋地的
廣告運用心理學、生理學以及語言學的各種知識和技巧刺激讀者的消費欲
望，影響和引導消費者的觀念。廣告所提供的，不僅是某種具體的商品或服
務，甚至有某些「時尚」的消費觀念，而且在這些觀念背後，是一整套有關
物欲主義和享樂主義的人生觀。在《申報》廣告中，舉凡同人們衣食住行有
關的商品和服務類廣告，無不包含著物欲享受的話語。廣告關心著你身體的
舒適、健康，努力為你提供各種官能刺激和滿足。幾乎所有的廣告都在告訴
你，你的幸福快樂、人生意義就存在於各種物欲的滿足之中。《申報》上為精
益眼鏡所作的廣告說：「人身上的福分，就是眼福和口福。」〔註25〕它明確地
告訴讀者一種新的幸福觀：人的幸福不再是安貧樂道，成為儒家所期望的有
德之士，而是一種感性的滿足、當下的感觀快樂。〔註26〕《申報》大量的廣

〔註23〕〔美〕蘇特・傑哈利（Sut Jhally）：《廣告符碼：消費社會中的政治經濟學和
　　　　拜物現象》，中國人民大學出版社 2004 年版，第 2 頁。
〔註24〕錢伯城：《漫談書刊廣告》，見范用編《愛看書的廣告》，三聯書店 2004 年版，
　　　　第 170 頁。
〔註25〕《申報》，1922 年 3 月 12 日。
〔註26〕許紀霖、王儒年：《近代上海消費主義意識形態之建構──20 世紀 20～30 年

告正是圍繞著如何爲消費者提供各種眼福、口福和豔福展開的。物欲的享樂所包含的內容是多方面的，除了視覺、嗅覺、味覺、聽覺等刺激之外，「性」這一主題是永遠不能被忽略的。正如波德里亞所說：「性欲是消費社會的『頭等大事』，……一切給人看和給人聽的東西，都公然被譜上性的顫音，一切給人消費的東西都染上了性暴露癖。」〔註27〕當時刊載在《申報》上的一則歌舞演出的廣告，竭盡性挑逗之能事，很好地爲波德里亞的這句話做了注解。「濃歌膩舞，現代的，藝術的，空前的，誘人的，自有眞價，毋待吹噓。群雌顏如玉，裸而歌，裸而舞，裸而撩撥人們的青春，妙樂似仙音，蕩人魂，銷人魄，感人的心，醉人的意」。〔註28〕同各類演出廣告遙相呼應的，是大量的和性病有關的藥品廣告，又爲這種彌漫的情慾起到推波助瀾的作用。這些與性病有關的藥品廣告，雖然承認性病會給人帶來難以忍受的痛苦，但同時又宣稱：「好色之心，人皆有之。此蓋天賦之情，本不足爲人類之病。」〔註29〕並配上各種帶有色情意味的男女相歡之圖，將好色和縱慾賦予一種自然的、合理的，甚至美好的秉性。而廣告所宣揚的藥品效果又向讀者暗示了一種安全的保證。因而那些治療性病的藥品廣告在勸誡讀者的同時又對讀者起到了巨大的勸誘作用。綜觀 20 世紀 20～30 年代的《申報》商業廣告，無論其介紹的是商品還是服務，都以滿足人們眼、耳、鼻、舌、身的需求爲目的。幾乎所有的廣告都想方設法地激起你的各種官能欲望：所有的廣告都向你許諾，他們的商品和服務將愉悅你的這些官能，你在他們的商品和服務中將得到最大的官能滿足，由此獲得人生的快樂。而快樂就是人生的目的，只要擁有快樂，你的人生就是美好的人生。南洋兄弟煙草公司的兩則香煙廣告，非常直白地闡析了廣告要表達的觀點：「中秋夜，吃團圓酒，吸大喜煙，看小翠花演戲，亦人生之快事也。」〔註30〕「公餘之暇，入休息室，坐自由椅，吸金馬煙，閱名家小說，其樂陶陶，雖南面王不易也」〔註31〕。

　　與之形成鮮明對比的是當時以書刊廣告爲主的文學廣告。以《倪煥之》的廣告爲例：

　　　代〈申報〉廣告研究》，《學術月刊》，2005 年第 4 期，85 頁。
〔註27〕波德里亞著，劉成富、全志鋼譯：《消費社會》，南京大學出版社 2001 年版，第 158 頁。
〔註28〕廖沫沙：《廣告摘要》，《申報·自由談》，1933 年 4 月 20 日。
〔註29〕《申報》，1926 年 2 月 1 日。
〔註30〕《申報》，1920 年 9 月 25 日。
〔註31〕《申報》，1922 年 6 月 6 日。

　　這是一部直接描寫時代的東西，茅盾先生謂是「扛鼎」的工作。可作「五四」前後至最近革命十餘年來的思想史讀。其中有教育者，有革命者，有土豪劣紳，有各色男女，有教育的墾荒，有革命的剪影，有純潔的戀愛，有幻滅的哀愁，一切都以寫實的手腕出之，無論在技巧上，在內容上，都夠得上是劃一時代的。

（原載《中學生》，1930 年 9 月第 8 號）

「時代」、「革命」、「思想史」、「技巧」、「內容」這樣一系列詞語的出現，立刻彰顯了文學廣告的文化內涵。

　　再看陳銓〔註 32〕的作品《天問》的廣告：

　　　　我們爲什麼近年來衹看見人寫短篇小說？爲什麼？

　　　　因爲長篇小說，眞不是個容易的嘗試。它需要時間，理智，觀察，選擇，感覺，記憶，尤其是作者藝術上充分的修養與警練動人的文筆；缺一樣這嘗試便是整個的失敗。

　　　　現在好了，這位一鳴驚人的作者給了我們一篇洋洋灑灑二十萬言的成功的供狀——《天問》。《天問》裏面，像整個的人生一樣，包含著一齣古今相同的悲劇：裏面不僅思想清純，結構嚴謹，描寫清切，分析細微，理論透徹；還看得出天眞的與虛僞的衝突，情愛與罪惡的對壘和仁慈與殘暴的搏鬥。這些都是造成人生千變萬化的要素，所以一方面因爲《天問》是人生的眞實的描寫，我們看了就知道什麼是人生的究竟；一方面因爲人生本身始終是個啞謎，我們想猜透它歸根還只有去「問天」。不過一個人憑空決不會感覺到如此深切，除非讀了像《天問》這樣動人的作品才能夠。

（原載 1928 年 7 月 10 日《新月》第 1 卷第 5 號）

爲了給一篇長篇小說寫廣告，先從長篇小說和短篇小說的比較談起，闡述長篇小說的寫作對於作者文學素養的高要求，進而說明「我們爲什麼近年來衹看見人寫短篇小說」的原因。接著從「什麼是人生的究竟」這一問題出發，

〔註 32〕屬於國民黨系統的作家過去文學史很少談及，陳銓是這個系統的一個重要作家。

詳細列舉了小說在思想、結構、描寫、分析以及理論等各方面的特色，應該說整篇文學廣告既有文化內涵、又有文學意味，更是充滿了「書卷氣」。

就文學廣告「書卷氣」的角度而言，現代文學廣告的內容中不僅涉及書刊內容的介紹，更涉及到圖書裝幀的藝術手法。以林語堂撰寫的《初期白話詩稿》（精裝本）廣告為例〔註33〕：

> 北平友人，越來越闊。信箋是「唐人寫《世說新語》格」的，請帖是琉璃廠榮寶齋印的，圖章是古雅大方的，官話是旗人老媽調的。這本用珂羅版印的《初期白話詩稿》，也是一樣精緻可愛的。深藍的封面、灑金的紅簽，潔白的紙質，美麗的裝潢，都令人愛惜。但是這並不是挖苦的話，因為它的內容是胡適、李大釗、沈尹默、沈兼士、陳獨秀、周作人、陳衡哲諸人《新青年》時代的筆跡——「唐俟」（即魯迅）之詩稿時周豈明代鈔的，尤為寶貴。這類筆跡，雖然裝潢美麗也是應該的。幾百年後，也許可與道、咸、同、光名人手箋，明代經師手簡一樣地有古董的價值。

對《初期白話詩稿》的介紹，不以內容為重點，而突出強調其裝幀的「復古」，強調其「也許可與道、咸、同、光名人手箋，明代經師手簡一樣地有古董的價值」，是有深意的。整篇文學廣告在充滿名副其實的「書卷氣」的同時，也在告訴當時的「新青年們」，文白之爭不是不可調和的，現代也畢竟是以傳統為基礎的，兩者是可以互相借鑑的。

在文學廣告中突出「書卷氣」，這樣的例子還有很多，舉《人間世》發刊詞為例：

> 十四年來中國現代文學唯一之成功，小品文之成功也。創作小說，即有佳作，亦由小說散文訓練而來。蓋小品文，可以發揮議論，可以暢泄衷情，可以摹繪人情，可以形容世故，可以札記瑣屑，可以談天說地，本無範圍，特以自我為中心，以閒適為格調，與各體別，西方文學所謂個人筆調也。故善演情感與議論於一爐，而成現代散文之技巧。《人間世》之創刊，專為登載小品文而設，蓋欲就其已有之成功，推波助瀾，使其愈臻暢盛，小品文已成功之人，或可益加興趣，多所寫作；即未知名之人，亦可因此發見。蓋文人作文，每等還債，不催不還，不邀不作。或因未得相當發表之便利，雖心

〔註33〕該廣告為林語堂所撰，收《語堂文集》下。

頭偶有佳意，亦聽其埋沒，何等可惜？或且因循成習，絕筆不復作，天下蒼生翹首如望雲霓，而終不見涓滴之賜，何以爲情？且現代刊物，純文藝性質者，多刊創作，以小品作點綴耳。若不特創一刊，提倡發表，新進作家即不復接踵而至。吾知天下有許多清新可喜文章，亦正藏在各人抽屜，供魚蠹之侵蝕，不亦大可哀乎？內容如上所述，包括一切。宇宙之大，蒼蠅之微，皆可取材，故名之微《人間世》。除遊記、詩歌、題跋、贈序、尺牘、日記之外，尤注重清峻議論文及讀書隨筆，以期開卷有益，掩卷有味，不僅吟風弄月，力求完善，用仿宋字排印，以符小品清雅之意。尚祈海內外人士，共襄其成。

（載 1934 年 4 月 5 日出版的《人間世》第 1 期）

「開卷有益，掩卷有味」、「用仿宋字排印，以符小品清雅之意」，整篇廣告呈現出濃鬱的「書卷氣」。需要特別提到的是，發刊詞一類的文字，也是文學廣告的重要類型和重要組成部分，透過發刊詞一類的文字，可以管窺刊物的編輯方針、欄目設置、讀者對象以及刊物自身的風格特色等內容。通過對發刊詞一類的文字的分析，還可以「再現」某一時期重要的文學事件，「還原」特定時期的「文學生態」。本文第二章選擇的《新青年》創刊號「社告」、《新青年》上的「通信」社告、《新青年》關於「女子問題」的討論、文學研究會簡章、文學研究會宣言、《小說月報》改革宣言、《小說月報》宣告本刊「特殊色彩」以及《小說月報》「預告開設故書新評專欄」等文學廣告均屬於發刊詞一類的文字，本文也力圖通過深入分析這一類文字，「再現」某一時期重要的文學事件，「還原」特定時期的「文學生態」。

還值得一提的是，與發刊詞、新文學書刊廣告相比，通俗文學廣告呈現出迥然不同的風格，不僅數量極大、種類繁多，而且與文學創作、電影製作有著更爲密切的聯繫，更能體現文學、文藝市場的基本態勢。

通俗文學的廣告大致上可分爲三個階段。〔註 34〕第一個階段是民國初年。在此之前，也有一些文學廣告，例如韓邦慶的《海上奇書》出版之際在 1892 年的《申報》上就有出版預告。〔註 35〕但是這些文學廣告基本上被淹沒

〔註 34〕關於通俗文學廣告的分段，參考了湯哲聲：《廣告與通俗文學》一文（未刊稿）。
〔註 35〕廣告：「海上奇書共是三種，隨作隨出，按期因售，以副先觀爲快之意，其中

在大量的商業或教課書廣告的之中。進入 20 世紀以後文學廣告明顯增多，特別是林譯小說成爲文學廣告的主要內容。民國初年，眾多作家作品的文學廣告呈繁榮局面，充塞在各種報刊的大小版面。考量此時文學廣告繁榮的原因大致有三：一是自 1902 年梁啓超發表了《論小說與群治之關係》之後，一場文學革命正在興起，文學不僅有愉悅的功能，還有「新國民」的功能，作爲一種文化顯學，文學受到人們的熱捧。社會的需求自然會催生大批的作家作品，自然會催生廣告大量地出現。二是大批的文學期刊出現。此時正是大量的報紙副刊向文學雜誌轉型時期。這些雜誌爲了爭奪市場份額推出不少作家作品。爲了雜誌的宣傳和作家作品暢銷，廣告自不可少。三是此時中國文壇上產生了第一批職業作家，他們完全依靠稿費而生活，而稿費的多少又和作家的知名度和市場效應聯繫在一起。例如 1906 年左右創作小說林紓大約每千字 5 元（最多時 6 元），包天笑每千字 3 元，市場價是每千字 2 元，也有千字 1 元，甚至是 5 角。〔註36〕林紓因爲翻譯外國小說成爲此時中國最有名的作家，包天笑因爲創作教育小說聲名正在日益雀起，是新進名作家。爲了更多的知名度和市場認可度，作家做廣告顯然是最佳手段。進入 20 世紀 20 年代以後，通俗文學的廣告再一次繁榮，引人注目的是此時的文學廣告有時會達到整版，例如張恨水的《啼笑因緣》廣告。文學廣告的數量、分量以及連續刊載的時間之長都達到了前所未有的程度。這是因爲中國現代通俗文學與新文學分道揚鑣，明確了自我走市場路線的價值取向。通俗文學作家必須獲得讀者的認可才能生存。市場路線的確認也打開了通俗文學的創作道路。現代通俗文學走上了繁盛局面，期刊雜誌此起彼伏，文學創作越來越類型化，創作隊伍日益壯大。繁盛的通俗文學創作自然帶來繁盛的文學廣告。此時通俗文學廣告繁盛還有兩個新的要素。一是書局的介入。新成立的是世界書局和大東書局爲了與商務印書館和中華書局爭奪市場份額，採用了創作通俗文學打開市場的經營策略。它們辦了很多通俗文學雜誌，很多文學作品經過連載逐步地取得了市場的認可度，然後它們在結集出版。雜誌連載和書籍出版形成互動，雜誌上連篇累牘地刊載那些書籍廣告，那些書籍上也是附載數頁的雜誌廣告。書局的有著自己的發行網，有著幾本甚至是十幾本雜誌，做起廣告來可謂是聲勢浩大。二是文學創作與商業電影的聯姻。此時的電影正逐步成爲

最奇之一種名曰海上花列傳，乃是演繹……」《申報》1892 年 2 月 16 日。
〔註36〕包天笑：《釧影樓回憶錄》，香港大華出版社，1971 年版，第 325 頁。

中國民眾最大的娛樂項目，很多吸引觀眾的電影均來自於暢銷的通俗小說的改編。電影爲了吸引更多觀眾就不斷地打出廣告，強調它改編於什麼暢銷書，書商爲了攀上電影光環，同樣是不斷地打出廣告，強調那部熱映電影的原著是什麼。於是作家、書商、導演，雜誌、出版、電影都加入了廣告大軍，造成了此時中國通俗文學廣告異常熱鬧、非常好看。40 年代儘管戰爭連綿，由於通俗文學市場路線的價值觀，反而在激烈的爭鬥中獲取生存的可能，迎來創作的第三次波峰。

與文化內涵、書卷氣不同，商業性、通俗化、講究「噱頭」是通俗文學廣告區別於發刊詞、新文學書刊廣告的重要特徵。新文學書刊類廣告強調的是文學作品的社會功能，以魯迅撰寫的兩則廣告爲例：

《一個青年的夢》

日本武者小路實篤作戲劇，魯迅譯。當歐戰正烈的時候，作者獨能保持清晰的思想，發出非戰的獅子吼來。

《出了象牙之塔》

日本廚川白村作關於文藝的論文及演說二十篇，思想透闢，措辭明快，而又內容豐富，饒有趣味，是一部極能啓發青年神志的書。

魯迅是要告訴讀者，他所翻譯這兩本書都是能夠給人思考的書。通俗文學的廣告就不一樣了，它們強調是文學的愉悅性。最爲典型的例子有兩則，一則是《禮拜六》的廣告，一則是《新山海經》的廣告。

寧可不娶小老婆，不可不看禮拜六

——1921 年 5 月 28 日《申報》第四版

禮拜六是你的良伴，禮拜六是你的情人。

——《禮拜六的自我推銷》（《禮拜六》第 102 期）

看《新山海經》如：按摩
一經魯宋女子按摩：神清氣爽
一讀秋蟲先生小說：骨軟筋酥
魯宋女子最有名的叫做，「密斯曼麗」！
秋蟲小說最得意的便是，《新山海經》！

　　魯宋女子按摩只在皮毛！

　　新山海經小説寫入内心！

　　魯宋女子按摩只以肉感號召，

　　新山海經小説能以骨感動人。

　　按摩外加「必諾浴」遍體涼爽

　　小説參看「寫眞圖」有骨俱酥

　　看張秋蟲先生新著的小説《新山海經》五十回後，身心愉快，
積悶全消，實在比較魯宋女子按摩一番來得有趣舒服！而且按摩一
番須大洋五元，《新山海經》每部三元，尤覺十分便宜。

新山海經，全書五十回，回目列下

——新聞報 1930.2.24 第 16 版

　　讀《禮拜六》就如娶小老婆、找情人，讀《新山海經》就如是魯宋女子的按
摩，通俗文學廣告的通俗化、商業性可見一斑。通俗文學廣告的通俗化、商
業性的特徵是植根於通俗文學的内容特徵的。事實上，正如通俗文學是展示
現代文學豐富性的一個重要維度一樣，通俗文學廣告也是展示現代文學廣告
豐富性的一個重要方面，也是值得深入研究的。

三、獨立的文學審美特徵：現代文學廣告的書話性質

　　現代文學廣告顯示出獨立的文學審美特徵，即内斂的抒情、印象式評論、
知識性說明以及小品化傾向等審美特質，可以看作是現代書話之一種即現代
文學廣告類書話。趙普光在《論現代書話的概念及文體特徵》一文中認爲：「從
上個世紀（即 20 世紀，筆者注）30 年代起，周作人、阿英、唐弢等以及後來
的黃裳開始有意識地加強經營這一文體，書話文體逐漸成形，初步穩定。從
而初具規模的書話開始顯示出來大致的體制特徵：短箚式、小品化、抄書體」，
「（現代）書話作爲一種文學性體裁，它以感性爲主，輔以知性，將知性與感
性恰當地交融搭配在一起，而感性與知性的協調是借助於對敍事、抒情、議
論、說明等表現方式的綜合運用並適當加以變化來實現的。」〔註37〕

　　魯迅就曾經給自己或他人的著譯撰寫廣告，魯迅撰寫的文學廣告很能體
現出現代書話的内斂式抒情的特點。由於魯迅對書籍刊物極強的概括把握能

〔註37〕趙普光：《論現代書話的概念及文體特徵》，載《新華文摘》2006 年第 6 期。

力和他那老辣的用筆，其文筆絲毫不亞於他專事創作經營的文字，讀來讓人頗爲歎服。如在他撰寫的《〈苦悶的象徵〉廣告》中，魯迅認爲譯著《苦悶的象徵》「並無刪節，也不至於很有誤譯的地方」〔註38〕，從這一自我評價中足見魯迅的自信，也可窺見其忠實於原文的翻譯觀。魯迅在《〈莽原〉出版預告》中說：「聞其（指《莽原》，筆者注）內容大概是思想及文藝之類，文字則或撰述，或翻譯，或稗販，或竊取，來日之事，無從預知。但總期率性而言，憑心立論，忠於現世，望彼將來云。」〔註39〕此則廣告可謂別出手眼，既有魯迅式的幽默，更能體現他爲文、爲人的標準：「率性而言，憑心立論，忠於現世，望彼將來。」〔註40〕魯迅還積極地給他人的作品寫廣告以推薦或宣傳。如瞿秋白遇害後，魯迅爲之收集編輯譯文集《海上述林》，並寫了廣告《〈海上述林〉上卷出版》〔註41〕。

《海上述林》上卷出版

　　本卷所收，都是文藝論文，作者既係大家，譯者又是名手，信而且達，並世無倆。其中《寫實主義文學論》與《高爾基論文選集》兩種，尤爲惶惶巨製。此外論說，亦無一不佳，足以益人，足以傳世。全書六百七十餘頁，玻璃版插畫九幅。僅印五百部，佳紙精裝，內一百部皮脊麻布面，金頂，每本實價三元五角；四百部全絨面，藍頂，每本實價二元五角，函購加郵費二角三分。好書易盡，欲購從速。下卷亦已付印，準於本年內出書。上海四川路底內山書店帶售。

　　　　（初刊1936年11月20日《中流》第一卷第六期。魯迅撰文）

在這則廣告中，他既高度評價了瞿秋白的譯文功力「信而且達，並世無兩」，又不厭其煩地說明該書的印刷、裝幀的精美細緻。可見魯迅對該譯文集的出版的重視程度和花費的極大心血，魯迅與瞿的深厚友誼、對瞿的遇害的痛惜、對當局暴行的憤怒其實都深蘊其中。可以說魯迅的書刊廣告類書話很好地體現了現代書話的內斂式抒情的文學審美特徵。

〔註38〕1925年3月10日《京報副刊》。

〔註39〕1925年4月21日《京報》。

〔註40〕趙普光：《新文學書刊廣告類書話芻議》，《中國現代文學研究叢刊》，2007年第6期，第226頁。

〔註41〕1936年11月20日《中流》第1卷第6期。

現代文學廣告多具有印象式的批評的特質。特別是新文學家撰寫書刊廣告能以獨特的感悟力，以準確的筆觸點出所談書刊的特點。葉聖陶在爲朱自清散文集《背影》所撰寫的廣告中寫道：〔註42〕

> 誰都認識朱先生是新詩壇中的一位健將，但他近年來卻很少做詩，因爲他對於自己的詩並不覺得滿意。他所最得意的還是散文，所以近來做的散文已特別多。這是他最近所輯的散文集，共含散文十五篇，敘情則悱惻纏綿，述事則熨貼細膩，記人則活潑如生，寫景則清麗似畫，以致嘲罵之冷酷，譏刺之深刻，眞似初寫黃庭，恰到好處。以詩人之筆做散文，使我們讀時感到詩的趣味。全書百五十餘頁，上等道林紙精印，實價伍角伍分。

「敘情則悱惻纏綿，述事則熨貼細膩，記人則活潑如生，寫景則清麗似畫」，「以詩人之筆做散文」，這幾句話切中朱自清散文的特點，非有敏銳的鑒賞和極強的概括力不能爲，也很好地發揮了印象式批評的長處。

胡風在爲路翎的《財主底兒女們》撰寫的廣告中，體現出同樣的特點：

> 約一百萬字的大長篇，是抗戰以來的小說文學中的偉大收穫。時間自「一‧二八」戰爭到蘇德戰爭爆發，舞臺由蘇州、上海、南京、江南原野、九江、武漢，以至重慶、四川農村，人物有七十個以上（這裡有眞的汪精衛和陳獨秀），主要是青年男女。這些人物如輻射中心，在這部大史詩裏面，激盈著神聖的民族解放戰爭的狂風暴雨，燃燒著青春的熊熊的熱情火焰，躍動著人民的潛在的力量和強烈的追求。而且，作者是向著將來，爲了將來的，所以，通過這部史詩裏面的那些激盈的境界、痛苦的境界、歡樂的境界，始終流貫著對於封建主義和個人主義的痛烈的批判和對於民族解放，人民解放，個性解放的狂熱的要求。這是現代中國的百科全書，因爲它所包含的是現代精神的一些主要傾向；這是光明和鬥爭的大交響，在眾音的和鳴中間，作者和他的人物是舉起了整個的生命向我們祖國的苦惱而有勇氣的青年兄弟姊妹們呼喚著的。前有胡風先生長序和作者自己的題記。

> （原載 1945 年 5 月出版的《希望》1 集 2 期。爲胡風所撰）

〔註42〕 見范用編：《愛看書的廣告》，生活‧讀書‧新知三聯書店，2004 年，第 15 頁。

長篇小說《財主底兒女們》是路翎的代表作。1940 年，路翎在寫礦區生活小說的同時，也開始了知識分子題材小說的寫作。如《穀》寫出了有志青年如何在沉悶的生存環境中掙扎。1941 年 2 月，初稿《財主底兒子》寫畢，路翎寄給了正在香港的胡風，遺憾的是，胡風在戰亂中將書稿遺失。從 1942 年夏開始，沉浸在托爾斯泰「偉大的魄力」和「羅曼‧羅蘭底英雄的呼吸」中的路翎，在重慶南溫泉國民黨中央政治學校圖書館的一間小屋裏，開始重新構思和創作他的《財主底兒子》（後改名爲《財主底兒女們》），一直到 1944 年 5月，他完成這 80 餘萬字的巨著。小說分兩部，第一部完成於 1943 年 11 月，共 15 章，第二部完成於 1945 年 5 月，共 16 章。原計劃由五十年代出版社出版，後又擬南天出版社出版，最後還是由剛成立的希望社於 1945 年 11 月初版了小說第一部，書前有胡風的《序》（1945 年 7 月 3 日）和作者的《題記》（1945年 5 月 16 日）。1948 年 2 月希望社在上海再版小說第一部，初版第二部。

胡風在《序》中對小說給予高度的評價：「《財主的兒女們》的出版是中國新文學史上一個重大的事件」，「是自新文學運動以來的，規模最宏大的，可以堂皇冠以史詩的名稱的長篇小說」，「是一首青春的詩，在這首詩裏面，激蕩著時代的歡樂和痛苦，人民的潛力和追求，青年作家自己的痛苦和高歌！」無論是胡風爲小說《財主底兒女們》寫的《序》，還是廣告文字，「印象式批評」的特徵是十分明顯的。

值得指出的是，印象主義的文學批評在西方興起是 20 世紀 30 年代的事。印象主義當然要早得多。英國唯心主義哲學家休謨把「觀念」分爲「記憶的印象」和「想像的印象」，印象就是指感覺和情緒，完全是主觀的介入，而印象主義的藝術則是指反映客觀外界的瞬間印象。如畫家莫奈的《日出印象》，用日出的整體感和氛圍氣去描寫那一點印象，僅這一點，便掃去了歐洲畫派宗教主題的灰褐色，創立了一種表現外界事物的嶄新學派。印象主義學派強調以個人的主觀感受和印象去替代客觀的批評標準，讓自我的心靈在捕捉印象的過程中得到釋放，強調批評的審美直覺，指出美的印象是怎樣產生的，是在什麼條件下被感受到的，一種感受式的、「以詩解詩」式的批評，用法國印象主義批評家法朗士的話說，即「靈魂在傑作間的奇遇」，或稱之「靈魂的探險」式的文學批評。﹝註 43﹞本文在上文曾經提到，施蟄存在給戴望舒的詩

﹝註43﹞ 轉引自李岫：《李健吾：中國式印象主義文藝批評的奠基人》，《西南師範大學學報（人文社會科學版）》，2006 年 9 月，117 頁。

集《望舒草》寫的廣告中兩語三言就抓住了戴望舒詩歌的特點「詩的情緒的魅惑」，可謂是與詩人戴望舒「靈魂在傑作之間的奇遇」。作為中國式印象主義文藝批評的奠基人，李健吾（劉西渭）的文學批評是他倡導的印象主義文藝批評理論的精彩實踐。他那些具有真知灼見的論點是他和眾多中外作家思想溝通、靈魂交融的結果，是他的靈魂在那些中外傑作中的際遇，閃現著際遇中的發現和交融後的喜悅，體現著劉西渭作為批評家和藝術家的和諧統一。他評價過巴金的《愛情三部曲》和《神‧鬼‧人》、沈從文的《邊城》、羅皚嵐的《苦果》、林徽因的《九十九度中》、蕭乾的《籬下集》、蹇先艾的《城下集》、卞之琳的《魚目集》、李廣田的《畫廊集》、何其芳的《畫夢錄》、蘆焚的《里門拾記》、蕭軍的《八月的鄉村》以及魯迅、葉紫、穆青、郁茹、路翎、艾青的作品，幾乎涉及現代文學史上有代表性的各派作家，還有眾多的外國作家的代表作。這些中外作家不是一個流派，創作也不是一種文體，但有一點是共同的：他和他們都有心與心的交流，他說：「人世應當有廢名先生那樣的隱士，更應當有巴金先生那樣的戰士，一個把哲理給我們，一個把青春給我們，二者全在人性之中，一方是物極必反的冷，一方是物極必反的熱，然而同樣合於人性。」〔註 44〕這樣的文字，在這裡雖作為文學評論的文字出現的，但是，在文學廣告的文字中，正像本文上文所例舉的大量的文學廣告的例子所顯示的，評論性的文字也是文學廣告最重要的特色之一，「為文學作品做廣告，要有文學意味和文學筆調，不能是一般的內容介紹……，這些已經不是廣告，而是出色文學短評了」。〔註 45〕

　　現代文學廣告，既要給所廣告的書刊以準確的評價定位，又要用優美生動的文筆表述，使讀者如見其書。所以這類文字，多以感性為主，輔以知性，將感性和知性恰如其分地融合在一起，形成小品化的審美傾向，涉筆成趣，揮灑自如。本文在上文列舉的大量文學廣告的案例，也都呈現出「感性和知性」相融合的重要特徵，這裡不再贅述。

　　現代文學廣告還常涉及書籍的修訂變遷、報刊的變易更替，說明書刊的版本、裝幀，這體現了該類文字作為書話性質的另一重要特點即知識性說明。新文學書刊廣告書話的這一特點也具有很重要的版本考證價值，是新文學史

〔註44〕《愛情三部曲》，見李健吾：《李健吾文學評論選》，寧夏人民出版社，1983，第 12 頁。

〔註45〕辛雨：《漫話三十年代書籍廣告》，《讀書》，1979 年第 4 期。

料研究的重要路徑。魯迅撰寫的《〈海上述林〉上卷出版》廣告對該書裝幀作了詳細描述：「全書六百七十餘頁，玻璃版插畫九幅。僅印五百部，佳紙精裝，內一百部皮脊麻布面，金頂，每本實價三元五角；四百部全絨面，藍頂，每本實價二元五角。」〔註46〕此處的說明具有版本價值，體現出書話的知識性說明的特徵。很多書籍上並不標明封面設計者等內容，而廣告則能彌補此缺憾，解決了不少版本上的疑問，這實際上也使讀者瞭解該書的版本信息，其價值是顯而易見的。

第三節　從報刊到叢書——現代出版機構的文學廣告宣傳

一、現代出版機構的報刊文學廣告宣傳

范用先生在《愛看書的廣告‧編者的話》一文中提到「我看書的廣告，最早是在二十世紀三十年代……印象最深的，是商務印書館的『每日新書』廣告，印在《申報》、《新聞報》頭版報名之下，豆腐乾大小的一塊」。〔註47〕二十世紀二、三十年代，我國現代出版事業達到了一個相當繁榮的階段。現代出版機構（書局、書店）爲了爭取讀者，擴大影響和銷路，都很注意利用廣告這個宣傳工具，因此以書刊廣告爲主的文學廣告，也呈現一派興旺景象。

商務印書館和中華書局，以它們的歷史悠久和資力雄厚，而名噪於出版界。它們不論在編輯、印製和發行各方面，都有一整套傳統的辦法和豐富的經驗。商務的「每日一書」是出版史上很有氣派的創舉。它在幾個大報上（包括《申報》、《新聞報》等），每天都有固定的廣告位置。格式是一個長欄，上面三分之一地位是「每日一書」，有內容介紹，文字簡練，下面三分之二地位則是每週重版書書目，沒有文字介紹。「每日一書」在一定時間內發售特價，這也是招徠讀者購買的一個方法。商務印書館和中華書局利用報紙進行書刊廣告的效果是很突出的，以至於一些純粹以賺錢爲目的小書店，也向商務印書館和中華書局學習，利用報紙大做廣告，且在廣告內容上大做文章，聳人視聽。它們的書籍廣告，五花八門，無奇不有。如有一個卿雲圖書公司，有一次忽然在所有大報的頭版，以顯著地位由某某「大律師」代表登出啓事，

〔註46〕1936 年 11 月 20 日《中流》第 1 卷第 6 期。
〔註47〕范用：《愛看書的廣告‧編者的話》，生活‧讀書‧新知三聯書店，2004 年。

聲明將要出版所謂「眞本金瓶梅」，發售預約；並寫明倘若有人指出這不是「眞本」，或加以翻印，就要由這位「大律師」代表提出訴訟云云。其實這不過是一個刪節本，騙騙人罷了，可是不明眞相的讀者見它說得煞有介事，就容易上當了。〔註48〕

要準確說出現代文學發展的三十年（1915～1949）中，在報刊上到底刊載了多少文學廣告（書刊廣告）是十分困難的。因爲這一時期，大大小小的出版機構的數量是十分龐大的，由他們出版的書刊的準確數量是無法統計的，對書刊進行廣告宣傳的文學廣告的數量也就更加難以計算了。同時，這一時期，報刊媒體的數量也是十分龐大的。劉增人在《現代文學期刊的景觀與研究歷史反顧》一文中僅僅列出的「現代文學期刊」的數量就已經十分驚人了：

> 筆者所見和時賢敘錄的現代文學期刊，大約在 3347 種以上。這是一幅很難用簡短的文字描述的極其宏偉又相當駁雜的文學景觀與出版景觀：從刊期看，有不定期刊，叢刊，年刊，半年刊，季刊，雙月刊，月刊，半月刊，旬刊，週刊，五日刊，三日刊，日刊……；從發行時間看，有的僅出 1 期，或被禁停刊，或自行消亡，有的則延續數十年，出版數百期，例如《東方雜誌》的刊齡就長達 45 年，改革後的《小說月報》從 1921 年 1 月算起，一直堅持到 1932 年 1 月日本侵略者炸毀出版該刊的商務印書館爲止，刊行時間在 10 年以上。1932 年創刊，由陳一獨自一人編輯的《青鶴》雜誌，也居然歷時 5 年，出滿 114 期；從出版地域看，除去京、滬兩大中心外，還有南京、重慶、桂林、武漢、廣州、長沙、昆明、延安、西安、香港、長春、濟南、青島、蘇州、張家口、廈門、臺北、臺南等大中城市，福建的福州、永安，安徽的阜陽、立煌，浙江的黃岩、金華，廣東的梅縣、汕頭，四川的樂山、灌縣，雲南的騰沖、麗江，江西的上饒、泰和以及晉察冀、晉東南、晉西、晉冀魯豫、華中、東北等根據地，海外的新加坡、馬來亞、東京、紐約等華人主要居留地，也都先後出版過影響或大或小的文學期刊。從辦刊模式看，有出版集團辦刊，如商務印書館、中華書局、開明書店、北新書局、文化生活出版社、泰東圖書局、拔提書店等大中型出版機構；有黨政軍

機關辦刊，如共產黨的《新青年》、《中國文化》，國民黨的《前鋒月報》、《文藝月報》，新四軍的《抗敵》，十九路軍的《挺進》等；有個人出資辦刊，如朱湘的《新文》，曾孟樸、曾虛白父子的《眞美善》，黃寧嬰、陳殘雲、陳蘆荻、黃魯、鷗外鷗等的《詩場》等；有外國人辦刊，如「孤島」時期的《華美週報》、《上海週報》等；有商業集團（非出版性質）辦刊，如上海永安百貨公司創辦的《永安月刊》等。……其卷帙之浩繁，數量之龐大，情況之複雜，變遷之頻仍，堪稱中國文化史、文學史、出版史上僅見的景觀〔註49〕。

更不要說其他的非文學報刊上刊載的文學廣告了。但是我們可以透過單本的期刊或某一些雜誌看到文學廣告刊載的數量和密度。這一時期，商務印書館出版的《小說月報》和《小說世界》雜誌，幾乎每一期的每一篇文學作品之後都有 2～3 個插頁的整版廣告。有的時候出版一期雜誌，甚至最後一篇文學作品和封三之間多達七個整版的插頁廣告，一期期刊廣告數量是文學作品數量的 3～4 倍。這些廣告中，以書刊廣告爲主的文學廣告佔了絕大多數。其他書局如世界書局、大東書局、大東書局、開明書店出版的小說期刊的廣告數量也呈現出上述特點，但相比之下，商務印書館的廣告數量更多一些。〔註50〕商務印書館的文學廣告數量之所以較多，原因是多方面的，包括商務印書館自身出版的圖書和期刊的數量就是比較多的，除此之外，商務印書館在組織機構層面也是十分重視廣告宣傳的。商務印書館設有小說期刊編輯、出版、發行和廣告刊登的專門機構，並在組織結構的相關章程中予以明確。《商務印書館總管理處暫行章程》（民國二十一年七月二十日訂定）第六條規定，商務印書館總管理處下設營業部，「營業部掌營業及其推廣之事，統轄分莊科、推廣科、上海發行所及各分館、支館」。〔註51〕同時，商務印書館《營業部暫行辦事規則》（民國二十一年八月八日訂定）第九條對營業部推廣科的職責作了細化的規定，該規則第九條的名稱爲「推廣科之職掌」，具體內容包括「一、本公司各種貨品推銷之設計；二、調集本公司各項營業報告，籌擬改進之計

〔註49〕 劉增人：《現代文學期刊的景觀與研究歷史反顧》，《中國現代文學研究叢刊》，2005 年 06 期，第 158 頁。

〔註50〕 參見拙文：《淺論近現代出版集團小說期刊廣告經營》，《中國廣告》，2010 年第 4 期。

〔註51〕 《商務印書館章則彙編》（檔案編號 Q6－6～1098－24），檔案來源：上海檔案館。

劃；三、調查與本公司營業有關之事項；四、主辦本公司營業上一切宣傳事項；五、辦理關於本公司出版物外來刊登廣告事項；六、處理其他關於營業之推廣事項」，〔註52〕其第五款就是直接關於出版物刊登廣告事項相關管理工作的，這裡的出版物當然很大一部分是小說期刊。隨著廣告業務量的增長，商務印書館後來又成立了專門的「中國商務廣告公司」，「全面負責各種廣告事務」，包括「各類雜誌刊載廣告業務」〔註53〕。

二、以圖書爲載體的文學廣告宣傳

　　與在雜誌上刊載廣告，大都放在裏封、底封，以及前後的襯頁不同，以圖書爲載體的廣告宣傳文字，大都放在底封的襯頁。每種廣告大都由同類性質的書籍，合成一組，這樣既可以加強讀者對同類出版物的印象，也可以便於讀者綜合選購。這一時期，很多出版機構都採用了這樣的形式來進行書刊廣告宣傳，這些廣告的共同特點是：文字生動、形式活潑。每種廣告，可以看出無不經過精心設計，大小搭配，重點突出，美觀醒目，雅俗共賞，有的還配以適當插圖，使得圖文並茂，本身就足以成爲一件藝術作品。

　　先看《青年自學叢書》（上海生活書店）的廣告。這套叢書的廣告，採用兩種編排形式。初出版時用綜合的形式，主要是介紹叢書的出版宗旨和一、二輯的書目。以後每逢叢書中的新書出版，則用重點介紹的形式，下面開列已出各書目錄。如有遭到國民黨反動政府禁售的書，書名仍然照開，但在書名下用小號字標出「禁售」二字。比如有一次這套叢書的廣告就是這樣設計的：上面是兩種新書（錢亦石《產業革命講話》、胡仲持《關於報紙的基本知識》），下面是已出各書目錄，但在錢亦石《中國怎樣降到半殖民地》、錢俊瑞《怎樣研究中國經濟》、漢夫《政治常識講話》和平心《社會科學研究法》四本書名下，印上了「禁售」字樣。通過這樣的廣告安排，這些書在讀者中的聲譽就更高了。在這種場合，廣告也成了戰鬥的武器。〔註54〕（圖8、圖9、圖10 青年自學叢書廣告）

〔註52〕《商務印書館章則彙編》（檔案編號 Q6-6-1098-24），檔案來源：上海檔案館。
〔註53〕《上海商業名錄：廣告》（檔案編號 Y9-1-47-485），檔案來源：上海檔案館。
〔註54〕轉引自辛雨：《漫話三十年代書籍廣告》，《讀書》1979 年第 4 期。

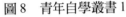

圖8　青年自學叢書1　　　圖9　青年自學叢書2　　　圖10　青年自學叢書3

　　茅盾主編的《中國的一日》（上海生活書店發行），廣告的編寫與設計，也是極見匠心的。整個廣告的版面，左上角是全書縮印，右側是通欄鋅版書名，書名上是一條橫題「現代中國的總面目」，下面是「茅盾主編」四個黑體字。版面的中心是內容介紹，又分成三種字體與形式，用長仿宋體四條：「這裡有富有者的荒淫與享樂，飢餓線上掙扎的大眾，獻身民族革命的志士，女性的被壓迫與摧巍。」用方仿宋體的也是四條：「落後階層的麻木，宗教迷信的猖獗，公務人員的腐化，土豪劣紳的橫暴。」最下面是用六號老宋體的一小方塊說明：「從本書十八編中所收的五百篇文章裏面，可以看出現中國一日的或不僅限於此一日的醜惡與聖潔，光明與黑暗，交織成的一個總面目」。這篇廣告的文字，精練有力，深刻地概括和揭露了國民黨反動統治下面的舊中國的面貌（圖11《中國的一日》廣告）。

圖11　《中國的一日》廣告

　　書刊廣告，不僅內容文字要寫得好，還必須講究編排設計的新穎活潑。當時以圖書為載體的文學廣告宣傳，是十分重視編排設計的技巧的。《婦女生活叢書》（上海生活書店發行），出了四本書，登了兩次廣告，設計就各有不同。一次是以《新婦女論》和《婦女社會科學常識讀本》為重點，版面上端用了一幅插圖：一個精疲力竭的婦女拖著沉重的鐵鏈，鏈端是三個大鐵球，鐵球上分別寫著「無權利」、「廚房」、「迷信」的字樣；婦女身邊還有一個瘦小赤腳的孩子。另一次是以《在德國女牢中》為重點，書名上端就改用了一個青年婦女關在鐵窗中的插圖。同樣的四本書，而廣告卻採用了不同的形式，選配的插圖也各具特點，鮮明地表達了婦女所遭遇的苦難和遭遇。從這個角度來看，在某種程度上文學廣告的形式（技巧）的重要性不亞於廣告文字本身（圖12《婦女生活叢書》廣告）。

圖12　《婦女生活叢書》廣告

附：文化生活出版社等主要出版機構的重要文學廣告一覽表

出版機構	書刊名稱	作者
文化生活出版社	《文學叢刊》	巴金主編
	《夜未央》	廖抗夫著，巴金譯
	《浪子回家》（一）（二）	紀德著，卞之琳譯
	《雷雨》	曹禺
	《日出》	曹禺
	《人與地》	邵可侶
	《山靈》朝鮮臺灣短篇集	胡風譯
	《桃園》弱小民族短篇集	茅盾選譯
	《死之懺悔》	古田大次郎著，伯峰譯
	《雪》	巴金

	《第三代》	蕭軍
	《李健吾劇作三種》	李健吾
	《獵人日記》	屠格涅夫著，耿濟之譯
	《穀》	蘆焚
	《畫夢錄》	何其芳
	《魯迅書簡》	許廣平
	《伊蘭尼亞與不達米亞》	邵可侶著，鄭邵文譯
	《死魂靈》果戈理選集	魯迅譯
	《密爾格拉得》果戈理選集	孟十還譯
	《春琴抄》	谷崎潤一郎著，陸少懿譯
	《枯葉》	林美芙子著，張建華譯
	《舞姬》	森鷗外著，林雪清譯
	《禿禿大王》	張天翼
	《遠方》	蓋達爾著，佩秋、靖華譯
	《角落裏》	劉鈍安
	《麝牛抗敵記》	董純才
	《人體旅行記》	索非
	《苦難》	沙汀
	《兒童節》	羅洪
	《憎恨》	端木蕻良
	《山徑》	白文
	《砂丁》	巴金
	《路》	茅盾
	《星》	葉紫
	《煙苗季》	周文
北新書局	《蘇曼殊全集》	柳亞子
	《馬爾達》	鍾憲民譯
	《睡美人》	貝羅著，韋叢蕪譯
	《蝴蝶》、《西湖之月》	許欽文
	《若有其事》、《彷彿如此》	許欽文
	《雨天的書》	周作人

	《熱風》	魯迅
	《心的探索》	長虹
	《落葉》	徐志摩
	《華蓋集》、《吶喊》、《彷徨》	魯迅
	《故鄉》、《毛線襪》、《回家》	許欽文
	《渺茫的西南風》	劉大杰
	《柚子》	魯彥
	《竹林的故事》	馮文炳
	《春水》	冰心
	《微雨》	李金髮
	《揚鞭集》	劉半農
	《夜哭》	焦菊隱
	《桃色的雲》	魯迅譯
	《強盜》	楊丙辰譯
	《長生訣》	余上沅譯著
	《狂言十番》	周作人譯
	《茶花女》	劉半農譯
	《瓦釜集》	劉半農
	《晨曦之前》	于賡虞
	《百合集》	倪貽德
新月書店	《一個人的誕生》	丁玲
	《聖徒》	胡也頻
	《從文子集》、《蜜柑》、《好管閒事的人》、《阿麗思中國遊記》	沈從文
	《死水》	聞一多
	《巴黎的鱗爪》（聞一多畫封面）、《志摩的詩》、《翡冷翠的一夜》、《自剖》	徐志摩
	《浪漫的與古典的》（聞一多畫封面）、《文學的紀律》	梁實秋
	《夢家詩集》、《夢家的詩》	陳夢家
	《國劇運動》	余上沅編
	《天問》（一）（二）	陳銓
	《迷眼的沙子》	趙少侯譯

	《西林獨幕劇》	丁西林
	《寸草心》（孫福熙畫封面）	陳學昭
	《小雨點》	陳衡哲
	《罵人的藝術》（聞一多畫封面）	秋郎
	《花之寺》、《小哥兒倆》	淩叔華
	《西瀅閒話》	西瀅
	《少年歌德之創造》	西瀅譯
	《瑪麗瑪麗》（聞一多畫封面）	徐志摩、沈性任合譯
	《潘彼得》（一）（二）、《阿伯拉與哀綠綺思的情書》	梁實秋譯
	《白璧德與人文主義》	梁實秋選編，吳宓等譯
	《白屋吳生詩稿》	吳芳吉
	《白話文學史》、《廬山遊記》	胡適
良友圖書出版公司	《豎琴》	魯迅編譯
	《曖昧》	何家槐
	《霧》、《雨》、《電》	巴金
	《一天的工作》	魯迅
	《一天》、《移行》	張天翼
	《剪影集》	篷子
	《母親》	丁玲
	《離婚》、《趕集》	老舍
	《善女人行品》	施蟄存
	《記丁玲》	沈從文
	《革命的前一幕》	陳銓
	《歐行日記》	鄭振鐸
	《蟲蝕》	靳以
	《話匣子》	茅盾
	《參差集》	
	《車廂社會》	豐子愷
	《殘碑》	沈起予
	《苦竹雜記》	周作人
	《愛眉小箚》	徐志摩
	《孟實文鈔》	朱光潛

	《閒書》	郁達夫
	《一個女兵的自傳》	謝冰瑩
	《燕郊集》	俞平伯
	《四三集》	葉聖陶
	《新傳統》	趙家璧
	編輯中國新文學大系緣起	趙家璧
	新文學大系編選感想・文學論爭集	鄭振鐸
	新文學大系編選感想・建設理論集	胡適
	小說一集	茅盾
	小說二集	魯迅
	小說三集	鄭伯奇
	散文一集	周作人
	散文二集	郁達夫
	詩集	朱自清
	戲劇集	洪深
	史料・索引	阿英

資料來源：范用：《愛看書的廣告・編者的話》，生活・讀書・新知三聯書店，2004年。

第二章　預告、呈現、揭示
——透過現代文學廣告看現代文學傳播

　　縱觀 1915 年至 1949 年文學廣告和現代文學發展之間的關係，文學廣告不僅預告了文學事件、文學運動的發生，文學廣告文本還貯存和隱含了文學事件產生、發展、變化、傳播等方面的大量歷史信息，揭示了文學期刊創辦、發行、改版的內幕；提示了文學作品的修改和版本的變遷；留下了文學事件、文學運動和文藝鬥爭的痕跡；呈現了作家與作家、作家與編輯以及編輯與編輯之間的關係。探討文學廣告和現代文學傳播之間的關係，預告、呈現、揭示是三個重要的關鍵詞。

第一節　作家生平／作品內容／期刊編輯方針的全面預告

　　文學廣告對現代文學發展的影響，集中體現在現代文學傳播層面。所謂傳播，即指社會信息的傳遞或社會信息系統的運行。人類社會傳播是一種信息共享活動，在一定社會關係中進行，又是一定社會關係的體現；從傳播的社會性質而言，它又是一種雙向的社會互動行為。傳播成立的重要前提之一是傳受雙方必須要有共通的意義空間。它既是一種行為，是一種過程，也是一種系統〔註1〕。1915 年至 1949 年現代文學發展的三十年中，由於文學創作、出版的繁榮，使得文學書、刊大量面世。如何使文學書刊、文學作品順利到達讀者手中，如何在作家和讀者之間建立一個共通的意義空間，文學廣告發揮了很大的作用。

〔註1〕　廖道政：《廣告傳播技巧研究》，國防科技大學出版社，2002 年，第 8～10 頁。

一、文學廣告預告了文學書刊、文學作品的誕生。

就預告的內容而言，作家和作品內容的介紹是許多文學廣告的首選。如在《語絲》第四卷第九期上，刊載了《綠天》的廣告，文字如下：

《綠天》綠漪女士結婚紀念冊

司徒喬作封面／葉靈鳳作插畫

這一本集子是小小銀翅蝴蝶的故事。《鴿兒的通信》、《小貓》、《我們的秋天》、《綠天》、《厄》、《收穫》等七篇文字的合定本。這七篇文字都是描寫她結婚後的生活，有的是寫閨房逸事，有的是寫的別後離情，有的是寫的家庭瑣事，有的是寫的田野風光，新婚後生活的各方面都極細膩極動人地留下一個照片。

綠漪女士對於新舊文學都有過精密深刻的研究；加以她的一枝天賦的生花妙筆，一幅多情的銳敏眼光，無論什麼事物，到了她的眼裏，流入她的筆端，就都成了旖旎風流的妙文，使人讀之得到一種清醒的陶醉。因為她的表情是既深又厚，她的文筆卻既淡且疏。

這裡的幾篇也有在北新上發表過的，也有在《語絲》上發表過的，讀者想還味到讀時的雋永餘味，不以我們這些話過誇吧！

讀了這則廣告，我們對作者和她的作品有了進一步的認識。作品內容、作者本人情況和她的文學才華的全方位介紹，很難讓讀者不想閱讀此書，不想窺探夫妻生活的「隱私」。這些廣告預告文字的宣傳意圖是明顯的，語言平實，卻有一種不容分說的勸服力，吸引讀者去購買廣告中所宣傳的作品。這樣，文學作品就到達了普通讀者手中。在《語絲》雜誌中，這樣的例子還有很多。1927 年 12 月，《語絲》在上海復刊，魯迅擔任主編，他不僅是一名著名作家，而且是一名編輯家，也是一位寫文學廣告的好手。在他的提倡下，上海時期的《語絲》上，編輯們寫出了數量眾多的高質量的文學廣告。據粗略統計，這一時期的《語絲》刊載了近 100 部新文學書廣告（不包括翻譯、古籍），涉及到新文學作家近 50 位。這些廣告文字對作家、作品給予了較高而又實事求是的評價，它們本身作為一種文學的傳播活動對作家、作品展開了宣傳。這些被宣傳的作家中如魯迅、周作人、郁達夫、沈從文、蘇雪林、許欽文、李健吾、馮沅君、林語堂等等，這些作家在當時或後來都是新文學中的著名作家。出版社在他們的作品出版前後大都刊載了促銷廣告。甚至有個別作家出每一本書時，出版社都為其刊載了宣傳文字，而且反覆登載，如許欽文的《幻

象的殘象》、《鼻涕阿二》、《回家》、《毛線襪》、《胡蝶》、《若有其事》、《彷彿
如此》、《西湖之月》，每一部作品都有宣傳廣告。周作人的《自己的園地》、《雨
天的書》、《澤瀉集》、《談虎集》、《過去的生命》，也分別有廣告。這些廣告不
但內容寫得精彩，重複率也非常高。還有一部書從預告到出版、再版都刊有
不同的廣告。也還有一部書有多則不同文本內容的廣告，從廣告內容上看，
廣告宣傳的是圖書的「看點」，即本書值得閱讀值得購買之處。

　　除了對具體文學作品內容進行預告外，文學廣告還對具體文學期刊的創
刊和出版進行了預告。1932 年 5 月 3 日，在《申報》第四版左上方的位置刊
登了《現代》雜誌的創刊廣告，列出了「施蟄存主編」字樣，還有一段介紹
性的文字，內容如下：

> 本雜誌每期十萬餘言，凡是屬於文藝這園地的，便是本雜誌的
> 內容，擔任經常執筆的都是現代文壇第一流的作家。每期並附有精
> 美名貴文藝畫報四頁，為一九三二年最偉大最充實的純文藝刊物。
> 此種刊物為本局之基本定期雜誌，本局當以全副力量經營務使出版
> 時間提早，與出版前送達訂戶，決無脫期之弊……

先指出主編，利用其名氣來號召讀者，然後對雜誌的整體風格進行定位，簡
單說明其性質。同時，還列出了創刊號的欄目，分「詩」、「文」、「小說」、「畫
報」等五項，從本期的作者看，「擔任經常執筆的都是現代文壇第一流的作
家」，此言不虛。戴望舒、穆時英、張天翼、巴金、魏金枝等都是活躍在三十
年代上海文壇的著名作家。這則在《申報》上的廣告無疑大大擴大了《現代》
的知名度。由於現代書局曾出版過著名的左翼刊物《拓荒者》，後被國民黨當
局查禁，並威脅到書局的生存。所以這次現代書局想辦一個不冒政治風險，
採取中間路線的文藝刊物。作為無黨派人士施蟄存自然是現代書局老闆們的
理想人選。他在《現代》的創刊號上，對刊物有一個定位：「本志所載的文章，
只依照編者個人的主觀為標準。至於這個標準，當然是屬於作品本身價值方
面的。」正是這個「純文學」的標準，最終形成了與以前舊傳統迥異的「現
代」標準，也形成了中國第一個帶有現代派色彩的「新感覺派」。正是《現代》
採取了這種中立的態度，使其不少持有這種立場的讀者迅速地認可了這本雜
誌，「《現代》——純文藝月刊出版後，銷數竟達一萬四五千份，現代書局的
聲譽也連帶提高了」。正是雜誌的成功，使書局經濟上也取得了驕人的成績，

「第一年度的營業額從六萬五千到十三萬元」〔註2〕，獲得這樣一個成績，文學廣告起到了很大的作用。

二、文學廣告所起的「預告」功能，既受制於文學廣告的內容，也受制於文學廣告刊載的渠道。

需要指出的是，文學廣告所起的「預告」功能，不僅受制於預告的內容，就文學期刊的出版預告而言，更受制於文學廣告刊載的渠道。在某種程度上，文學期刊出版預告刊載的渠道，對於擴大期刊和書局的聲譽影響重大。文學期刊和書局是現代文學發展的重要陣地，正是有這些期刊和書局的存在，使得大量文學作品得以面世。但是，維持文學期刊和出版書局的正常運轉需要資金，沒有持續的經濟來源是難以長久的。而刊載書刊廣告就是要擴大文學期刊和圖書的銷路，只要有銷路，就會有資金來源，文學期刊和書局才能在競爭中生存。從某種程度上講，某一文學期刊或新文學書局持續的時間越長，它介紹的作家、作品也就越多，對文學的貢獻也越大。現代文學發展的三十年，文學期刊的數量，粗步統計大約 3504 種左右，僅 1927 年 4 月至 1937 年 7 月，全國共創刊 1186 種文學期刊〔註3〕，平均每年有 120 種問世。而上海是全國文化、經濟中心，上海所佔有的文學期刊和出版社數量占全國的一半以上，第二個十年期間，上海平均每年創刊的文學期刊達六七十種之多。從 20 年代中期開始，書局也雨後春筍般出現，上海甚至出現了出版一條街。要想在激烈的競爭中立於不敗之地，文學期刊不但要追求發行的數量，還要強調發行的質量，只有取得更大的「有效發行」和爭取到更多的「有效受眾」，才能使期刊長久地發展下去。在廣告學上，「有效發行指能直接帶來廣告回報或對廣告有較強吸附力的發行。有效發行的實質是媒體追求高含金量的讀者」〔註4〕。它能夠有效地擴大期刊的市場佔有率、閱讀率和影響率，並能直接帶來廣告回報或對廣告有較強吸附力。與有效發行相對應的概念是「有效受眾」。「有效受眾指接觸媒介的具有廣告訴求對象特點的受眾人數。對於在媒介上發佈的廣告，只有佔總的受眾的一部分、作為廣告訴求對象的受眾才是廣告的有效受眾。」〔註5〕創辦期刊，要打開銷路，廣告宣傳是必要的，而且應是

〔註2〕 張靜廬：《在出版界二十年》，江蘇教育出版社，2000 年，第 102 頁。
〔註3〕 劉增人等：《中國現代文學期刊史論》，新華出版社，2005 年，第 4 頁。
〔註4〕 禹建強：《傳媒市場化的陷阱》，中國傳媒大學出版社，2005 年，第 103 頁。
〔註5〕 禹建強：《傳媒市場化的陷阱》，中國傳媒大學出版社，2005 年，第 3 頁。

面向「潛在讀者」的宣傳，只有爭取到了「有效受眾」，讀者愈來愈多，才會取得更大的「有效發行」。選擇發行量和知名度都很大的傳播媒介如《申報》，當然可以實現「有效發行」，到達「有效受眾」，選擇和自己雜誌有很大關係甚至是很深淵源的其他雜誌刊載本雜誌的創刊和出版預告，也可以達到這樣的效果。《青年雜誌》（後改名為《新青年》）的出版預告就是首先刊載在和其有很深的淵源關係的《甲寅》月刊上的。《甲寅》月刊第一卷第八號（1915 年 8 月 10 日，即民國四年八月十日）封底開始登載關於《青年雜誌》出版預告的廣告，到第一卷第九號（1915 年 9 月 10 日，即民國四年九月十日）在封頁後的第 1 頁又一次刊登。因《甲寅》月刊第一卷第十號於 1915 年 10 月 10 日即民國四年十月十日出版，當時《青年雜誌》已於 1915 年 9 月 15 日由上海群益書社出版了，所以第一卷第十號上沒有再登載宣傳《青年雜誌》出版預告的廣告。（圖 13《甲寅》上的《青年雜誌》出版預告）

圖 13　《甲寅》上的《青年》雜誌出版預告

　　圖書出版也是這樣，出版的圖書要爭取到儘量多的「有效讀者」，就必須在各種報刊上刊載廣告。由於書局與文學期刊多有業務上或經濟上的聯繫，有些期刊就是由書局主辦，如商務印書館主辦《小說月報》，現代書局主辦《現代》月刊；或期刊的發行由書局承擔，如北新書局承擔《語絲》的發行；或書局的老闆又是期刊的編輯，如新月書店的老闆之一徐志摩又是《新月》的主編之一。所以，書局不但要在各種報紙上刊登圖書廣告，也願意在與自己有聯繫的文學期刊上刊登文學廣告，這樣既能達到免費或低成本的宣傳，又能大大地吸引「有效受眾」。書局和期刊互相協作開展新文學作品的宣傳，就會爭取到更大的「有效讀者」和「有效發行」，從經濟上保證了各自的順利運轉。

三、作爲重要的文學廣告文字，文學期刊上刊載的各類「社告」，包括創刊號社告、新開設欄目的社告等等，對於預告和揭示雜誌的性質有十分重要的作用。

還需要指出的是，文學期刊上刊載的各類「社告」，包括創刊號社告、新開設欄目的社告等等，都是重要的文學廣告文字，對於預告和揭示雜誌的性質有十分重要的作用。刊載在 1915 年 9 月 15 日《青年雜誌》創刊號上的《社告》這一準廣告性質的文字則是對刊物的辦刊宗旨、讀者對象和風格特色的全面預告和呈現（圖 14《青年雜誌》創刊號社告）。

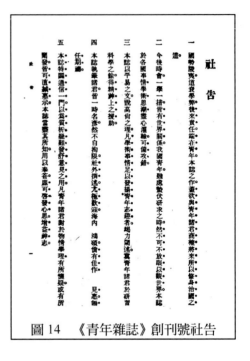

圖 14　《青年雜誌》創刊號社告

《社　告》

一、國勢陵夷，道衰學弊，後來責任，端在青年。本志之作，蓋欲與青年諸君商榷將來所以修身治國之道。

二、今後時會一舉一措皆有世界關係，我國青年雖處蟄伏研求之時，然不可以不放眼以觀世界。本志於各國事情、學術思潮盡心灌輸，可備功錯。

三、本志以平易之文，說高尚之理，凡學術事情足以發揚青年志趣者，竭力闡述，冀青年諸君於研習科學之餘，得精神之援助。

四、本志執筆諸君，皆一時之名彥，然不自拘限，社外撰述尤極歡迎，海內鴻碩倘有佳作，見惠無任期禱。

五、本志特闢《通信》一門，以爲質析疑難、發抒意見之用，凡青年諸君對於物情學理，有所懷疑，或有所闡發，皆可直緘惠示。本志當盡其所知，用以奉答，庶可啓發心思，增益神志。

1915 年 9 月 15 日《青年雜誌》創刊號

《新青年》除了在創刊號刊載《社告》這一準廣告文字揭示刊物辦刊宗旨外，

其在開設《通信》欄目以及就「女子問題」等議題展開討論前，均會發佈準廣告文字性質的「布告」或「社告」。開設《通信》欄目的預告是和創刊號社告一同發佈的，創刊號社告的第五條「本志特闢《通信》一門，以爲質析疑難、發抒意見之用，凡青年諸君對於物情學理，有所懷疑，或有所闡發，皆可直緘惠示。本志當盡其所知，用以奉答，庶可啓發心思，增益神志」，不僅預告了《通信》欄目的開設，還預告了《通信》欄目的內容，揭示了該欄目開設的意義。1916 年 9 月 1 日《新青年》2 卷 1 號就「女子問題」的議題討論發佈「布告」：

1916 年

9 月

「女子問題」的討論

《女子問題》

　　女子居國民之半數。在家庭中，尤負無上之責任。欲謀國家社會之改進，女子問題固未可置諸等閒。而家族制度不良造成社會不寧之象，非今日重大問題乎。欲解決此問題，無一不與女子有關。本志與此問題，久欲有所論列。只以社友多屬男子，越俎代言，慮不切當，敢求女同胞諸君於「女子教育」、「女子職業」、「結婚」、「離婚」、「再醮」、「姑媳同居」、「獨身生活」、「避姙」、「女子參政」、「法律上女子權利」等關於女子諸重大問題，任擇其一，各就所見，發表於本志。一以徵女界之思想，一以示青年之指針，無計於文之長短優劣，主張之新舊是非，本志一律彙登，以容眾見。記者倘有一得之愚，將亦附驥尾以披露焉。

　　特此布告。

新青年記者啓事

——1916 年 9 月 1 日《新青年》2 卷 1 號

該布告不僅預告了雜誌即將討論的「女子問題」這一議題的諸多方面，包括「女子教育」、「女子職業」、「結婚」、「離婚」、「再醮」、「姑媳同居」、「獨身生活」、「避姙」、「女子參政」、「法律上女子權利」等，而且明確指出該議題討論的目的，「一以徵女界之思想，一以示青年之指針，無計於文之長短優劣，主張之新舊是非，本志一律彙登，以容眾見」。

　　文學期刊不僅在期刊創刊、欄目設立之時發佈預告，在期刊革新、再版之時，更重視此類廣告文字的作用。1921 年 1 月 10 日，《小說月報》第 12 卷第 1 期，即革新號，如期出版。《〈小說月報〉改革宣言》洋洋灑灑用四號字排了兩頁多：

　　　　《小說月報》行世以來，已十一年矣，今當第十二年之始，謀更新而擴充之，將於譯述西洋名家小說而外，兼介紹世界文學界潮流之趨向，討論中國文學革進之方法；舊有門類，略有改變，具舉如下：

　　　　一、論評：同人觀察所及願提出與國人相討論者，入於此門。

　　　　二、研究：同人認西洋文學變遷之過程有急須介紹與國人之必要，而中國文學變遷之過程則有急待整理之必要；此欄以此兩者為歸。

　　　　三、譯叢譯西洋名家著作，不限於一國，不限於一派；說部，劇本，詩，三者並包。

　　　　四、創作：同人以為國人新文學之創作雖尚在試驗時期，然椎輪為大輅之始，同人對此，蓋深願與國人共勉，特闢此欄，以俟佳篇。

　　　　五、特載：同人深信文藝之進步全賴有不囿於傳統思想之創造的精神；當其創造之初，固驚庸俗之耳目，迨及學派確立，民眾始仰其真理。西洋專論文藝之雜誌，常有 Modem Form 一欄以容受此等作品；同人竊仿其意，特創此欄，以俟國人發表其創見，兼亦介紹西洋之新說，以為觀摩之助。

　　　　六、雜載：此欄所包為：

　　　　（一）文藝叢談（小品），

　　　　（二）文學家傳，

　　　　（三）海外文壇消息，

　　　　（四）書評。

　　　　此外同人尚有二、三意見將奉以與此刊同進行者，亦願一言，以俟國人之教：

　　　　一、同人以為研究文學哲學介紹文學流派雖為刻不容緩之事，而適譯西歐名著使讀者得見某派面目之一斑，不起空中樓閣之憾，

尤爲重要：故材料之分配將偏多於（三）（四）兩門，居過半有強。

二、同人以爲今日談革新文學非徒事模仿西洋而已，實將創造中國之新文藝，對世界盡貢獻之責任；夫將欲取遠大之規模盡貢獻之責任，則預備研究，愈久愈博愈廣，結果愈佳，即不論如何相反之主義成有研究之必要。故對於爲藝術的藝術與爲人生的藝術，兩無所袒。必將忠實介紹，以爲研究之材料。

三、寫實主義的文學，最近已見衰歇之象，就世界觀之立點而言之，似已不應多爲介紹；然就國內文學界情形言之，則寫實主義之眞精神與寫實主義之眞傑作實未嘗有其一二，故同人以爲寫實主義在今日尚有切實介紹之必要；而同時非寫實的文學亦應充其量輸入，以爲進一層之預備。

四、西洋文藝之興蓋與文學之批評主義（Criticism）相輔而進：批評主義在文藝上有極大之威權，能左右一時代之文藝思想。新進文學家初發表其創作，老批評家持批評主義相繩，初無絲毫之容情，一言之毀譽，輿論翕然從之；如是，故能互相激勵而至於至善。我國素無所謂批評主義，月旦既無不易之標準，故好惡多成於一人之私見；「必先有批評家，然後有眞文學家」此亦爲同人堅信之一端；同人不敏，將先介紹西洋之批評主義以爲之導。然同人固皆極尊重自由的創造精神者也，雖力願提倡批評主義，而不願爲主義之奴隸；並不願國人皆奉西洋之批評主義爲天經地義，而稍殺自由創造之精神。

五、同人等深信一國之文藝爲一國國民性之反映，亦惟能表見國民性之文藝能有眞價值，能在世界的文學中占一席地。對於此點，亦甚願盡提倡之責任。

六、中國舊有文學不僅在過去時代有相當之地位而已，即對於將來亦有幾分之貢獻，此則同人所敢確信者，故甚願發表治舊文學者研究所得之見，俾得與國人相討論。惟平時詩賦等項，恕不能收。

上述六條，同人將次第藉此刊以實現，並與國人相討論。雖然，同人等僅國內最小一部分而已，甚望海內同道君子不吝表同情，可乎？

1921年6月10日發行的《小說月報》第十二卷第六號更是以預告「本刊特殊

色彩」的形式，預告了《小說月報》年度改革的兩個方針以及從第七期開始的期刊的主要內容特色。

不僅是文學期刊的創刊、出版和革新，文學社團和文學組織的成立，也十分重視廣告宣傳，文學社團和文學組織成立的預告通常通過刊載在文學期刊上的「宣言」的形式來表現出來。1921 年 1 月 10 日發行的《小說月報》第十二卷第一號刊載了《文學研究會宣言》：

我們發起這個會有三種意思，要請大家注意。

一，是聯絡感情。本來各種會章裏，大抵都有這一項；但在現今文學界裏，更有特別注重的必要。中國向來有「文人相輕」的風氣；因此現在不但新舊兩派不能協和，便是治新文學的人裏面，也恐因了國別派別的主張，難免將來不生界限。所以我們發起本會，希望大家時常聚會，交換意見，可以互相理解，結成一個文學中的團體。

二，是增進知識。研究一種學問，本不是一個人關了門可以成功的；至於中國的文學研究，在此刻正是開端，更非互相補助，不容易發達。整理舊文學的人也需應用新的方法，研究新文學的更是專靠外國的資料；但是一個人的見聞及經濟力總是有限，而且此刻在中國要搜集外國的書籍，更不是容易的事。所以我們發起本會，希望漸漸造成一個公共的圖書館，研究室及出版部，助成個人及國民文學的進步。

三，是建立著作工會的基礎。將文藝當作高興時的遊戲或失意時消遣的時候，現在已經過去了。我們相信文學是一種工作，而且又是於人生很切要的一種工作；治文學的人也當以這事為他終身的事業，正同勞農一樣。所以我們發起本會，希望不但成為普通的一個文學會，還是著作同業的聯合的基本，謀文學工作的發達與鞏固：這雖是將來的事，但也是我們的一種重要的希望。

因以上的三個理由，我們所以發起本會，希望同志的人們贊成我們的意思，加入本會，賜以教誨，共策進行，幸甚。

《宣言》這一準廣告性質的文字，不僅預告了文學研究會的成立，而且明確說明了發起成立文學研究會的三個理由。文學組織和文學社團的成立除了以《宣言》的形式預告之外，還有的以新聞報導的形式進行預告。左聯成立前

召開了多次籌備會，魯迅參加過一兩次，而最後的一次籌備會是在 1930 年 2 月 16 日召開的，《萌芽月刊》3 月 1 日（1 卷 3 期）就曾以《上海新文學運動者底討論會》為題做過報導，說：

> 到會者有沈端先，魯迅等十二人。對於過去的運動，討論結果認為有重要的四點應當指謫：（一）小集團主義乃至個人主義，（二）批判不正確，即未能應用科學的文藝批評的方法及態度，（三）過於不注意真正的敵人，即反動的思想集團以及普遍全國的遺老遺少，（四）獨將文學提高，而忘卻文學底助進政治運動的任務，成為為文學的文學運動。……
>
> 但作為討論會底結果，還有更重要的一事，即全場認為有將國內左翼作家團結起來，共同運動的必要。在討論會上已成立了這較廣大的團體組織的籌備委員會，也許不日就有左翼作家的組織出現吧。

這一新聞報導實際上就預告了左翼文學家團結的產物「左聯」即將誕生。雖然這裡的新聞報導不屬於本文所討論的文學廣告的範疇，但是這則新聞報導也起到了文學廣告所具有的「預告」的功能。

事實上，無論是以作家和作品主要內容為主的文學作品預告，還是以辦刊宗旨和風格特色為主的期刊創刊、出版、革新預告；無論是狹義層面的文學廣告，還是包含社告、發刊詞和宣言等準廣告文字在內的廣義層面的文學廣告，文學廣告發揮了重要的「議題設置」的功能。議題設置理論是西方大眾傳播界效果研究的重要理論之一，其基本內容是在特定的一系列問題或議題中，那些得到媒介更多注意的議題，在一段時間內將日益為人們所熟悉，它們的重要性也將日益為人們所感知。這一時期，出版社（書局）在作家作品出版前後大都刊載了促銷廣告，甚至有個別作家出每一本書時，出版社（書局）都為其刊載了宣傳文字，而且反覆登載；文學期刊在創刊前、改版後都會在相關報紙、刊物上進行宣傳，這些報紙、刊物要麼發行量大、知名度高，要麼相互之間有很大關聯，實際上這一系列廣告宣傳行為都滿足了「議題設置理論」的基本要素，這些文學廣告日益為人們所熟悉，它們的重要性也日益為人們所感知。文學廣告效果提升的同時，也提升了作家、作品、期刊、書局的知名度。

第二節　作品內容／文學生態的雙重呈現

　　如本文上文所述，文學作品、文學期刊的出版預告常常以作品簡介、期刊辦刊宗旨爲主要內容，在預告中也就「呈現」了文學作品的主要內容、文學期刊的風格特色，這是本文想闡述的文學廣告所具備的「呈現」功能的一個方面，這裡不再贅述。接下來想重點論述文學廣告「呈現」功能的另一個方面，即文學廣告在一定程度上呈現了一定時期的文學生態。這裡以刊載在《文藝新聞》1931 年 6 月 8 日第 13 號至 7 月 13 日第 18 號上的「用作品的名字來給作家起綽號」的廣告文字爲例，深入闡述文學廣告是如何「呈現」一定時期文學生態的。

一、《文藝新聞》之「最」

　　與《大眾文藝》、《萌芽》、《拓荒者》等左聯期刊一樣，《文藝新聞》一開始並不屬於左聯陣營的期刊，它與前三者的區別首先在於它不像前三者那樣有成爲左聯期刊的具體時間，而是在向左轉以後被很籠統地稱爲「左聯外圍期刊」的。《文藝新聞》一開始以「中立」的面目示人，其最初的發刊辭鄭重聲明，《文藝新聞》「不拘守某一種主義；不依附於某一種集團；不專爲任何的個人或流派」。其辦刊宗旨也盡力凸顯出「新聞紙」之特性：「《文藝新聞》，是要在文化的進程中，服役於文化界、學術界、出版界，如一般新聞紙之社會的存在一樣，成爲專門於文化的有時傚之新聞紙。以絕對的新聞的立場，與新聞之本身功用，致力於文化之報告與批判。《文藝新聞》發刊的目的是爲此，主要的任務亦是如此。以中國文化的現狀來看，也是有著這種客觀的需要的。新聞是爲大眾，屬於大眾的。」（1931 年 3 月 16 日《文藝新聞創刊號》）。正因爲如此，《文藝新聞》從第四期起便獲得了「合法公開」出版的資格，國民黨當局承認它取得了「中華郵政准掛號新聞紙類」的合法身份。但是實際上《文藝新聞》的總體傾向是左傾的，尤其是隨著它對左聯五烈士遇害消息的率先報導和堅持不懈、深入持久的後續報導，其同情左聯的傾向表露無遺，隨著袁殊（袁殊被稱爲是身份最爲複雜的主編。《文藝新聞》的編者署名爲「文藝新聞社」，但實際上是由袁殊主編的。他具有其他左聯期刊編輯者所不具備的複雜身份──軍統、中統、青洪幫、日僑，然而他的秘密身份卻是貨眞價實的中共特科。他一人身兼五重身份，是一位傳奇性的人物）加入左聯，《文藝新聞》也就正式成爲左聯期刊了。《文藝新聞》經歷了由「中立」到「左傾」，

再到「左聯期刊」的發展歷程。

在左聯爲數眾多的期刊中，《文藝新聞》擁有若干個「左聯期刊之最」：第一，發行量最大。《文藝新聞》創刊號「出版的第一天竟有了一百多讀者」，發行還不到半年，該刊的發行量就突破了 1 萬份，創造了「行銷萬餘份，讀者遍中外」的不俗成績〔註6〕。這在無法公開出版發行的左聯期刊中，簡直是一個奇跡。第二，出版期數最多。在所有的左聯期刊中，1931 年 3 月 16 日創刊、1932 年 8 月被迫終刊的《文藝新聞》不是存在時間最長的一種，卻是出版期數最多的一種。這是因爲《文藝新聞》是週刊，從創刊到 1932 年 2 月 1 日出版第 47 號爲止，雖然 1931 年 11 月該刊曾被國民黨當局以「反動文藝刊物」的罪名查禁，但是該刊對此禁令採取了蔑視的態度，仍堅持正常出版。第 47 號以後因爲「一・二八」事變的爆發，自 1932 年 2 月 3 日起以中國新聞研究會和《文藝新聞》讀者聯歡會爲後援改出單頁日刊《文藝新聞・戰時特刊・烽火》，至 1932 年 2 月 17 日《烽火》特刊共出版了 13 號。自 1932 年 3 月 18 日起《文藝新聞》恢復正常出版，1932 年 6 月 20 日出版到第 60 期時，《文藝新聞》再次遭到國民黨當局的查禁，但是沒多久該刊又自動復刊了，並且復刊後還闢有專版欄目，使刊物的規模由原來的四版增加到了六版，加上「一・二八」事變前該刊出版的未排出版序號的「追悼號」和「公演特刊」兩期，《文藝新聞》共計出版了 75 期。第三，組織、溝通讀者最爲成功。首先，《文藝新聞》先後成立了「讀者聯歡會」和「讀聯會幹事會」這樣的組織，先後向讀者發起了三次有較大影響的徵文活動：「第一次徵案：中國文壇上的三張？」「……他們都是專門以『女』和『性』爲文學著述的取材，而一律都能獲得多量的稿費，享受在生活上。此『三張』究係哪三位？請讀者依下表填具寄交本會應徵處……並每人贈送可以買得到的三張的著作一本。」「第二次徵案：一、哪個作家給我的印象最好？二、哪一個作家給我的印象最壞？注意：一、答覆內分『人格、作品、思想、學智』四項。二、答覆須兩題都有，共以五百字爲限。三、態度須客觀，捧場或攻訐均不受理……」第三次在「九・一八」事變爆發不久後的第 29 號：「讀者們：我們謹向你們徵求下列兩個意見：一、你對於東三省事件之認識態度和準備；二、你對於第二次

〔註6〕　左文：《沙漠裏的駱駝與戰馬──左聯期刊〈文藝新聞〉的出版傳奇》，《文苑藝林》，2008 年第 1 期，44 頁。

世界大戰之預測和準備。」〔註7〕這些徵文在當時都得到了廣大讀者的熱情響應，社會影響很大。其次，《文藝新聞》開闢了「讀者·記者」專欄，由包括主編袁殊在內的該刊記者一起回答讀者提出的各種問題。再次，《文藝新聞》成立了「文藝新聞社代理部」，爲讀者義務服務：「本社鑒於各地讀者遠地購書不便及各地文化團體圖書館採購書籍文具之困難，特成立代理部。凡本報讀者，不論本外埠，如有關於購書及採購文具等事相委者，當本服務精神，義務的遵從辦理。」另外，《文藝新聞》還開設了「讀者公鑒」專欄和「讀者顧問」專欄。前者用來告知該刊將要舉辦的一些活動的信息及該刊需要讀者見證的一些事情，如第十三期該欄就發佈了「我們欲於最近舉行讀者訪問，本埠的由本社同人分別訪問，外埠的由各地通訊處負責訪問」的消息。後者用來刊登讀者對當時文藝作品及文藝刊物的評價，例如第22號的該欄就剪輯三位讀者關於丁玲的評論：《丁玲：一個時代的烙印——〈韋護〉之內容與技巧》；第 23 號評論的是張天翼的《鬼土日記》。最後，《文藝新聞》舉行了大型的讀者訪問活動，從 1931 年 6 月 13 日起的一個月時間裏，《文藝新聞》社派出專人到各地去調查讀者情況，本、外埠共訪問了 287 位讀者，並以《文藝新聞讀者在各處》、《文化工作的調查，介紹》、《讀者訪問後續》等形式通報了訪問的情況和統計結果，這在以前的左聯期刊中從未有過。正是這些舉措，使得《文藝新聞》與其讀者之間眞正達到了「心之交鳴」的效果，二者之間形成了良性互動，讀者堅定地支持《文藝新聞》，《文藝新聞》則以特有的方式教育和感召著讀者，並將自己與讀者聯成了一個不可分割的整體。第四，視角最豐富。這一點主要通過《文藝新聞》開設的欄目上體現出來。雖然創刊號除了「RADIO 播送」外並沒有出現更多單獨的欄目，但是從第二期起，該刊的欄目就分得越來越細了、越來越多了，堪稱左聯期刊之最。《文藝新聞》設「RADIO 播送——有話對大家說欄」。創刊號該欄發表的是汪馥泉的《公開暴露，就叫做雜感吧！》，第 7、8、9、10、12 期該欄分別發表了高明的《作家成名大綱》、《續作家成名大綱》；鐵郎的《致未成名作家——作家成名術大綱的反攻》；高明的《我的態度——「作家成名術」論戰之餘波》等圍繞青年作家應如何成名的問題展開了激烈的論爭；第 13 號該刊發表了山女的《作家成名與名著竟譯》，將成名問題之爭引向了針對當時盛行的翻譯名著之

〔註7〕 左文：《沙漠裏的駱駝與戰馬——左聯期刊〈文藝新聞〉的出版傳奇》，《文苑藝林》，2008 年第 1 期，45 頁。

風的探討等。

二、《文藝新聞》發起的「用作品的名字來給作家起綽號」活動的廣告分析

上文談到的《文藝新聞》出版之最的四個方面，最突出的體現在組織、溝通作者最為成功，無論是發行量最大、發行期數最多還是多次舉行的徵文活動、欄目設置體現出的視角的豐富程度，均與之有關。從 1931 年 6 月 8 日第 13 號開始至 7 月 13 日第 18 號結束，《文藝新聞》幾乎連續五期發起了，得到了讀者熱烈的響應。

　　　　　　作家綽號一覽表（以各個譯著名稱為題）

　　某日某某等數作家聚於某處，談到作家們的綽號，於是即以各個作家所譯著的書名，分別的配合其各個的生活、思想、行為、地位以題其綽號；茲為摘錄如下——（恕不加詳細說明）

　　魯迅——苦悶的象徵、茅盾——追求、郁達夫——迷羊、夏丏尊——棉被、樊仲雲——煙、傅東華——飢餓、許欽文——若有其事、林語堂——Littale Cratic、周作人——雨天的書、丁玲——一個人（的）誕生、郭沫若——漂流三部曲、張資平——靡（糜）爛

　　　　　　　　　　　　（1931 年 6 月 8 日《文藝新聞》第 13 號）

　　　　　　作家綽號一覽表（以各個譯著名稱為題）

　　胡適之——白話文學史上卷、胡也頻——光明在我的（們）面前、柔石——一個偉大的印象、馮鏗——虹（紅）的日記、殷夫——伏爾迦的黑淵、陳學昭——倦旅、孫福熙——巴黎撈針、陳望道——斷截美學、汪馥泉——初夜權

　　王獨清——一聖母像前（歡迎此類投稿）

　　　　　　　　　　　　（1931 年 6 月 15 日《文藝新聞》第 14 號）

　　自十三、十四兩號發表作家綽號後，茲接讀者伴雲及白玲等來稿，特選刊於後。

　　劉復——何典、聞一多——死水、西瀅——閒話、周全平——

殘兵

葉紹鈞——倪煥之、劉大杰——支那女兒、葉鼎洛——未亡人、沈從文——不死日、葉靈鳳——女媧氏之遺孽、巴金——滅亡、凌叔華——女人、滕固——迷宮、冰心——寄小讀者、章衣萍——枕上隨筆、金滿成——花柳病春、冰瑩——革命化的戀愛、東亞圖（病）夫——魯男子、趙景深——國外文壇消息

徐霞村——嘴上生花的人（待續）

（1931 年 6 月 29 日《文藝新聞》第 16 號）

戲劇家綽號一覽表（以各個之著作導演之劇本及表演角色為題）

自作家綽號一覽表發表後，接到若干熱情讀者的此類投稿，謹先將戲劇家們的綽號登出，不日且將有各社團的有趣味的綽號表。

丁西林——一隻馬蜂、洪深——馮大少爺、田漢——屋上狂人、歐陽予倩——屏風後、馬彥祥——戲劇家之妻、余上沅——國劇運動、趙太侔——？？？

向培良——生的留戀與死的誘惑、熊佛西——洋狀元、陳大悲——紅花瓶

袁牧主——賢一郎、陶晶孫——木人劇、王平陵——跑龍套、左明——小丑

陳凝秋——南歸

（1931 年 7 月 6 日《文藝新聞》第 17 號）

自作家綽號發表後，接到許多讀者來稿，可惜重複的太多，不能都披露出來。現在把文學戲劇團體的綽號刊出，（以各個所演的劇本或所出的書籍為代表。）以後請停寄此類投稿。

新月社——人權論集、創造社——洪水、文學研究會——灰色的馬、沉鐘社——昨日之歌、未名社——莽原、狂飆社——弦上、語絲社——雜感、幻洲社——上部、下部、廣東文學研究會——你去吧！、萬人社——文丐論、狂飆演劇部——戰士的兒子、南國戲劇部——未完成的傑作、戲劇協社——少奶奶的扇子、辛酉劇社——

　　狗的跳舞、復旦劇社——寄生草、藝術劇社——西線無戰事聯合劇

　　社——可憐的裴加、北平戲劇學院——模特兒、廣東戲劇研究所——

　　金瓶梅、大道劇社——街頭人、山東實驗劇院——（不可思議注）

（1931 年 7 月 13 日《文藝新聞》第 18 號）

　　《文藝新聞》發起用作品的名字來給作家起綽號，起初可能是爲了擴大左翼文學的影響，帶有宣傳的性質。這從刊載的第一、二份名單可以明顯地看得出來。那名單除魯迅、茅盾、郭沫若、丁玲、陳望道之外，左聯五烈士中的四位胡也頻、柔石、馮鏗、殷夫都榜上有名。

　　從左翼作家和非左翼作家的比例上看，在前四份名單裏，56 名作家中的左翼大約只占三分之一，並不太多。非左翼作家如周作人、胡適、林語堂、夏丏尊、聞一多、陳西瀅、葉紹鈞（聖陶）、沈從文、巴金、葉靈鳳、凌叔華、冰心、章衣萍、趙景深等，其中包括新月派、開明派、京派、海派、獨立的民主作家。通過這四份名單，《文藝新聞》毫不拘謹地向讀者展開各種色彩的創作群體。雖然這名單也有自己的觀點和角度，像胡適的作品舉的是《白話文學史》上卷，既突出他提倡白話的功績，也有暗諷他「擅長」寫半本書的味道；林語堂舉的是「Littale Cratic（小評論，小品文），他當時在英文的《中國評論週報》開小品文的專欄，用洋文表示正是道出他文體的外來風格；冰心是《寄小讀者》；章衣萍是《枕上隨筆》；都屬代表性的散文。趙景深卻是個意外，竟是「國外文壇消息」，因他是編輯家、翻譯家和文學史教授。劉復（半農）不提他給《新青年》寫的文章和白話詩、甚至語言學，而是拈出他新近發現、校點的《何典》，可見在青年眼裏他落後了。這個作家名單的寬鬆，作品的多樣是非常可觀的。

　　我們還可以看到這裡所列的作家作品，許多是有代表性的，如聞一多的《死水》、西瀅的《閒話》、葉聖陶的《倪煥之》、胡也頻的《光明在我們面前》、葉靈鳳的《女媧氏之遺孽》、丁西林的《一隻馬蜂》、熊佛西的《洋狀元》等，至今在文學史上仍佔據一定的地位。而沈從文的無名作《不死日》，巴金的處女作《滅亡》，便說明這兩位日後名聲大震的作家，這時僅小有名氣，他們的代表性作品還沒有來得及問世。對於東亞病夫（曾樸）這位晚清譴責小說家，綽號名單不但將其列入，且還舉出他《孽海花》之外後期的自傳體小說《魯

－71－

男子》，是肯定了一位舊時作家與時俱進的傾向新文學的態度。〔註8〕

　　因爲左翼戲劇運動特別活躍，所以我們可以看到第四份「綽號」名單裏有專門的話劇界的記錄。名單中大部分的劇作家都是赫赫有名的，寫劇、導演、扮演三位一體都能來得的人尤其眾多。余上沅名下注著的「國劇運動」，是指余上沅等一批同期在美國紐約學戲劇文學和劇場藝術的人，回國後在北京籌劃建立演出團體，喊出傾向純藝術的「建設中華國劇」的口號，並創辦了中國第一個由政府主持的現代戲劇教育機構──國立北京藝術專門學校戲劇系。這個系培養出的學生中有張寒暉（蘭璞）、章泯（謝興），左明等，後來成爲進步戲劇活動的骨幹分子。

　　第五批「綽號」名單還顯示了「五四」以來文學社團的多元。這裡夾雜了戲劇社團，呈混合狀。21 個社團，大部是有名望的，長久開展活動的；少數的社團機構只是大家不熟，其實也很重要，如廣東戲劇研究所，是 1929 年 2 月由歐陽予倩應廣州當局李濟深等人的邀請創辦的，自任所長。此機構以戲劇研究爲主，兼辦戲劇學校、劇場、刊物等，唐槐秋、馬彥祥等參與其間，延續了三年，對南國的話劇事業發生很好的影響。所演的《金瓶梅》，是歐陽予倩乘「五四」之風爲給古典小說人物翻案而寫的劇作，劇名應是《潘金蓮》才對。戲劇協社 1921 年成立，爲上海著名的「愛美劇」團體。洪深在美國學成回來後即加入，他打破原來文明戲的陳規，提倡男女合演（不是男扮女裝），建立正規的導演排演制度，1924 年根據英國唯美主義作家王爾德名作《溫德米爾夫人的扇子》，改編爲中國的故事即《少奶奶的扇子》，並第一次採用立體布景，燈光、音響加以變化配合，取得巨大的成功。《少奶奶的扇子》的演出標誌了中國話劇眞正走出「文明戲」的時代，完成了話劇的現代形態。〔註9〕還有藝術劇社和《西線無戰事》這一條，是指左翼的上海藝術劇社 1930 罕 3 月公演由日本戲劇家村山知義根據德國雷馬克同名小說改編的話劇。因爲是一齣表現第一次世界大戰的「群戲」，非常符合當時左翼文學的創作追求風氣。其他的文學社團如創造社是用它近期出版的刊物《洪水》代表；未名社用其一貫的刊物《莽原》代表；語絲社不用《語絲》雜誌代表，只寫了「雜

〔註8〕　曾樸同時翻譯法國雨果、左拉、莫里哀的名作，與兒子曾虛白創辦眞美善書店和《眞美善》半月刊等。

〔註9〕　安凌：《闡釋和創造──論洪深對奧斯卡·王爾德〈溫德米爾夫人的扇子〉的改譯》，《戲劇》（中央戲劇學院學報），2008 年 S1 期（亞洲戲劇論壇專輯）。

感」兩字，實際上反映了魯迅雜文的影響力；新月社也沒用它著名的《新月》月刊做「名片」，反用了《人權論集》。這是新月書店 1929 年年底出版的書籍，收集了胡適、羅隆基、梁實秋等新月派人物針對新上臺的國民黨政府以黨治國、以黨代法的專制主義，在《新月》上發表的一系列尖銳文章，如胡適的《人權與約法》、《我們什麼時候才可有憲法》、《知難行亦不易》、《新文化運動與國民黨》，羅隆基的《論人權》、《告壓迫言論自由者》，梁實秋的《論思想統一》等。〔註 10〕此書雖遭到國民黨黨部機關的上下圍剿，卻大大提高了剛遷至上海的新月社的知名度。

　　綜上所述，透過對刊載在《文藝新聞》上的廣告宣傳文字的分析，能夠「呈現」第二個十年（1927 年至 1937 年）左翼文學、京派文學、海派文學和鴛鴦蝴蝶派文學（通俗文學）四大文學板塊多元共生的文學生態和文學景觀。

第三節　文學傳播過程的準確揭示

　　所謂文學廣告的「揭示」功能，有廣義和狹義之分。廣義的「揭示」包含了上文所述的「預告」和「呈現」的內容，只不過在程度上有所區別；狹義的「揭示」，則著重強調透過同一時期或不同時期的同一報紙、期刊或不同報紙、期刊關於同一個文學活動、文學事件的廣告宣傳文字，揭示文學活動、文學事件動態發生的過程。本文以刊載在《生活週刊》上的《文學》創刊前後的廣告來加以分析。

　　20 世紀 30 年代初，《小說月報》在持續了 20 年後終於停刊，左翼的刊物大多受到打壓或被迫停刊，《論語》等閒適風格的刊物又為多數人不齒。作家們迫切需要一個能自由發言的園地。於是，在眾人的努力下，1933 年 7 月 1 日，《文學》創刊。創辦刊物，要在短時間內獲得廣大讀者的青睞，在報刊上做廣告自然是少不了的。張靜廬在談及雜誌發行時認為：「廣告一定要登在有

〔註 10〕1929 年～1931 年，胡適、羅隆基、梁實秋等「新月社」部分成員組成「平社」，以《新月》為陣地，發動了著名的「人權運動」，抨擊國民黨的「訓政體制」，要求憲政民主人權，發表《人權論集》。它不是像法國大革命的《人權宣言》和美國獨立戰爭的《獨立宣言》，是資產階級革命勝利的光輝成果，而是資產階級「國民革命」失敗的餘音，因而是中國資產階級自由主義運動遲到的人權宣言。雖然姍姍來遲，軟弱無力，以妥協而收場，但畢竟是中國資產階級自由主義者第一次系統的人權宣言，具有一定的歷史意義。

廣大銷路或與這刊物的性質有相互關聯的，多登幾行或多登幾家。」〔註11〕由於《文學》與《生活週刊》均由生活書店發行，在「每期銷數達到十五萬五千份」〔註12〕的《生活週刊》上發佈廣告當然是最理想的選擇。在《生活週刊》第18期（1933年5月6日）上第一次刊出了《文學》誕生的預告：

> 這是由文學社負責主編生活書店擔任出版及發行的一種文學月刊。文學社是集合全國而成的一個組織，它編行這月刊的目的，在於集中全國作家的力量，期以內容充實而代表最新傾向的讀物供給一般文學讀者的需求。它為慎重起見，特組九人委員會負責編輯，聘請特約撰稿員數達五十餘人，幾乎把國內前列作家羅致盡盡。內容除刊登名家創作，發表文學理論，批評新書新報，譯載現代名著外，並有對於一般文化現狀發批判；同時竭力介紹新進作家的處女作，期使本刊遂漸變成未來時代的新園地；又與各國進步的文學刊物常通消息，期能源源供給世界文壇的情報。

這則預告可稱得上是《文學》雜誌的出版宣言，不僅明確表明了出版《文學》雜誌的目的，還特別說明了雜誌編委會的構成以及雜誌的內容特色。事過半月，在《生活週刊》第20期（1933年5月20日）上又刊出了《文學》出版前的第二張廣告。用了一整頁的版面，比第一次的內容更豐富，提供的史料也更多。特別增加了一個副標題：一九三三年中國文壇之生力軍。在第一次預告的基礎上，除了刊出特價預訂等內容外，就是將本刊編輯委員及特約撰稿員公佈出來：

> 本刊編輯委員會（9人）
>
> 郁達夫、茅盾、胡愈之、洪深、陳望道、徐調孚
>
> 傅東華、葉紹鈞、鄭振鐸
>
> 本刊特約撰稿員（48人）
>
> 丁玲、冰心、王統照、王伯祥、王魯彥、方光燾
>
> 巴金、田漢、白薇、朱自清、老舍、杜衡
>
> 沈起予、周建人、周作人、周予同、金兆梓、施蟄存
>
> 俞平伯、胡秋原、胡仲持、耿濟之、夏丏尊、陸侃如

〔註11〕張靜廬：《在出版界二十年》，江蘇教育出版社2005年版，第147頁。
〔註12〕范堯峰：《〈生活週刊〉、生活書店與中華職業教育社》，載《新文學史料》1981年第1期。

陸志韋、張天翼、陳受頤、梁宗岱、許地山、郭紹虞

馮沅君、楊丙辰、鄭伯奇、趙萬里、適夷、黎烈文

劉廷芳、樊仲雲、魯迅、謝六逸、謝冰瑩、戴望舒

豐子愷、穆時英、穆木天、魏建功、嚴既澄、顧頡剛

從編委會和特約撰稿人員的組成看，《文學》的起點很高，它囊括了 30 年代各種團體流派的作家，而且多數是名家，達到了兼容並包。專業範圍也很廣泛，詩歌、小說、戲劇、雜文等各領域均有名角。《文學》能聯絡這麼多作者（它後來的作者在 300 人以上），在 30 年代的雜誌中可說是少見的。四週後，在第 24 期（1933 年 6 月 17 日）的《生活週刊》上又刊出了《文學》創刊號的要目預告，它設置了以「論文」、「小說」、「詩」、「散文隨筆」、「雜記雜文」、「國外通訊」、「書報述評」、「書報及插圖」八個欄目，並逐一把每篇文章的作者注出。作家陣容強大，共有 30 餘位。魯迅在本期就有兩篇文章，一篇是作為《文學》開篇的雜文《又論「第三種人」》、一篇是隨筆《談金聖歎》。《文學》創刊號出版後，它的反響和發行情況在廣告中可以看出。創刊號發行才兩週，《文學》又在《生活週刊》第 28 期上（1933 年 7 月 15 日）刊出了廣告：「本月刊自七月一日出版後猥蒙海內外人士謬加讚譽紛紛賜函訂購創刊號出版業已售罄現特發行再版……」8 月 5 日（《生活週刊》第 31 期）又刊出廣告：「本創刊號於七月一日出版不五日即發行再版現又告售缺特三版印行以副愛好文藝諸君之盛意本號為特大號……」僅一個月時間，《文學》創刊號就發行三版，五日就售罄，受歡迎程度可想而知。應該說，這些廣告材料準確揭示了《文學》創刊前後的過程。四個月後，《生活週刊》第 44 期（1933 年 11 月 4 日）又有《文學》的廣告，除有一卷五號的文章要目廣告外，還有創刊號至第四號的重版廣告，內容如下：「創刊號於七月一日出版後，以內容豐富，取材新穎，售價較其他文藝刊物為廉，因之備受社會歡迎，行銷海內外，至為暢廣，創刊號已五版發行；第二號（屠格涅夫紀念）四版；第三號三版；第四號已再版出售，歡迎預定。」這段文字，總結了《文學》為什麼如此暢銷的原因，又介紹了重版的次數，有種成功者的口氣。而《生活週刊》第 47 期（1933 年 11 月 25 日）上的《文學》廣告又告訴我們：「本刊自創刊號至第五號雖一再重版，但常以時間過促，致訂戶方面，遲遲未能補齊，……第二號至第五號亦已四版或三版出售。」由此可知，隨著時間的推移，《文學》的訂戶逐漸增加，出現供不應求。鑑於《文學》良好的銷售情況，在 12 月初出版

第六號後，馬上又著手編印第一卷合訂本，在《生活週刊》第 50 期（1933 年 12 月 16 日）上的《文學》「新年特大號」廣告中，刊出了合訂本的消息。原文如下：「本合訂本係自創刊號至第六號重行編印，卷首附有總目索引，布面精裝，外加精美紙盒一隻，實價銀二元」。

通過對《文學》創刊前後廣告的分析，我們發現，廣告不僅參與了《文學》月刊的傳播，同時廣告中也留下了《文學》誕生、發展的大量信息，準確揭示了期刊創刊的全過程。透過創刊前的廣告，我們能梳理出它的辦刊緣起和目的，瞭解其編輯方針；從撰稿人員的組成中，瞭解它的「雜」，從「雜」中又可以看出它的「專一」。正如在創刊號的《社談：一張菜單》所說：「我們這雜誌的內容確實是雜，這似乎用不著我們特別的聲明，讀者只消一看本志負責編輯人和特約撰稿人的名單便知端的。」但是，「我們當然有一個共同的憧憬──到光明之路，……我們這雜拌兒似的雜誌裏面仍舊有點不雜的地方。」〔註 13〕從它發行後的重版廣告中，又可以知道這份刊物在文壇產生的巨大反響。另外，我們從它第一卷（共六期）所刊行的文章要目中，還可以看出一些名家對這份刊物的強力支持，如魯迅在前兩期上就發表了四篇文章，茅盾、巴金、老舍、鄭振鐸等均在三篇以上。對文壇新人的大力扶植也是碩果累累，如大量發表了黑嬰、臧克家等人的創作。

事實上，在現代文學發展歷程中，文學期刊多達數千種，而這些刊物為了擴大影響，在創刊前後也多有廣告，這些數量眾多的廣告文本無疑對文學期刊的研究提供了大量的原始資料。在現代媒體上刊登廣告，推廣推銷文學刊物，可以追溯到韓邦慶的《海上奇書》雜誌。韓邦慶是國內辦個人期刊的第一人，1892 年出版的《海上奇書》也是中國第一本小說期刊。在一八九二年，出版的小說還不多，出版物刊登廣告的也少見，但他卻為他的《海上奇書》刊登了四十三次廣告。在刊物出版之前，從光緒十八年正月初六（1892 年 2 月 4 日）起至正月二十八日（2 月 26 日）他在《申報》上刊登了十一次廣告，為即將出版的《海上奇書》造勢。其廣告詞如下：

〔標題〕《海上奇書》告白⊙每月朔望出書一本⊙實價一角⊙託《申報》館代售

〔內容〕《海上奇書》共是三種，隨作隨出，按期印售，以副先睹為快之意。其中最奇之一種明曰《海上花列傳》，乃是演義書體，

〔註 13〕　《社談：一份菜單》，載《文學》第 1 卷 1 期，1933 年 7 月 1 日。

專用蘇州土白演說上海青樓情事，其形容盡致處俱從十餘年中體會
出來，蓋作者將生平所見所聞，現身說法，搬演成書，以爲冶遊者
戒，故絕無半個淫穢褻污字樣；至於法繪精工，楷書秀整，猶爲此
書餘事。此外兩種，一曰《太仙漫稿》，翻陳出新，嘎嘎獨造，不肯
使一筆蹈襲《聊齋》窠臼；一曰《臥遊集》，摘錄各小說中可喜可詫
之事，萃爲一編，作他日遊觀之券。此《海上奇書》之大略也。定
於二月初一出售第一冊。《海上奇書》每本實價一角。本埠由賣《申
報》人代售。外埠售《申報》處均有寄售。大一山人啓。

這一告白與他出版時所寫的「例言」中的自白是一致的。他在「例言」中說：
「此書爲勸誡而作，其形容盡致處，如見其人，如聞其聲。閱者深味其言，
更返觀風月場中，自當厭棄嫉惡之不暇矣。」〔註14〕

　　在第一期出版時，韓邦慶在《申報》上刊登了六次廣告，每次的內容皆
是該期目錄。以後每期出版時一般都刊登兩次廣告，只有第三、十四、十五
三期只刊登了一次〔註15〕。《海上奇書》出版至第九期，改半月刊爲月刊。韓
邦慶於光緒十八年六月初一日（1892 年 6 月 24 日），在《申報》上登載「《海
上奇書》展書啓」，內容如下：

　　　　《海上奇書》今出第九期矣。歷蒙諸君賞鑒，不勝知己之感。
　　惟說部貴於細密，半月之間出書一本，刻期太促，成稿實難：若潦
　　草搪塞，又恐不厭閱者之意，因此有展期之請，茲於六月朔日出第
　　九期書以後，每月朔日出書一本，庶幾斟酌盡善，不負諸君賞鑒之
　　意。再第九期以前之書所存不多，欲補買前八期，書價仍一角。

由此可見作者的寫作與辦刊態度的嚴肅認眞。《海上奇書》出版至第十五期停
刊，共連載了《海上花列傳》三十回（圖 15《海上花列傳》石印本扉頁）。因
無停刊啓事，停刊原因不詳。透過上述廣告，我們也可以準確揭示《海上奇
書》的創刊以及出版週期變化的全過程。范伯群先生在《〈海上花列傳〉的廣
告案例》一文中，將《海上奇書》的廣告行爲與韓邦慶開創的文壇諸多「第
一」並列，「首先，他是國內辦個人期刊的第一人，一八九二年出版的《海上
奇書》也是中國第一本小說期刊；其次，他最早請現代媒體爲他代印代售，《申
報》下屬的「點石齋」爲他印刷，刊物在本埠由「賣《申報》人」代售，外

〔註14〕范伯群：《〈海上花列傳〉的廣告案例》，《書城》，2008 年 5 月號，37 頁。
〔註15〕范伯群：《〈海上花列傳〉的廣告案例》，《書城》，2008 年 5 月號，38 頁。

埠則由《申報》的寄售點代售；第三，他開創了中國原創長篇在刊物上分期連載的先河……；第四，他的刊物標有統一的固定價格，而他則用一種現代化的銷售方式從中獲取腦力勞動的報酬」，再加上其十分重視期刊的廣告宣傳，所以范先生認為「在現代化的文化市場的創建過程中，韓邦慶自有他的一番開拓性的貢獻」〔註16〕。《海上奇書》廣告案例雖然不屬於本文所討論的1915 年至 1949 年這樣一個時間段，但通過對《海上奇書》廣告案例的分析，能讓我們更好地理解文學廣告與文學傳播之間的關係。

《海上花列传》光绪二十年 (1894)
石印本扉页

圖 15　《海上花列傳》石印本扉頁

〔註16〕范伯群：《〈海上花列傳〉的廣告案例》，《書城》，2008 年 5 月號，37 頁。

第三章 文學廣告視角的文學期刊創刊／改版和文學社團的成立（1915～1927）

第一節 《新青年》的編輯出版與文學廣告

《新青年》初名《青年雜誌》，1915 年 9 月 15 日創刊於上海。由陳子沛、陳子壽兄弟開辦的群益書社印刷和發行，青年雜誌社（新青年雜誌社）編輯，1920 年 9 月第 8 卷起改由新青年社印行。主編為陳獨秀（1879～1942），創刊號有陳獨秀的《敬告青年》等。1916 年 2 月 15 日，1 卷 6 期出版後因戰事而停刊半年。1916 年 9 月 1 日第 2 卷第 1 期復刊後改名為《新青年》月刊（一說改名是因為與上海基督教會主辦的《上海青年》有名稱的雷同，群益書社徵得陳獨秀的同意而改名）。1916 年底，蔡元培（1868～1940）約陳獨秀擔任北京大學文科學長，期刊編輯部遂自 1917 年 1 月起遷北京（位於北河沿箭杆胡同九號陳獨秀家）。1919 年五四運動爆發，陳獨秀積極投身於運動之中。6月，在一次散發《北京市民宣言》時被捕，《新青年》第二次被迫停刊近半年。9 月，陳獨秀被救出獄，11 月復刊。隨後，1920 年初陳獨秀回到上海，《新青年》編輯部亦再次遷回上海。1921 年 4 月 1 日，自第 8 卷第 6 期遷廣州出版。1921 年 9 月再第三度遷回上海出版，並在 1923 年一度成為中國共產黨機關理論刊物。1922 年 7 月第 9 卷 6 期出版後暫時休刊。1923 年 6 月在廣州復刊後改為季刊，仍為中共中央的理論性機關刊物，出版至 1924 年 12 月（共出 4期）再次休刊。1925 年 4 月再次復刊，改為不定期刊出版，共出 5 期。1926年 7 月《新青年》出完不定期刊第 5 期後最後停刊。前後持續 11 年，共出 9

卷 63 期（《新青年》雜誌今存上海圖書館，人民出版社於 1954 年曾出版影印本）。《新青年》的創刊，標誌著中國現代報刊的誕生，也標誌著中國編輯出版史進入了現代階段。

一、《新青年》文學廣告的特色

縱覽《新青年》1～9 卷登載的各種廣告，從廣告內容看，《新青年》的廣告可以分為圖書廣告、雜誌廣告、社團廣告及其他類型廣告。圖書與雜誌廣告是《新青年》廣告的重要組成部分，其中既有自我宣傳廣告，也有商業廣告，更有交換廣告。因此，從商業角度看，可將其分為四類：一是自我宣傳的促銷廣告；二是商家付費廣告，即商業廣告，它包括對其他各出版機構的圖書或期刊的廣告宣傳以及其他一些商品廣告；三是《新青年》與其他報紙雜誌相互交換的宣傳廣告；四是其他公益廣告，主要指一些社團、學會等信息。《新青年》雜誌的文學廣告呈現出鮮明的特色。

1、廣告量大且分佈均勻

《新青年》第一卷，其文學廣告的分佈狀況是：1 號約有 18 頁廣告，2 號 21 頁半，3 號 24 頁半，4 號 16 頁半，5 號 18 頁半，6 號 16 頁等。廣告分佈主要以封一、封二、中間插頁以及封四為主，還有一些在頁面多餘或空白處適當插入。《新青年》每期僅 100 頁。可見，當時《新青年》廣告量是比較大的。比較《新青年》前幾卷的廣告，可以發現：第 1、2 卷比較多，3 卷稍少些，4 卷廣告很少。就整卷廣告看，《新青年》廣告量多與少比較隨意，並沒有嚴格的規律或固定的量，而是隨版面的多少及需求而定。《新青年》創刊之際，可能很多商家考慮到《新青年》會做一些宣傳促銷的活動，會引起很多人關注，所以紛紛來登載廣告。而作為經營方本身，由於稿源還不夠豐富，需要通過更多的廣告來加強經營。從這個角度上看，《新青年》一開始就很有經營意識，雖然這些廣告，大多都是群益書社自己出版的圖書廣告，從一個側面也體現出一個民營書刊自負盈虧的生存現狀。另一方面，相較於其他卷，第一卷的廣告投放量相對於其他 9 卷是最多的〔註1〕，而其他各卷頁碼數量波動不大，並沒有隨發行量增大而增加廣告量，說明《新青年》對刊載廣告是有選擇有要求的。

〔註1〕 第 7 卷因「勞動節紀念號」擴版，頁碼比其餘 8 卷增加一倍，比一卷增加 10 個頁碼，而致廣告頁碼絕對數量居 9 卷之首。

2、廣告內容涵蓋學科廣，形式豐富多樣

從內容上看，《新青年》的廣告，雖然大多是文化類的廣告，但其廣告傳播的內容涉及面極廣，包括政治、經濟、文化、法律、文學等多個學科及領域，特別是圖書廣告中大量的編譯教科書、英文類原版教材、工具書廣告等。可見經營者的獨到眼光與開闊視野，同時也可以感受到當時中國對外開放的程度。而從廣告類型形式而言，包括圖書廣告、雜誌廣告、社團廣告及其他信息等。特別是《新青年》中的很多自我宣傳廣告，如「通告」「宣言」「啓事」「再版」「合卷本」「社告」等，對《新青年》雜誌本身的宣傳與推廣有著重要的作用。由此可以看出，《新青年》的經營者對廣告策劃經營的重視與用心。

3、廣告有針對性和集中性

雜誌一般均具有一定的專業範圍和特定的專業讀者群。相較於報紙比較龐雜的內容，雜誌廣告卻可以避免這種缺陷。因此雜誌上刊登的廣告，就具有較大的針對性。《新青年》的廣告除了考慮文化品位之外，也表現出明顯的集中性和針對性。如《新青年》的讀者群主要是青年學生而集中大量地登載的學習類的圖書、工具書等，特別是針對青年學生對新事物新思想的嚮往憧憬，刊載了大量的傳播新思想新文化的書刊雜誌。這既促進了青年學生的進步，也更有利於新文化的傳播。

4、廣告與發行相互配合造勢

我們知道，廣告的目的當然是爲了促銷，而《新青年》中的很多廣告，特別是自身宣傳廣告，通過廣告與發行的積極配合宣傳造勢，達到促銷。如多次的再版廣告，具體的銷售價格策略都有詳細說明。另外，幾乎每號都有的各地代派處、總發行所等廣告，各種社告、通告等，都爲發行起到了很好的促銷作用。

5、廣告定位與刊物宗旨一致

結合《新青年》的各類廣告及其發佈的廣告內容，我們可以發現，《新青年》的廣告定位與刊物的宗旨一樣，把傳播對象瞄準青年，面向廣大青年受眾，其目的就是通過廣告向青年灌輸，引導並塑造一代「新青年」。這與《新青年》創刊宗旨「與青年諸君商権將來所以修身治國之道」完全契合。

二、《新青年》廣告營銷策略

書刊廣告具有導引性和強化信息以及製造文化影響力的作用。書刊與其他商品不同，當新的書刊出版時，需要通過書店向讀者推薦，讓讀者瞭解明白書刊信息，從而激發讀者購買欲望。因此推出宣傳廣告就需要運用一些方法策略，從而獲得廣告效應。《新青年》同仁在廣告經營上則採取了多種方法策略，來促進宣傳推廣及銷售經營。

1、重視廣告宣傳

《新青年》雜誌的經營運作，除了採取各種手段及方式促進發行之外，對廣告的經營也是非常重視，特別是在經營策略上，有其獨有的經營理念。徐寶璜說：「新聞紙最要之收入，爲廣告費，至其賣報所得，尚不足以收回其成本，此世所熟知者也。故一報廣告之多寡，實與之有莫大之關係。廣告多者，不獨經濟可以獨立，毋須受人之津貼，因之言論亦不受何方之縛束，且可擴充篇幅，增加材料，減輕報資，以擴廣其銷路。」〔註2〕有著豐富辦刊經驗的陳獨秀自然深諳其道。陳獨秀從開始辦報就有廣告經營意識，書刊廣告經營理念貫穿了他的經營思想。在擬辦《愛國新報》就考慮到：「凡發告白者，如係關於文明事業概不收費。」〔註3〕雖不收費，但已經非常明確廣告的效用。《安徽俗話報》創刊後，開始引入廣告，只是量少，且種類單調，如在封底上的自我宣傳信息及發行公司蕪湖科學圖書社的廣告，嚴格意義上講還不是眞正盈利性的廣告。

《新青年》創刊，廣告的策劃與生產就成爲《新青年》的一種生存策略，而且廣告份額很大，既有從市場角度廣告宣傳，如「廣告價目，另有詳章。如蒙惠顧，即行奉告」的付費廣告，也有「各報與本報交換的廣告，請寄上海棋盤街群益書社本報發行部」的交換廣告，另外還有獨立於市場的宣傳廣告。如一些《投稿章程》、稿件或稿費標準要求等以及雜誌經營運作等方面的信息等等。這種廣告經營意識不僅體現在一創刊就登載了大量的廣告，也體現在《新青年》的一卷一號的變化中，甚至每號都有一個細小的變化和考量。如第 1 卷的 1 至 6 號一直保持著首「告」（社告）尾「程」（投稿章程）的廣

〔註2〕 轉引自謝明香、王華光：《新青年的廣告運營及策略定位》，《編輯之友》，2010
年第 11 期，112 頁。

〔註3〕 轉引自謝明香、王華光：《新青年的廣告運營及策略定位》，《編輯之友》，2010
年第 11 期，112 頁。

而告之方式。1 號有《通信購書章程》
（圖 16《新青年》雜誌第一卷第一號
《通信購書章程》），2 號之後便有了除
上海之外北京、新加坡等 75 個「書局」
「書館」「學社」「書莊」各類名目「各
埠代辦處」的地址公佈。其中同時刊佈
的「廣告價目」以及折扣優惠辦法也是
帶有濃鬱商業氣息的市場化做法。

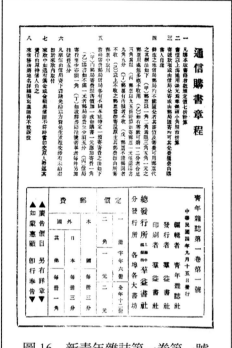

圖 16　新青年雜誌第一卷第一號
《通信購書章程》

在具體經營運作中，特別是在「新
青年」作爲實體運作之前的《新青年》
7 卷之前，編輯部與發行部的職責分工
明確，劃分清晰。編輯部負責信息收集
稿件編輯，發行部負責發行銷售，這其
中當然包括廣告經營等。如《新青年》
雜誌 6 卷 6 號的「本報啓事」：「凡與本
報交換的月刊週刊等，請寄北京北池子
箭竿胡同九號本報編輯部。各報與本報
交換的廣告，請寄上海棋盤街群益書社本報發行部。敬求注意！」在後期，《新
青年》與群益書社的合作結束後，由「新青年社」編輯印行。《新青年》成爲
一份政黨宣傳期刊，可是他們依然沒有放棄商業經營與運作。「新青年社」還
編輯出版叢書，並登載廣告。雖然與群益書社的合作結束了，但在第 8 卷第 5—
6 號上，依然登載群益書社的書刊廣告，說明《新青年》雖然要宣傳政治主張
但更不忘經營，並自始至終都在堅持自主經營的方針。

2、圍繞辦刊宗旨不動搖

作爲一份同人雜誌，《新青年》不以盈利爲目的，其目的宗旨是「改造青
年之思想，輔導青年之修養，爲本志之天職」，「與青年諸君商權將來所以修
身治國之道」。從前面對《新青年》刊登的廣告介紹可以瞭解到，其涉及的內
容主要是圖書雜誌類的廣告，幾乎都是文化教育類圖書信息，從中可以非常
清晰地看到《新青年》新思想新文化傳播方向及其發展軌跡以及這本雜誌傳
播科學與民主，開啓民智的辦刊宗旨。

在廣告設計製作方面，《新青年》同樣體現出對辦刊宗旨的堅持，對新文

化的傳播與弘揚。由於當時環境及條件限制，廣告的設計多在文字上體現功力，如字體加黑加大，間或有少量插圖。由於印刷設備技術及媒介形態的限制，在廣告的設計上只能著重在廣告詞用語上下工夫，如在《新青年》中多次出現的「精益眼鏡公司」廣告詞中「人之視覺爲司全體最重要之部分，苟有目光不足等弊病，非但與新青年之思想有莫大之阻礙，且與精神上之愉快亦受影響」；同樣在《新青年》上做廣告的「濟南齊魯書社」廣告語「本刊開辦以來，就抱定了宣傳文化的宗旨，凡各處有價值的出版物——新青年叢書——無論是季刊、月刊、半月刊、旬刊、週刊、日刊……無不樂意代售……」。從這些廣告中可以看出，《新青年》的廣告也在積極爲新文化運動服務。爲了更好地宣傳和經營，《新青年》編者們在具體製作廣告內容時，非常注重講究廣告文本的特色。如《新青年》1 卷 1 號雜誌封面背後群益書社的《英漢辭典》廣告，特別列出辭典的 10 項「內容特色」，並注明「皮裝定價二元，綢裝一元五角」。這些廣告，與《新青年》傳播新文化新思想的定位渾然一致，形成特色，由此可見主辦者經營的意識及眼光。

3、及時連續刊登廣告，增加廣告的到達率和暴露度

《新青年》上很多圖書期刊的廣告都是非常及時有效的傳達圖書出版信息，有些是剛出版的書刊，有些是即將出版的信息。努力在最短時間內向讀者介紹新產品，讓讀者感受到它的積極性和進取性。如《甲寅》上的預版廣告、7 卷 1 號再版廣告、2 卷 1 號合卷本廣告等，都及時有效地在雜誌上進行廣告宣傳，使讀者迅速及時地瞭解到書刊的出版及發行的各種信息，這對書刊的發行銷售有很大的幫助，也更好更快地提高了書刊文化的影響力。從《新青年》雜誌上所刊登的新書刊廣告來看，書報雜誌的競爭相當激烈，因此話題策劃也不斷翻新，目的是爲擴大雜誌的發行量，加強讀者對於雜誌的忠誠度，從而使拉動廣告量的增加與廣告價位的提高。與此同時，《新青年》上很多雜誌期刊圖書宣傳廣告都運用連續反覆登載策略，希望通過增加曝光率，從而引起讀者關注。如開卷就刊登的群益書社自己印行的《英漢辭典》從 1 卷的 1 號（圖 17《英漢辭典》廣告），2 卷的 2 號，4～6 號，3 卷的 1 號 3 號，4 卷的 4～5 號等連續刊登該廣告；又如《英漢雙解辭典》，2 卷的 3 號、5 號，3 卷 1 號、2 號、4 號和 6 號，4 卷 1 號等上連續刊載廣告（圖 18《英漢雙解辭典》廣告）。另如《簡短「會話作文必備之書」》、《青年英文學叢書》、《群益書社——理科書類》等，很多都達 5 次以上。這種廣告方式通過廣告的反

覆投放，衝擊讀者眼球，達到很好的廣告宣傳效果。

圖17　《英漢辭典》廣告

圖18　《英漢雙解辭典廣告》

4、手法靈活多變，重視書刊互動

　　《新青年》上的廣告形式，有些是幾個連續整頁集中分佈廣告，有些作爲插頁點綴其中，有些放在扉頁或封一封二或封底等，形式多種多樣，非常靈活多變，這樣的廣告形式既很好地起著傳播效果，同時又不影響雜誌本身的內容。《新青年》除了在刊物本身上作廣告外，還廣泛利用其他傳媒的優勢，宣傳自己的產品（包括書籍和企業的其他產品）。如《新青年》創辦之初，在正式創刊前幾天就借用當時頗具影響力的《甲寅》第 8 號上登載《新青年》出版預告，表明雜誌辦刊意圖和讀者定位，很具吸引力和煽動性。創刊後如在《申報》上作特價優惠廣告，在《語絲》、《北新》、《青年界》上作廣告，登載出版消息、書局稿費章程等。施蟄存在談到當年張靜廬約請他主編《現代》時說：「出版一種期刊，對中小型書店來說，是很有利的……可以吸引許多讀者每月去光顧一次……對於外地讀者，一期刊物就是一冊本店出版書籍廣告。」〔註4〕所以，充分利用本書店的刊物，直接刊登一些本版圖書廣告，也有通過已有刊物來宣傳新創辦刊物的，效果是非常不錯的。如「新青年」

〔註4〕　轉引自謝明香、王華光：《新青年的廣告運營及策略定位》，《編輯之友》，2010年第 11 期，113 頁。

同仁以「看《新青年》的，不可不看《每週評論》」這類煽情式的語句推銷同盟刊物，得到同盟刊物的熱情回應，《新潮》在書報介紹中就推崇說：「《新青年》可看之處，正因為他有主義，不發不負責任的議論，不作不關痛癢的腔調，他是種純粹新思想的雜誌。」〔註5〕《新青年》在第4卷改為同仁刊物並宣佈取消稿費後，其廣告逐漸減少。隨著雜誌的運作發展，作者及稿源也比較豐富，廣告量相對有所減少。與此同時，《新青年》也由剛開始的發行不暢到後來影響力不斷增強，發行量逐步上升，其經營已經走出困境。

　　本文認為，除了從宏觀層面研究《新青年》雜誌廣告營銷策略外，從《甲寅》雜誌上刊載的《新青年》廣告、《新青年》創刊號「社告」以及《新青年》上刊載的《每週評論》出版廣告這些「廣告文本」出發，可以分別揭示《新青年》與《甲寅》月刊的關係、《新青年》的讀者定位／編輯方針以及《新青年》雜誌的「精英化」傾向。

二、從《甲寅》上的《新青年》廣告看《新青年》與《甲寅》月刊的關係

　　在《甲寅》月刊第8期封底開始登載關於《青年雜誌》出版預告的廣告，到第9期在封頁後的第1頁又一次刊登。因《甲寅》月刊第10期於民國四年十月十日（1915年10月10日）出版，當時《青年雜誌》已於1915年9月15日由上海群益書社出版了，所以第10期上沒有再登載宣傳《青年雜誌》出版預告的廣告。《青年雜誌》的廣告宣傳沒有在其他刊物上刊登，而只在《甲寅》月刊中登出，就可說明雜誌背後的人際關係非同一般。

　　《青年雜誌》出版預告的廣告詞特別有新意，它與一般的雜誌宣傳不同，而是面向社會青年。廣告詞是這樣寫的（內容可見圖13《甲寅》上的《青年》雜誌出版預告）：〔註6〕

　　　　我國青年諸君：欲自知在國人中人格居何等者乎？欲自知在世界青年中處何地位者乎？欲自知將來事功學業應遵若何途徑者乎？欲此知所以自策自勵知方法者乎？欲解釋平昔疑難而增進其知識者乎？欲明乎此，皆不可不讀本雜誌。諸君精神上之良友也。

〔註5〕　轉引自謝明香、王華光：《〈新青年〉的廣告運營及策略定位》，《編輯之友》，2010年第11期，113頁。
〔註6〕　《青年雜誌》廣告，《甲寅》月刊第一卷第8期第1次刊登。

從廣告詞中可看出這本雜誌欲引領中國青年走在時代的前面，國家的前途希望自青年始，可謂意義深遠而發人深思。此外，倡導自由、人權、民主和科學，批評時政，進而實行文學改良，不僅體現在廣告（本節第一部分已經進行了闡述）中，更體現在刊物的內容中，並且從《甲寅》月刊和《新青年》兩大刊物中能清晰查找出諸多承續之淵源。

　　首先是辦刊宗旨及編輯策略的淵源關係。《新青年》與《甲寅》月刊在辦刊宗旨方面的共同點在於「爲當時的思想界打開了一條新路」。《甲寅》月刊於 1914 年 5 月 10 日在日本東京創刊，每月 1 期，共出版了 10 期，章士釗是此刊的創辦人。這裡稱爲「《甲寅》月刊」，是爲了區別章士釗後來創辦的「《甲寅》日刊」和「《甲寅》週刊」。事實上，《甲寅》月刊是在歐事研究會（1914 年 8 月）成立之前，在黃興的發動和支持下創辦的。歐事研究會是二次革命失敗後流亡日本的多數同盟會成員，因第一次世界大戰爆發，假借研究歐戰問題，實際上是在孫中山再次成立中華革命黨對入黨人員必須打上手印的規定反對情況下而成立的，主張不分黨界，對國內取「漸進主義」。本來黃興預計讓章士釗主持中華革命黨黨報，章士釗不想參與，於是創辦《甲寅》月刊。「強吾主持雜誌，倡議者爲胡漢民，可見孫派自審途孤，謀黨內外大團結，克強實爲當時作合柱石。孫派中卻有如夏重民者一類激烈分子。吾另辦《甲寅》後，夏重民曾搗毀吾林町社址一次。倘眞共營一報，後患寧復可言？」〔註 7〕章士釗早年有在國內創辦《蘇報》、《國民日日報》、《民立報》、《獨立週報》的經歷，二次革命流亡日本後，使得他再次通過辦報來宣傳自己和同人的政治主張。大膽引介西方政制體系，融合成自己新的政治思想，進而帶動了一大批流亡和留日的有著共同追求的知識分子，成爲《甲寅》月刊的同人和撰稿人。這些知識分子借助日本這個相對自由空間來表達個人的思想和願望，在思想和文化上探索民族新的出路。常乃惠認爲五四以後新文化運動的種子就埋伏在了這個時代：〔註 8〕

　　　　培植這個新文化運動的種子的人是誰？陳獨秀嗎？不是，胡適嗎？不是。那麼究竟是誰呢？我的答案是章士釗。當民國四五年的

〔註 7〕　章士釗：《與黃克強相交始末》，《章士釗全集》第八卷，上海：文匯出版社，2000 年版，第 320 頁。

〔註 8〕　常乃惠：《中國思想小史》，葛兆光導讀，上海：上海古籍出版社，2005 年版，第 136 頁。

時代，中國思想界的閉塞沉迷眞是無以復加。梁啓超辦了一個《庸言報》，不久便停版，後來改辦了《大中華》，更沒有什麼精彩。此外只有江蘇省教育會一派人在《教育雜誌》等刊物上所鼓吹的實利主義稍有點生氣，但是只偏於教育一部分，且彼時亦尚未成熟。此外便再無在思想界發生影響的刊物了。到章士釗在日本辦的《甲寅雜誌》出版以後，思想界才另有開了一條新路。

爲當時的思想界打開一條新路，是《甲寅》月刊辦刊宗旨的直接體現。在《甲寅》月刊第一卷第 1 期的封頁背面上登載著《本志宣告》，共有七項，其中第一項就表明了本刊的辦刊宗旨。《本志宣告》具體內容如下：〔註9〕

（一）本志以條陳時弊，樸實說理爲主旨，欲下論斷，先事此求。與曰主張，寧言商榷。既乏架空之論，尤無偏黨之懷，惟以己之心，證天下人之心，確見心同理同，即本以立說，故本志一面爲社會寫實，一面爲社會陳情而已。

（二）本志非私人所能左右，亦非一派之議論所得壟斷，所列論文，一體待遇，無社員與投稿者之分。任何意見，若無背於本志主旨，皆得發表，惟所主張，作者各自負其責任，眞名別號，隨意用之。

（三）本志現由有志者擔任財務，文字除聲明不索報酬者外，另有酬率，多寡因稿而定，擬登即行付款。

（四）本志既爲公共輿論機關，通訊一門，最所置重，務使全國之意見，皆得如其量以發表之，其文或指陳一事，或闡發一理，或於政治學術，有所懷疑。不以同人爲不肖，交相質證，俱一律款待，盡先登錄。若夫問題過大，持理過精，非同人之力所及，同人當設法代請於東西洋學者，以解答之。

（五）本志每頁十途行，行三十九字，稿紙能與相合最妙，字須明瞭，不可寫此面。

（六）稿如不登，悉不退還，聲明必還，亦當照辦，郵費由本社擔任。

（五）本社募集小說，或爲自撰，或爲歐文譯本，均可，名手爲之，酬格從渥。

〔註9〕 《甲寅》月刊第一卷第 1 期，1914 年 5 月 10 日。

由此可以看出，《甲寅》月刊旨在討袁，持論嚴正，頗爲時論所重，屬於一個以政論爲主的綜合性刊物。在《本志宣告》中，不僅提到辦刊宗旨，同時在第六條的後面單列出第五點，即對刊登文學作品方面規定了要求，體現了刊物的綜合性辦刊風格，或者說是編輯策略。第四條中提到本志爲公共輿論機關，「通訊一門，最所置重，務使全國之意見，皆得如其量以發表之，其文或指陳一事，或闡發一理，或於政治學術，有所懷疑。不以同人爲不肖，交相質證，俱一律款待，盡先登錄。若夫問題過大，持理過精，非同人之力所及，同人當設法代請於東西洋學者，以解答之表明刊物以自由主義爲基點」，突出了刊物注重編者和讀者互動的辦刊理念，使刊物成爲知識者暢所欲言的公共輿論機關。在二次革命失敗後人心處於低沉和萎靡之時，章士釗等人能夠以此寬宏博大的胸懷氣度去辦刊宣傳，卻非一般人所能做到。〔註10〕章士釗在雜誌的頭條發表了一篇《政本》，提倡「有容」思想，不「好同惡異」，這和刊物的宗旨是相一致的。「先生之文，詞旨淵雅，思理縝密，凡有述作，咸有典則。所以《甲寅雜誌》一出，風行海內，《甲寅》週刊印行，途日中接函二千三百件，大抵讀其文而喜與來復者，何其盛也。」〔註11〕章士釗的文章和《甲寅》月刊在當時的影響非常大，此刊物引領了時代的思想潮流。

關於《青年雜誌》的創刊緣由，是陳獨秀通過亞東圖書館的汪孟鄒引薦，認識了群益書社老闆陳子沛、陳子壽兩兄弟，通過商談，群益書社同意出版《青年雜誌》。因陳獨秀個人的職業變遷，《新青年》編輯部也幾經變遷。應該說，對《新青年》（主要是前四卷）辦刊宗旨進行考察，無論是編輯思路、撰稿人員、還是辦刊宗旨等方面，都與《甲寅》月刊有著千絲萬縷的聯繫。陳獨秀承繼了清末民初的辦報經驗，實際上也吸取了他從前辦《安徽白話報》、《國民日日報》等的經驗教訓，因此，他非常有辦刊的策略、方法，他在1913年時就說過，他想出一本雜誌，只要十年、八年的時間，一定會發生很大的影響。〔註12〕可見，陳獨秀早就有此雄心壯志，在協助章士釗編輯《甲寅》月刊時就開始醞釀此事，還在《甲寅》月刊創辦紅火之時，他創辦了《青年雜誌》，並以兩刊編輯的身份向同人、朋友約稿。從陳獨秀和吳虞的通信中

〔註10〕趙亞宏：《〈甲寅〉月刊與中國新文學的發生》，吉林大學博士學位論文（2008年）。

〔註11〕王森然：《章士釗先生評傳》，《近代二十家評傳》，北京：書目文獻出版社，1987年版，第264、265頁。

〔註12〕汪原放：《回憶亞東圖書館》，上海：學林出版社，1983年版，第32頁。

可以看出，1916 年 12 月，吳虞第一次向《青年雜誌》投稿，在給編者的信中提到自己過去曾有文章在《甲寅》月刊上發表。陳獨秀在回信時說《甲寅》月刊登載吳虞的作品，都是由他所選的，希望「《甲寅》擬即續刊；尊著倘全數寄賜，分載《青年》、《甲寅》，嘉惠後學，誠盛事也。」〔註13〕

《青年雜誌》的第一卷第 1 號刊登了《社告》，可認為是刊物的發刊宣言與辦刊方向及指針，其具體內容是：

> 一、國勢陵夷，道衰學弊，後來責任，端在青年。本志之作，蓋欲與青年諸君商榷將來所以修身治國之道。
>
> 二、今後時會一舉一措皆有世界關係，我國青年雖處蟄伏研求之時，然不可以不放眼以觀世界。本志於各國事情、學術思潮盡心灌輸，可備攻錯。
>
> 三、本志以平易之文，說高尚之理，凡學術事情足以發揚青年志趣者，竭力闡述，冀青年諸君於研習科學之餘，得精神之援助。
>
> 四、本志執筆諸君，皆一時之名彥，然不自拘限，社外撰述尤極歡迎，海內鴻碩倘有佳作，見惠無任期禱。
>
> 五、本志特闢《通信》一門，以為質析疑難、發抒意見之用，凡青年諸君對於物情學理，有所懷疑，或有所闡發，皆可直緘惠示。本志當盡其所知，用以奉答，庶可啟發心思，增益神志。

1915 年 9 月 15 日《新青年》創刊號

第一則，強調刊物的讀者定位在「青年」，這在民初報刊林立的上海，雖已有先例（《青年雜誌》因此在 1916 年 9 月更名為《新青年》），但提出惟有「青年」能擔當改變「國勢陵夷，道衰學弊」之「責任」，而「蓋欲與青年諸君商榷將來所以修身治國之道」，這在當時，無疑是需要眼光和勇氣的。

二、三兩則，說的是《新青年》立足於「青年」的辦刊宗旨。陳獨秀是不會把刊物等同於晚清以來流行的「知識普及」出版物，他認為「凡是一種雜誌，必須是一個人一團體有一種主張不得不發表，才有發行底必要」，絕不辦「東拉人做文章，西請人投稿」的「百衲』雜誌」（《新青年》7 卷 2 號《隨感錄七十五・出版物》）。在被稱為「準發刊詞」的《敬告青年》一文中，陳

〔註13〕陳獨秀：《答吳又陵》，《新青年》第二卷第 5 號，1917 年 1 月 1 日。

獨秀提出「當代青年」應具備的六條重
要素質，即「自主的而非奴隸的」、「進
步的而非保守的」、「進取的而非退隱
的」、「世界的而非鎖國的」、「實利的而
非虛文的」、「科學的而非想像的」，以
此來告誡青年，激勵他們「自覺」與「奮
飛」，其中提出的理念更能體現著刊物
的辦刊精神和編輯理想（圖19《敬告青
年》）。

圖19　《敬告青年》

第四則說的是刊物稿源和作者隊
伍，第五則說的是《新青年》開設「通
信」欄目。從編輯人員、作者隊伍以及
共同開設「通信」欄目來講，《新青年》
與《甲寅》月刊依然有著十分緊密的聯
繫，本文下文將分別從編輯人員、作者隊伍、欄目設置特別是共同開設「通
信欄」等方面，詳細論述《新青年》對《甲寅》月刊的繼承和發展，這裡不
再贅述。

其次是編輯人員、作者隊伍、欄目設置及發行的繼承與發展。儘管章士
釗主撰《甲寅》月刊，陳獨秀主撰《新青年》前三卷，然而無論是《甲寅》
月刊，還是《新青年》創辦初期，撰稿人員基本上都是同一支隊伍。從人緣
和地緣上分析，都有著千絲萬縷的聯繫。這些撰稿人隊伍大多都是圍繞在章
士釗和陳獨秀周圍，「圈子雜誌」色彩非常明顯。既有早年與章士釗一同參加
革命組織、共辦刊物的人員；也有與章士釗、陳獨秀同期加入革命組織和各
種團體，共辦刊物的人員；再有和陳獨秀一起在安徽參加革命組織團體的人
員。與《青年雜誌》第一卷的作者同時進行考察，可以發現有相當數量的皖
籍知識分子，當然還有一些其他籍的知識分子，人緣、地緣關係、同人雜誌
的特徵極為明顯：〔註14〕

　　　　章士釗是湖南長沙人，陳獨秀是安徽懷寧人，其他如高一涵、
　　李大釗、胡適、易白沙、劉叔雅、楊昌濟、蘇曼殊、謝无量、吳虞、

〔註14〕趙亞宏：《〈甲寅〉月刊與中國新文學的發生》，吉林大學博士學位論文（2008
　　　年）。

吳稚暉、陶履恭等，都在兩刊物中出現。從《甲寅》月刊和《青年雜誌》首卷作者相重合的人當中，只有少數人不是安徽籍，但互相間都有共事革命的背景。謝无量雖是四川籍，但父親歷任安徽諸縣縣長，自己在安徽公學任教，與安徽知識分子熟稔。易白沙雖本籍湖南，卻長期居皖從事教育和革命工作，與皖政界和文化界關係極密，在《青年雜誌》創刊前，早與陳獨秀熟稔，交誼很深。高一涵和劉叔雅是安徽公學或安徽高等學堂的學生，與陳獨秀曾有師生之誼，1914 年兩人一同協助章士釗和陳獨秀在東京編輯《甲寅》月刊。陳獨秀與蘇曼殊關係更為密切，自 1902 年相識以來，往來不斷。從表面上看，陳獨秀性情勇猛、精進、激烈，蘇曼殊則敏感、多情、浪漫、亦僧亦俗，大不相同。而事實上兩人卻意氣相投，性情相合，曾經一起翻譯囂俄（雨果）的《慘世界》（《悲慘世界》），陳獨秀也曾經為蘇曼殊講解詩歌做法並替他修改詩文，並且為蘇曼殊的小說寫序。這些人際上的因緣，使得《新青年》首幾卷作者大都是《甲寅》月刊的編輯或作者，儘管有的是通過「通信」欄而成名。

這一切都說明《新青年》與《甲寅》月刊，在人事（包括思想言論）等方面有著不可忽視的淵源。

就雜誌的欄目設置而言，辦刊宗旨都貫穿了《甲寅》月刊和《新青年》欄目設置的始終。在《甲寅》月刊的 10 期中，每期封面背面上都有《本志宣告》（第 1、2 期內容相同），《特別社告》（第 3、4 期內容相同），《特別社告》（第 5、6 期內容相同），此時因該刊又移到上海，改由亞東圖書館印刷，故有《秋桐啟示》和《亞東圖書館啟示》，《本社通告》（第 7、8、9 期內容相同），《本社通告》（第 10 期，包括《緊要啟事》）。在「宣告」、「通告」、「社告」等欄目中，無論是哪期，都貫穿著「以條陳時弊，樸實說理為主旨」的辦刊宗旨。就《甲寅》月刊和《新青年》欄目類型比較而言，《甲寅》月刊的欄目有：政論、時評、評論之評論、通信、文錄、詩錄、叢談、小說等。儘管「政論」、「叢談」、「小說」等欄目在目錄中沒有明確標出，但讀者都能夠清晰地看出。《新青年》的欄目有：政論、小說、英漢對譯、名人傳記、國外大事記、國內大事記、通信、世界說苑等。同《甲寅》月刊一樣，《新青年》的「政論」、「小說」、「英漢對譯」、「名人傳記」等都是並行的，也沒有明確標出欄目，並且登載翻譯的外國小說、戲劇。從第 2 號起，開始關注婦女問題，並且登

載翻譯的劇本。如果說，《甲寅》月刊從第一卷第 1 期開始，就登載詩錄和小說等文學作品，那麼，《青年雜誌》從第一卷第 4 號開始才登載古體詩歌等文學作品。《青年雜誌》則涉及社會問題領域極爲廣泛，論說文章有英漢對譯，第一卷所登載的小說都是譯作，直到第二卷第 2 號開始介紹國外詩人，第二卷第 3、4 號開始登載蘇曼殊創作的小說《碎簪記》。此外有「國外大事記」（日本內閣改造、葡國政變、倭爾斯特變遷、華沙戰役等），「國內大事記」（國體問題、青島關稅問題、憲法起草問題等）；「世界說苑」等欄目。很明顯地看出，《新青年》比《甲寅》月刊更具開放性，大量輸入西方政治、經濟、哲學、文化與文學知識。《新青年》在第二卷第 1 號開始增設「讀者論壇」欄目。第二卷第 6 號增設「女子問題」欄目。第三卷第 2 號增設「書報介紹」欄目。第四卷第 4 號增設「隨感錄」欄目。第五卷第 4 號增設「什麼話？」欄目。第六卷第 4 號增設「討論」、「附錄」欄目。第八卷第 1 號增設「俄羅斯研究」、「社會調查」欄目。第八卷第 4 號增設「編輯室雜記」欄目。第九卷第 5 號增設「選錄」欄目。另外，第四卷第 6 號，爲「易卜生專號」。第六卷第 5 號，爲「馬克思專號」。第七卷第 4 號，「人口問題專號」。

　　就發行而言，從《甲寅》月刊的第 1、2 期封底列出的各地發行此刊物的書店名錄來看，該雜誌流通的範圍非常廣。不僅有上海代派處和各埠代派處。每一個代派處下面都有各地的書局、山房、圖書公司、書莊、會社、圖書館、編譯部、學社、書林等。僅第 1、2 期上海代派處就分別有 19 家；各埠代派處就分別有 18 家。到了 3、4 期，上海代派處就增加到 21 家；各埠代派處就增加到 26 家。到了第 5 期，雜誌由上海亞東圖書館印刷銷售後，又有很大幅度的增加，光是本埠分售處就有 10 家。外埠分售處有 46 家之多。從外埠代派處和分售處來看，全國各大城市都有銷售，所以，該雜誌在全國絕大多數大城市都可以買到。尤其在上海，可以隨處買到。亞東圖書館負責人汪孟鄒在他的日記裏記載了《甲寅雜誌》單行本和合刊在上海供不應求的情形。〔註15〕曾經在《甲寅》月刊第 8 期上發表詩歌，後來又成爲新文化運動中激烈抨擊孔孟之道的吳虞，他在日記中寫道，在一些偏遠的城市，如他所在的成都，《甲寅》月刊單行本在讀者中如接力棒一樣，一個接一個地傳閱。〔註16〕《甲

〔註15〕汪原放：《回憶亞東圖書館》，上海：學林出版社，1983 年版，第 29 頁。
〔註16〕吳虞：《吳虞日記》，成都：四川人民出版社，1984 年版，第 149、151、197、206 頁。

《寅》月刊在當時的影響可見一斑，有許多知識分子都是讀著這份雜誌而走向《青年雜誌》的。《青年雜誌》第一卷第 1 號，總發行所爲上海中棋盤街群益書社，分發行所爲各埠各大書坊。此外，還登載了《通信購書章程》（內容可參見圖 16《新青年》雜誌第一卷第一號《通信購書章程》）：

> 一、凡購本版書籍者概照定價七折計算；二、書價以上海通用銀元爲準銀此小角照市折算；三、寄遞款項或由信局兌寄或由郵局匯寄均可其兌費匯費由購書人自理；四、僻遠之地信局郵局均不能匯兌者其書價及寄費可用郵票代之其辦法如下（甲）郵票以一角二角爲限三角五角一元之郵票用處無多概不收用（乙）如有零數可將一二分者合足三角爲限（丙）郵票以九五折計算如寄郵票一元僅能購書九角五分（丁）郵票有污損者不收（戊）郵票不能揭開者不收（己）以上不收之郵票當即寄還原主其郵費即由所寄郵票中取用；五、書籍寄費郵局信局各有不同本社特定一預寄寄費之法如下（甲）由郵局寄費照書價加一成如購書一元應加寄費一角（乙）購書如不滿一元者郵局寄費至少須五分（丙）信局寄費至少亦須一角（丁）如欲將書籍掛號寄奉者每件另加掛號費五分；六、凡來信由信局寄下者請先給以力貲免生重複交涉有未給者即於來款內取付；七、來款中如遇有僞金或金額與信語不符時當即交原人帶返其責任由原持信人負之；八、來信務請將地名詳細開寫庶回件不致誤投。〔註17〕

群益書社在當時是一個大型綜合而資金雄厚有資歷的出版機構，從對發行購書這方面的細緻規定就能看出。但在初期，《青年雜誌》的規模較小，每期的發行量不超過千冊，只限於上海地區。〔註18〕從第 2 號起，除了總發行所外，就登載了共有 76 家各埠代派處。但是，從第六卷第 5 號上登載的《〈新青年〉自一卷至五卷再版預約》中，即可看出其發行量如何之大：

> 本志出版，前後五年，已經印行三十三號。……從前各號，大半賣缺。要求再版的，或親來，或通信，每天總有幾起。因此敝社發行前五卷再版的預約券。把前三卷先出，供讀者的快覽。後此卷因印刷來不及，到二次才能兌清。預約的時間，不能過久，若蒙光顧，還請從速。

〔註17〕 《青年雜誌》第一卷第 1 號，1915 年 9 月。
〔註18〕 王光遠編：《陳獨秀年譜》，重慶：重慶出版社，1987 年版，第 25 頁。

可見，《新青年》在後來發行量之大，遍佈全國各地。從第一卷第 2 號到第四卷第 4 號爲止的各埠分售處可以看出，在北京的銷售點也不多，只有 3 家，而成都等地方有 4 家，另外，新加坡有 2 家，已經遠銷到國外。因此，《新青年》後來影響越來越大，遠遠超過《甲寅》月刊。

　　第三，《甲寅》月刊與《新青年》共設「通信欄」。本文在上文提到，《甲寅》月刊和《新青年》在不同時期所設置的欄目是不一樣的，但「通信」一欄基本上貫穿始終，這是兩者的相同之處。在《甲寅》月刊第一卷第 1 期的《本志宣告》中提到「通信」欄目的設置：〔註 19〕

> 本志既爲公共輿論機關，通訊一門，最所置重，務使全國之意見，皆得如其量以發表之，其文或指陳一事，或闡發一理，或於政治學術，有所懷疑。不以同人爲不肖，交相質證，俱一律款待，盡先登錄。若夫問題過大，持理過精，非同人之力所及，同人當設法代請於東西洋學者，以解答之。

同樣，《青年雜誌》在第一卷第 1 號《社告》中的第五項也有關於「通信」欄目設置的說明：〔註 20〕

> 本志特闢通信一門，以爲質析疑難發抒意見之用。凡青年諸君對於物情學理，有所懷疑，或有所闡發，皆可直緘惠示。本志當盡其所知，用以奉答。庶可啓發心思，增益神志。

章士釗和陳獨秀都有著辦刊物的諸多經驗，在辦《甲寅》月刊之前，章士釗曾辦過《蘇報》、《國民日日報》、《民立報》、《獨立週報》等，在辦《新青年》之前，陳獨秀也辦過《安徽俗話報》、《國民日日報》等，在辦報、辦刊過程中，章士釗和陳獨秀可能都意識到了「編讀往來」的重要性，這可以作爲兩份雜誌共同開設「通信欄」的一個解釋。但是，但在「通信」欄目的設置上，《新青年》確實承繼著《甲寅》月刊。原因是「通信」這個欄目在中國近代報刊史上是由章士釗開創的，這方面卻很少有人論述：〔註 21〕

> 先生主持《民立報》、《獨立週報》時期，就設置『投稿』一欄，專門刊載讀者來信。後來，在主辦《甲寅》月刊時期，他有感於國人『好同惡異』的習慣甚深，特意在刊物中設立了『通信』一欄，

〔註 19〕《甲寅》月刊第一卷第 1 期，1914 年 5 月 10 日。
〔註 20〕《青年雜誌》第一卷第 1 號，1915 年 9 月 15 日。
〔註 21〕劉桂生：《章士釗與〈甲寅〉月刊和〈新青年〉》，《百年潮》，2000 年第 10 期，第 79 頁。

以發表讀者來信、社外來稿和不同意見的文章，並有主編親自作覆，
對來函來文表明自己的觀點，加以評說。

章士釗在《甲寅》月刊上設置了「通信」一欄，與一般的刊發讀者來信不同。
這裡「通信」欄每期都有，可見其重要。而且對來信、來稿，雜誌編者每期
必答，實際上基本由主編章士釗作答，這在當時或之前的報刊所沒有，所以
說章士釗在《甲寅》月刊設置「通信」欄目的這種做法是具有開創性的。這
樣看來，《新青年》設置的「通信」欄，無論從形式還是到許多編輯方法方面，
可以說都是沿襲了《甲寅》月刊的編輯方法，實際上也就是陳獨秀沿襲了章
士釗，並且這一沿襲對新文化運動的形成和發展產生了重大影響。這樣，無
論對於我們梳理《甲寅》月刊對《新青年》的影響方面，還是從另一方面認
識章士釗與新文學運動的關係，以及全面深入地瞭解新文化運動的形成，都
是非常有意義的。

從兩刊物對「通信」欄目的說明，能從中看到刊物對創刊宗旨的實踐情
況。《甲寅》月刊一直堅守著第 1 期上《本志宣告》中對「通信」欄的說明。
在第 3、4 期上登載的《特別社告》中，對「通信」欄的說明是由於稿件過多，
不能盡數按期登載：「邇承讀者諸君辱寄通信論壇諸件，美不勝收，感荷之餘，
益深奮勉，其中或有一二礙難登錄，然佳作本期未能盡載，請俟後期，諒之
為幸。」〔註 22〕可見此時讀者信件非常多，刊物已經收到了編讀強烈互動的
效果，甚至達到在一期上已經登載不了的盛況，只能排到下一期。在第 5、6
期上登載的《特別社告》中，仍然是讀者來信供過於求，並對所寫文章未能
及時登載的作者致以歉意：〔註 23〕

邇承讀者諸君辱寄通信論壇諸件，美不勝收，感荷之餘，益深
奮勉，其中或有一二礙難登錄，然鴻篇佳作，本期未能盡載者，必
於後期登出，延遲有故，尚乞諒之。

由此可見，《甲寅》月刊的「通信」部分越辦越紅火，吸引了眾多關心國家命
運、探討國家政治體制的知識者。第 7、8、9 期關於「通信」的說明與第 1、
2 期相同，這大概是因為由亞東圖書館印刷，就不必占太大的篇幅，前面第 5
期已經說明，就不需要再重複。第 10 期關於「通信」的說明則與第 5、6 期
相同。此外，《甲寅》月刊從第 3 期上增設了「論壇」一欄，也都不局限於編

〔註 22〕《甲寅》月刊第一卷第 3 期，1914 年 7 月 10 日。
〔註 23〕《甲寅》月刊第一卷第 5 期，1915 年 5 月 10 日。

者或讀者的稿件，但沒有記者答覆或回信。除了第 5 期外，3 期以後每期都有這個欄目，並且每期都登載二至四篇文章。《青年雜誌》新增的「讀者論壇」不能不說是對此欄目的借鑒和承繼。

《新青年》「通信」欄目的設置也和《甲寅》月刊一樣，利用這種更貼近讀者的方式與讀者溝通，在解答疑難和深入討論的過程中進一步加深讀者尤其是青年對雜誌各項主張的理解和接受。在創刊號的《社告》中，關於「通信」一欄，陳獨秀明確宣佈：「本志特闢通信一門，以爲質析疑難發抒意見之用。凡青年諸君對於物情學理，有所懷疑，或有所闡發，皆可直緘惠示。本志當盡其所知，用以奉答。庶可啓發心思，增益神志。」第二卷第 1 號刊出的《通告二》稱（圖20《新青年》第二卷第一號《通告二》）：〔註24〕

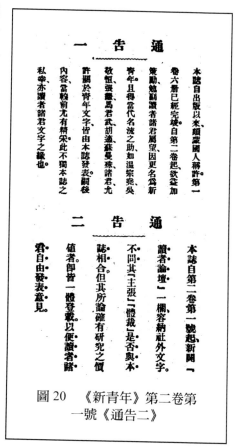

圖20　《新青年》第二卷第一號《通告二》

> 本志自第二卷第一號起，新闢『讀者論壇』一欄，容納社外文字，不問其「主張」「體裁」是否與本志相合，但其所論確有研究之價值者，即皆一體登載，以便讀者諸君只有發表意見。

這則《通告二》連刊六次，可見此欄目與「通信」欄目相似，不論體裁一律登載，廣開言路，允許讀者發表意見，成爲公共輿論機關。《新青年》與《甲寅》月刊的「通信」欄略有不同之處，就是把讀者對象設定爲青年人。《新青年》與《甲寅》月刊一樣，「通信」欄最初也是讀者提問，編輯答疑，眞正體現了「啓發心思，增益神志」的工作。同時讀者也並不滿足於此，逐漸呈現了主體性，對一些比較重要的問題開始表明自己的觀點。〔註25〕《新青年》

〔註24〕《新青年》第二卷第 1 號，1916 年 9 月 1 日。
〔註25〕趙亞宏：《〈甲寅〉月刊與中國新文學的發生》，吉林大學博士學位論文（2008年）。

二卷 1 號「讀者論壇」欄目的開闢，讓讀者可以發表自己的意見。陳獨秀等人想盡一切辦法，動用一切編輯技巧，目的是想把讀者的注意力都吸引到本雜誌上來。如果說雜誌第一卷「通信」欄還比較冷清的話，那麼，第二卷經過改版後，隨著雜誌的名聲鵲起，「通信」欄開始活躍起來，來信增多，並且通信的內容也更加豐富和深入。這樣一來，《新青年》就會吸引眾多青年關注，形成良好的編讀互動和輿論互動，輻射性地多層面地傳播自己的宗旨和觀點。

三、從《新青年》上刊載的《每週評論》出版廣告看《新青年》雜誌的「精英化」傾向

《新青年》5 卷 5 號，該期目錄後的第 1 頁刊載了《每週評論》的出版廣告，內容如下：

> 本報社在北京順治門外騾馬市大街米市胡同七十九號。上海總代派處，四馬路福華里，亞東圖書館。
>
> 每逢星期日出版一次，第一次已於十二月廿二日出版。
>
> 定價銅子三枚，外埠大洋二分五釐，郵費在內。
>
> 內容略分十二類，每次必有五類以上：
>
> （一）國外大事述評（二）國內大事述評（三）社論（四）文藝時評（五）隨感錄（六）新文藝（七）國內勞動狀況（八）通信（九）評論之評論（十）讀者言論（十一）新刊批評（十二）選論
>
> 本報文字儘量採用白話體，宗旨在輸入新思想、提倡新文學。
>
> 本報對於讀者之投稿極為歡迎，惟概不酬資，登載與否，均不退還原稿。

《新青年》6 卷 4 號又以「看《新青年》的，不可不看《每週評論》」為標題刊載了《每週評論》廣告，內容如下：

> 看《新青年》的，不可不看《每週評論》
>
> 一、《新青年》裏面，都是長篇文章。《每週評論》多是短篇文章。
>
> 二、《新青年》裏面所說的，《每週評論》多半沒有。《每週評論》所說的，《新青年》裏面也大概沒有。
>
> 三、《新青年》是重在闡明學理。《每週評論》是重在批評事實。
>
> 四、《新青年》一月出一冊，來得慢。《每週評論》七天出一次，

　　　　來得快。

　　　　照上邊所說，兩種出版物，是不相同的。

　　　　但是輸入新思想、提倡新文學……宗旨卻是一樣，並無不同。

　　　　所以，看《新青年》的，不可不看《每週評論》。

《新青年》上刊載的兩篇《每週評論》的廣告很值得玩味。透過《新青年》5
卷 5 號上刊載的《每週評論》廣告，我們除了可以知道「本報社在北京順治
門外騾馬市大街米市胡同七十九號」、「每逢星期日出版一次」、「定價銅子三
枚」以及「內容略分十二類」這些揭示報刊出版地、出版週期、定價以及主
要內容的信息之外，我們看到更多的是《每週評論》與《新青年》的相似性，
諸如「本報文字儘量採用白話體，宗旨在輸入新思想、提倡新文學」；「本報
對於讀者之投稿極為歡迎，惟概不酬資，登載與否，均不退還原稿」等。而
《新青年》6 卷 4 號以「看《新青年》的，不可不看《每週評論》」為標題刊
載的《每週評論》廣告，更多地卻提到兩者的不同，包括篇幅、側重的內容
以及出版的週期等。這不僅僅是一種廣告策略，更揭示了《每週評論》創辦
的背景以及《每週評論》與《新青年》的關係。《每週評論》的創辦，與「歐
戰」的這一背景直接相關。《新青年》5 卷 1 號上，陳獨秀就有《今日中國之
政治問題》，文章寫道〔註26〕：

　　　　本志同人及讀者，往往不以我談政治為然。……我以為談政治
　　的人當分為三種：一種是做官的，政治是他的職業，他所談的多半
　　是政治中瑣碎行政問題，與我輩青年所談的政治不同。一種是官場
　　以外他種職業的人，凡是有參政權的國民，一切政治問題，行政問
　　題，都應該談談。一種是修學時代之青年，行政問題，本可以不去
　　理會：至於政治問題，往往關於國家民族根本的存亡，怎應該裝聾
　　推啞呢？

《新青年》5 卷 5 號的一個主要內容就是慶祝「歐戰」勝利，頭條位置刊發的
是「關於歐戰的演說三篇」，即李大釗《庶民的勝利》、蔡元培《勞工神聖》、
陶履恭《歐戰以後的政治》，陳獨秀撰寫的《〈每週評論〉發刊詞》，〔註27〕進
一步把「主張公理，反對強權」作為該刊「宗旨」提出，一時之間，討論「去
兵」、「裁軍」、「真正永久和平之根本問題」，以及「和平主義」、「平民主義」、

〔註26〕《新青年》，5 卷 1 號。

〔註27〕《新青年》，5 卷 5 號。

「人道主義」、「世界大同」，成爲《每週評論》繼之影響到《新青年》、《新潮》的主要話題。《新潮》1卷2號「書報介紹」對《每週評論》的介紹，概括了該刊創辦的背景：〔註28〕

> 在北京惡空氣之下，不應有具有正義之報章。在北京惡空氣之下，卻又不可不有具有正義之報章。這《每週評論》的宗旨，是「主張公理，反對強權」，八個大字：他的希望，只是「以後強權不戰勝公理」。他很注重國外國內政治社會的潮流。他對於新文藝很願有點貢獻。所以雖然每週一小張，卻敵過累出不窮的日報。讀他的人可用最廉的代價，最經濟的時間，知道世界上最新最要的事件。我想這類報章，國人定然歡迎吧？

對於《每週評論》創辦的原因，有學者提出，與「輸入新思想、提倡新文學」有著更爲密切的關係。陳方競在《1919年：一段非同尋常的歷史──〈新青年〉6卷2號一則「啓事」背後「史實」考辨》一文中提到，曾經在近現代之交顯示出「拉車前進的好身手」的林紓即林琴南，時至1919年轉而成爲不能接受和容忍《新青年》的首當其衝者。在上海2月17～18日的《新申報》上發表小說《荊生》，以田其美影射陳獨秀、金心異影射錢玄同、狄莫影射胡適，對於林紓以戲謔之筆居心叵測的攻擊，迅速給予正面還擊的是《每週評論》。陳獨秀揭露其「利用政府權勢，來壓迫異己的新思潮」的伎倆，「乃是古今中外舊思想家的罪惡，這也就是他們歷來失敗的根源」〔註29〕。後一期的《每週評論》12號，加記者案語「想用強權壓倒公理的表示」轉錄了《荊生》，同時刊出李大釗在《晨報》發表的《新舊思潮之激戰》，該文對林紓一類攻擊者發出「正告」：〔註30〕

> 你們應該本著你們所信的道理，光明磊落的出來同這新派思想家辯駁、討論……你們若是不知道這個道理，總是隱在人家的背後，想抱著那位偉丈夫的大腿，拿強暴的勢力壓倒你們所反對的人，替你們出氣，或是作篇鬼話妄想的小說快快口，造段謠言寬寬心，那眞是極無聊的舉動。須知中國今日如果有眞正覺醒的青年，斷不怕你們那偉丈夫的摧殘；你們的偉丈夫，也斷不能摧殘這些青年的精神。

〔註28〕《新潮》，1卷2號。
〔註29〕《舊黨的罪惡》，《每週評論》11號，1919年3月2日，署名「隻眼」。
〔註30〕《每週評論》12號。

《每週評論》17、19 號設《特別附錄：對於新舊思潮之輿論》，彙集京、滬、浙、川四個省市 14 家大報發表的 27 篇文章刊出，均是對林紓為代表的社會保守勢力惡意攻擊言論的批駁文章，足見「新舊思潮交戰之激烈」，亦可見在《新青年》主導下整個社會文化之裂變。〔註31〕對於 1919 年發生的五四運動，《每週評論》自 21 號起更是一連五期用全部或大部分篇幅，進行了「共時性」的詳細報導與評論，也因此形成了與《新青年》鮮明的差異，也就出現了刊載在《新青年》6 卷 4 號以「看《新青年》的，不可不看《每週評論》」為標題的《每週評論》廣告。

　　透過刊載在《新青年》上的《每週評論》廣告，除了可以揭示《每週評論》創辦的原因以及其與《新青年》的關係外，還可以揭示《新青年》雜誌廣告的「精英化」傾向。與同時期的其他雜誌不同，《新青年》刊載了大量圖書雜誌廣告，呈現出雜誌對文化信息資源的多元化宣傳取向，具有科學性、開放性和學理性、廣博性。對國外科學文化的引介與傳播，彰顯了雜誌具啓蒙特質的精英文化品位和媒介影響力，使雜誌成為向國人傳輸有效和豐富的科學文化信息資源庫，並引領和承載著時代的脈動。《新青年》前七卷廣告，除投稿簡章、目錄、本志社告、本志通告、本志編輯部啓示、記者啓示、本志宣言、總發行所、各埠代派處、本志所用標點符號和行款的說明《、新青年》《新潮》《新教育》啓示、《新刊一覽》、《新青年》「女子問題」等廣告不計外，其他包括文章後面小幅廣告和重複廣告共有 550 個（七卷 1—4 號），具體數字見附表：

《新青年》單頁廣告數量統計表（1～7 卷）

卷期	廣告數量（個）
第一卷 1～6 號	112
第二卷 1～6 號	54
第三卷 1～6 號	64
第四卷 1～6 號	48
第五卷 1～6 號	30
第六卷 1～6 號	45

〔註31〕陳方競：《1919 年：一段非同尋常的歷史——〈新青年〉6 卷 2 號一則「啓事」背後「史實」考辨》，《社會科學戰線》，2010 年第 4 期，170～171 頁。

第七卷 1～6 號	47
合計	400

注：表中注明的數量包括重複出現的廣告數量。

《新青年》文章後空白處登載的小幅廣告數量統計表（1～7 卷）

卷期	廣告數量（個）
第一卷 1～6 號	7
第二卷 1～6 號	11
第三卷 1～6 號	12
第四卷 1～6 號	15
第五卷 1～6 號	39
第六卷 1～6 號	30
第七卷 1～6 號	36
合計	150

注：表中注明的數量包括重複出現的廣告數量。

　　其中《新青年》依託的群益書社廣告爲最多。這些圖書廣告內容極爲廣泛，幾乎涵蓋了所有社會生活和科學領域，每一學科又都包含很多相關學科內容，涉獵教育、政治、經濟、法律、金融財政、軍事、外交、農工商、自然科學等學科門類。其中教育方面又分爲文學、名學、經學、歷史、地理、外語、數學、物理、化學、動物學、醫學、地學、書法、翻譯等。圖書種類繁多，有教科書、參考書、英文工具書、師範中學女子教科書與女學用書等，還有大量的雜誌書報。其中教科書與參考書、工具書有：中華書局的《中華教育界》；亞東圖書館的《中華民國地理講義》、《分類地理掛圖》、《中華民國地理新圖》、《地學界創格之著作》、陳獨秀編《中學英文教科書》；科學會出版的教科書和其他書籍種類繁多。《新青年》一卷 2 號中把科學會出版的書目分類歸結一起做廣告，除歷史地理外多爲介紹外國書籍，有名學（2 種）、外文詞典與教材（5 種）、代數幾何微積分（14 種）、理化（5 種）、動植物（3 種）、歷史地理（5 種）、政治經濟（3 種）等；群益書社出版書籍有 73 種，其中包括多學科師範中學女子用書，與雜誌開設「女子問題」欄目倡導婦女解放運動相呼應。《法政講義》包括政治學、經濟學、財政學、各種法學等 15

門。《法律要覽》包括民法、商法、刑法、刑事訴訟法、民事訴訟法、國際公法、國際私法等 7 門。由於群益書社的雄厚實力，反過來也促進《新青年》的影響力。《新青年》還相繼登載大量雜誌和書報的出版宣傳廣告。雜誌有《科學》、《新潮》、《每週評論》、《晨報》等近百種。書報有《密勒評論報》、《滿洲日日新聞》等十幾種。其中《科學》〔註32〕與《東方雜誌》、《日本潮》早於《新青年》，其他雜誌都創刊於《新青年》之後。還有北京大學同學儉學會啓示和簡章、北京大學徵集全國近世歌謠簡章、平民生計社成立簡章等廣告。雜誌書報廣告呈現了注重科學與批判精神、研究改進教育、改造社會；關注新文化運動、時代思潮和國內外時事；增強國人愛國心與自覺心、提倡人道主義、提升國民素質等，都使用白話文，與《新青年》一起共同推進了新文化運動的順利開展。無論從廣告內容和性質上，還是從學科多元化領域的傳播上，《新青年》都呈現了與時俱進的精英傾向。〔註33〕

第二節　文學研究會的成立與文學廣告

一、從《文學研究會簡章》看文學研究會的誕生和其「啓蒙」特徵

> 本會以研究介紹世界文學整理中國舊文學創造新文學爲宗旨。

——摘自《文學研究會簡章》（載 1921 年 1 月 10 日《小說月報》12 卷 1 號）

　　1921 年是繼「五四」文學革命發動和鋪開之後，眞正顯示新文學的實績、顯示白話文學站穩腳跟的重要一年，「五四」文學的啓蒙特徵這時也已顯露無遺。它選擇激進的文化方式來銜接世界和傳統，在思想上眞正以現代文明，向封建道德禮教、守舊的家族制度、專權的政治制度宣戰，它發現勞工、婦女、兒童、發現「人」的平等獨立自由的價值，提倡個性解放、思想解放。在文學上提倡「人的文學」、「平民文學」和「白話文學」，在以後的日子裏都是有舉足輕重的作用的。〔註34〕1921 年 1 月 4 日，文學研究會成立。當天的

〔註32〕刊載在《新青年》雜誌上的《科學》雜誌廣告具體內容可參見本文附錄。
〔註33〕趙亞宏：《〈甲寅〉月刊與中國新文學的發生》，吉林大學博士學位論文（2008 年）。
〔註34〕吳福輝：《插圖本中國現代文學發展史》，北京大學出版社，2010 年 1 月，122

會議由鄭振鐸報告發起經過，討論並表決會章，以無記名投票的方式選舉鄭振鐸爲書記幹事，耿濟之爲會計幹事。在北京中央公園來今雨軒門前攝影後，討論了讀書會、募集基金、出版叢書等問題。宣言、會章在成立前後即在《晨報》、《民國日報》副刊「覺悟」、《新青年》、《小說月報》四處揭載。〔註35〕「本會以研究介紹世界文學整理中國舊文學創造新文學爲宗旨」是會章裏最重要的一句話，「後來執行出來的『啓蒙』特徵，是非常重視文學的社會使命，關注社會下層人的不平等生活地位和不平聲音」。〔註36〕

要深入理解會章裏最重要的這句話，可以追溯到文學研究會三個方面的緣起。其一，鄭振鐸等人在 1919 年創辦的《新社會》旬刊和 1920 年創辦的《人道月刊》，不僅爲文學研究會的產生提供了最初的核心人物，也爲文學研究會提供了社團和刊物的組織經驗；其二，商務印書館爲文學研究會的實現提供了直接的援助，尤其是《小說月報》的改組，成爲文學研究會開展活動的重要載體；其三，《新青年》的分化，造成新文學領域的眞空狀態，文學研究會延續並發展了《新青年》在文學上的引導地位，並且使新文學得到獨立的發展。

文學研究會在北京成立，刊物先後在上海編輯。其中最活躍的人物如鄭振鐸，在籌備和成立期間還是交通部北京鐵路管理專科學校的學生。1919 年夏秋之際，北京米市大街的金魚胡同口，有一個北京基督教青年協會下屬的北京社會實進會，打算出版一本青年閱讀的雜誌，因爲沒有合適的編輯，就找到經常到北京基督教青年協會圖書館看書的幾個青年學生商量，這些青年學生就包括北京鐵路管理專科學校的鄭振鐸以及北京俄文專修館的瞿秋白和耿濟之、北京彙文學校的瞿世英。鄭振鐸等人經過商量，決定辦一個八開本十六頁的週刊，定名爲《新社會》。編輯部設在青年會，由青年協會姓孔的幹事擔任經理並負責經費問題，由瞿秋白、耿濟之、許地山、瞿世英等人負責撰稿和編輯，由鄭振鐸負責集稿、校對和跑印刷所。〔註37〕

頁。

〔註35〕在各報刊載的時間按時間順序分別是：1920 年 12 月 13 日《晨報》、1920 年 12 月 19 日《民國日報》「覺悟」、1921 年 1 月 10 日《小說月報》12 卷 1 號和 1921 年 1 月的《新青年》。

〔註36〕吳福輝：《插圖本中國現代文學發展史》，北京大學出版社，2010 年 1 月，126 頁。

〔註37〕《北京社會實進會的沿革和組織》，見《新社會》第 1 號，民國八年十一月一日，第 4 頁。

　　1919 年 11 月 1 日《新社會》創刊，爲四開一張共四版的小型報紙。「中國舊社會的黑暗，是到了極點了！他的應該改造，是大家知道的了！」之所以社會實進會辦的刊物取名爲「新社會」，也就是「想盡力於社會改造的事業」。刊物以社會服務爲宗旨，通過撰寫文章以「考察舊社會的壞處，以和平的、實踐的方法，從事於改造的運動，以期實現德漠克拉西的新社會」〔註 38〕。刊物受到青年讀者的熱烈歡迎，不久就擴大刊物容量，自 1912 年 1 月 1 日第七號起，《新社會》由四開張每期四頁的報紙改成十六開每期十一頁或以上的小冊子。而同時由於編輯事務繁忙，需要增加編輯部人員，瞿世英就介紹許地山進來〔註 39〕。不久，鄭振鐸又邀請北大學生，《奮鬥》週刊編輯郭夢良、徐其湘二位加入編輯部〔註 40〕。但由於其思想上對政治和社會現實的關注性，被北洋軍閥當局注意，使得《新社會》「由於印刷局的延誤」，好幾期都不能按時出版，本應於 3 月 21 日出版的第 15 期甚至被延誤到 3 月 30 日出版，而第 17 期到 19 期「勞動號」因有關文章直接介紹「五一」由來，號召工人找到自己的辦法來爭取「人」的待遇而被徹底封殺。從 1919 年 11 月 1 日創刊到 1912 年 5 月 1 日的勞動專號停刊，《新社會》共出版了 19 期，前後歷時半年。

　　《新社會》被查封之後，鄭振鐸等又向青年會提出另辦一個刊物。名字選用比《新社會》鬥爭色彩要淡得多的《人道月刊》。《新社會》被封三個月零五天之後，即 1920 年 8 月 5 日（民國九年八月五日），同樣以「北京社會實進會」名義發行的《人道月刊》雜誌面世。編輯負責人是鄭振鐸。創刊號刊有啓事：本刊是由《新社會》旬刊改組的，凡以前訂閱《新社會》沒有滿期的人，都繼續以本刊補足。在體例上，《人道月刊》延續了《新社會》中「隨感錄」、「北京社會實進會紀事」等欄目，並接著《新社會》第 19 期繼續刊登了瞿秋白的《心的聲音》。可見，《人道月刊》事實上是《新社會》的延續。《人道》第 2 期爲《新村研究號》，並已組好了稿子，後因青年會抵不住政府壓力而提出種種藉口，終於未能出版，《人道》的創刊號也就成了終刊號。

　　綜上所述，《新社會》和《人道月刊》對文學研究會的產生和發展的影響

〔註 38〕鄭振鐸：《發刊詞》，見《新社會》第 1 號，北京社會實進會，民國八年十一月一號，第 1 頁。

〔註 39〕見北京社會實踐會消息，見《新社會》第 8 號，民國九年一月十一日，第 20 頁。

〔註 40〕見北京社會實踐會消息，見《新社會》第 10 號，民國九年二月一日，第 20 頁。

具體表現為：

首先，北京社會實進會圍繞《新社會》和《人道月刊》形成社團的模式深刻影響了文學研究會。縱觀 1921 年全年的文學事件，可以清楚地看到，圍繞報刊形成社團、流派已是文學現代性一個標誌。文學研究會亦或是創造社，在發起過程中，都在尋找自己編輯出版物的可能性。如果不能獨立出版，那就設法找取合作的書局。在編輯出版時盡力保持自己文學觀念、風格、方法的個性，並以此爭取讀者。作家們已經懂得依靠現代傳媒傳播文學，「幅度廣大，速度迅捷，這直接影響到文學「生產」本身。「無論是職業的或非職業的現代作家，在謀取稻粱勢必增加對書刊發行依賴性的同時，另外一面是在文學理想和讀書市場之間盡力找到一定的平衡」。〔註 41〕

其次，《新社會》、《人道月刊》為文學研究會提供了最初核心成員。《新社會》和《人道月刊》的編輯後來成為文學研究會最初的核心人物來源之一：鄭振鐸、瞿秋白、耿濟之、許地山、瞿世英，除了瞿秋白當時因去俄羅斯不能參加外〔註 42〕，其餘四人都名列文學研究會發起者名單。而其他編輯和寫作人員很多也加入了文學研究會，如郭夢良、宋介、盧隱女士，包括瞿秋白。

第三，《新社會》和《人道月刊》所屬於的社會實進會在某種程度上為文學研究會的組織形式和結構提供了一個借鑒模式。《新社會》和《人道月刊》所屬的社會實進會經過七八年時間的發展，其組織形式已經比較完備。而鄭振鐸等人後來在這個組織的地位也已經具有一定的重要性，甚至可以號召發起全體職員大會〔註 43〕。及到文學研究會成立初，沈雁冰在上海面臨革新後《小說月報》第一期稿件沒有著落的危機之際，在北京的鄭振鐸籌組了首期十分之七的稿件，其中包括由鄭振鐸起草並交成立大會討論通過的文學研究會簡章。〔註 44〕文學研究會倉促之間成立卻有相當完備的組織機構、宣言、

〔註 41〕吳福輝：《插圖本中國現代文學發展史》，北京大學出版社，2010 年 1 月，136 頁。

〔註 42〕陳鐵健：《瞿秋白生平活動年表》，見《從書生到領袖——瞿秋白》，上海人民出版社，1995 年 8 月出版，第 513 頁。（瞿秋白實際參與了成立文學研究會的發起工作，但因為後來 1920 年 10 月 16 日起程赴俄羅斯考察而沒有出席成立大會，沒有列入發起人名單。）

〔註 43〕1 月 17 日的職員特別會，見《新社會》第 9 號，民國九年一月二十一日出版，第 20 頁。本次特別會由瞿世英、耿匡、祁大鵬、鄭振鐸四人請求會長特別召開的。討論演劇募捐、招登《新社會》旬刊廣告事。

〔註 44〕陳福康：《一代才華—鄭振鐸傳》，（臺灣）業強出版社，1993 年 5 月，第 42 頁。

簡章等，確實是一件非常令人尋味的事情。文學研究會成立之初，非常細緻的問題都考慮到了，另外如會費、會所問題、工作報告的定期上交問題，包括如上文所述邀請社會名流入會等問題，這些形式和結構上的安排，有可能從相當成熟了的社會實進會得到了某些借鑒和啓發。〔註45〕

　　雖然《新社會》、《人道月刊》爲文學研究會提供了最初核心成員，《新社會》和《人道月刊》所屬於的社會實進會在某種程度上爲文學研究會的組織形式和結構提供了一個借鑒模式，但是「研究介紹世界文學整理中國舊文學創造新文學」的文學研究會宗旨的實現，得益於商務印書館與文學研究會的合作，商務印書館是直接促使文學研究會成立的原因之一，並且以強大的經濟力量支持了文學研究會整個的發展過程，關於這方面的內容，本文將在本節的第二部分「文學研究會宣言」中展開論述。

　　除了上述兩個方面的原因之外（即《新社會》、《人道月刊》的因素和商務印書館的因素），文學研究會的成立還得益於《新青年》的分化。《新青年》由陳獨秀於 1915 年 9 月在上海創辦，第 3 卷開始由於陳獨秀受蔡元培之邀出任北京大學文科學長而轉移到北京出版，與北京大學這一全國最高學府聯盟，成爲新文化運動的中心。1919 年五四運動前後，《新青年》內部兩種路線的編輯方針：即以胡適爲代表的「多研究問題」的路線與以陳獨秀爲代表的直接干預政治的路線發生越來越明顯的衝突，並最終出現了分化。雖然陳獨秀等人在北京另外創辦了《每週評論》，來發表政見、批評時事和策動政治改革，避免《新青年》繼續做政治性的評論，但陳獨秀主編的《新青年》還是迅速轉化，成爲傾向於以社會和政治批判和活動爲主導的刊物。第 8 卷 1920 年 9 月開始成爲倡導唯物思想和社會主義運動的刊物，三年多後遷回上海出版，並成爲中共中央的純理論刊物。《新青年》是當時國內唯一的大型新文學運動刊物，在中國當時的思想界和文化界扮演著舉足輕重的作用。它的這種分化，使得中國的新文化運動出現一個文學文化領域的空白狀態。新文學迫切需要一個引領的中心，這種狀態對文學研究會的成立造成了一種不可迴避的促進力量。石曙萍在《文學研究會研究》一文中指出，「《新青年》的分化是不可避免的，從它成立的第一天開始，它就注定要成爲純思想和政治領域的一個刊物，儘管它爲中國的新文學運動發生了決定性的作用」。〔註46〕《新

〔註45〕石曙萍：《文學研究會研究》，復旦大學博士論文，2005 年，第 12 頁。
〔註46〕石曙萍：《文學研究會研究》，復旦大學博士論文，2005 年，第 26 頁。

青年》三位主要的編輯者胡適、陳獨秀和李大釗有著同樣的意圖，即建設新文化，發展新文學都是爲了製造一種可以與政治相抗衡的力量，從而實現他們知識分子爲國效力的政治理想。胡適說：「在民國六年，大家辦《新青年》的時候，本有一個理想，就是二十年不談政治，二十年離開政治，而在教育思想文化等等非政治的因子上建設政治基礎」；〔註47〕陳獨秀在「反袁鬥爭」中被迫流亡日本，返回上海後他就嘗試另一種與軍閥專制鬥爭的方式，那就是在政治和軍事方式失敗後的第三種方式——以思想文化作武器，喚醒一代青年人，把整個傳統都推翻〔註48〕。於是，《新青年》的基本面貌就是成爲繼政治、軍事之後的第三種戰鬥武器，內容側重在思想和學術〔註49〕；而李大釗則說：「時至今日，術不能制，謀遏洪濤，昌學而已」〔註50〕。《新青年》三位主要編輯者同樣的政治意圖使得《新青年》的分化成爲必然，胡適甚至認爲「《新青年》是中國文學史和思想史上劃分時代的一個刊物。最近二十年中的文學運動和思想改革，差不多都是從這個刊物出發的」，這是胡適在 30年代上海亞東圖書館和群益書社重印全套《新青年》時的評語。當《新青年》徹底走向政治化的時候，五四新文學運動的文壇上出現了一片眞空狀態。誰來擔當新文學的責任？誰來引領新文學繼續往前走？這是一個迫切的問題。也正是這個時候，文學研究會的幾個發起者感受到「想發起出版一個文學雜誌」〔註51〕的必要性和迫切性。沒有確切的證據表明這種與「文學」緊密相連的發起意圖與《新青年》分化之間的必然聯繫，但從文學研究會在短短的時間內就吸引了眾多會員的盛況來看，文學研究會的發起確實有著必然性的一面。如果沒有鄭振鐸等人發起的文學研究會這個文學性社團，出現文學眞空的五四文壇是不是就不會出現文學性社團了呢？回答當然是否定的。事實上，新文學運動的干將們都感受到了這種需要，語絲、未名、莽原等一大批新文學社團如雨後春筍般冒了出來。「在文學研究會、創造社之前，新青年社

〔註47〕 胡適：《陳獨秀與文學革命》，1931 年 10 月 30 日在北京大學演講辭，見陳東曉編《陳獨秀評論》，北平東亞書局民國二十二年三月初版，第 51 頁。

〔註48〕 王曉明：《一份雜誌和一個「社團」—重評五四文學傳統》，見王曉明主編的《批評空間的開創》，東方出版中心，1998 年 7 月版，188 頁。

〔註49〕 王曉明：《一份雜誌和一個「社團」—重評五四文學傳統》，見王曉明主編的《批評空間的開創》，東方出版中心，1998 年 7 月版，188 頁。

〔註50〕 李大釗：《風俗》，見《甲寅》第 1 卷第 3 期。

〔註51〕 《本會發起之經過》，見《文學研究會會務報告（第一次）》，載《小說月報》第 12 卷 2 號，1921 年 2 月 10 日。

和新傳潮社已經具有準文學社團的性質，彷彿作了預演，都是先有刊物，然後聚集起氣味相投的同人的。《新青年》、《新潮》的文化立場延續了下來，在此時轉化爲有個性的文學群體的產生」。〔註52〕

二、從文學研究會宣言看其性質

文學研究會宣言

　　我們發起這個會有三種意思，要請大家注意。

　　一，是聯絡感情。本來各種會章裏，大抵都有這一項；但在現今文學界裏，更有特別注重的必要。中國向來有「文人相輕」的風氣；因此現在不但新舊兩派不能協和，便是治新文學的人裏面，也恐因了國別派別的主張，難免將來不生界限。所以我們發起本會，希望大家時常聚會，交換意見，可以互相理解，結成一個文學中的團體。

　　二，是增進知識。研究一種學問，本不是一個人關了門可以成功的；至於中國的文學研究，在此刻正是開端，更非互相補助，不容易發達。整理舊文學的人也需應用新的方法，研究新文學的更是專靠外國的資料；但是一個人的見聞及經濟力總是有限，而且此刻在中國要搜集外國的書籍，更不是容易的事。所以我們發起本會，希望漸漸造成一個公共的圖書館，研究室及出版部，助成個人及國民文學的進步。

　　三，是建立著作工會的基礎。將文藝當作高興時的遊戲或失意時消遣的時候，現在已經過去了。我們相信文學是一種工作，而且又是於人生很切要的一種工作；治文學的人也當以這事爲他終身的事業，正同勞農一樣。所以我們發起本會，希望不但成爲普通的一個文學會，還是著作同業的聯合的基本，謀文學工作的發達與鞏固；這雖是將來的事，但也是我們的一種重要的希望。

　　因以上的三個理由，我們所以發起本會，希望同志的人們贊成我們的意思，加入本會，賜以教誨，共策進行，幸甚。

（原刊 1921 年 1 月 10 日發行的《小說月報》第十二卷第一號）

〔註52〕吳福輝：《插圖本中國現代文學發展史》，北京大學出版社，2010 年 1 月，123頁。

文學研究會宣言，著眼點都在於大局，在於全體文學界和國民文學。其中第一點是「聯絡感情」，著眼於文學界全體的和睦團結。在新文學剛剛興起，還沒有其他文學社團產生的當時，文學研究會的倡導者們就高瞻遠矚地意識到了新舊文學之間的不能調和，也預料到了將來因派別、國別的主張不同新文學的人內部可能產生的界限。因而就以一種規劃者、協調者的身份，希望借文學研究會來促成文壇的友好共處，並「結成一個文學中心的團體」。認為文學研究會是「文學中心的團體」，反映的是文學研究會統領文壇的意識。這種意識不僅表現在成立宣言裏，更具體貫徹和體現在文學研究會的具體實踐中。對於文學創作，在文學研究會看來，需要的是「文學造時勢，時勢造文學」，文學就是要像俄國屠格涅夫的《前夜》一樣，可以喚起青年男女去「做各種民間的運動，從而促成社會的改革」〔註 53〕；是「能夠擔當喚醒民眾而給他們力量的」〔註 54〕；是「新時代的先驅」〔註 55〕；而文學家的另一個任務是「創造並確立中國的國民文學」〔註 56〕，並使中國文學在世界文學中爭得相應的位置〔註 57〕。從文學研究會的具體實踐中，我們除了可以看到《新青年》式的政治熱情之外，還可以看到在文學領域內的宏大目標和全局設計，文學研究會以此帶領了五四以後「普遍的全國的文學活動開始到來」〔註 58〕。同時，就新文學的另一方面——翻譯領域而言，文學研究會也體現了統帥者的姿態。他們佔據了新文化傳播的最重要的陣地，並且以指揮者和操作者的身份，對外國文學和思潮進行選擇性的介紹，從而為設計好的目的服務：「……凡是好的西洋文學都該介紹，這辦法於理論上很是立得住的，只是不免不全合我們的目的，雖則現在對於『藝術為藝術呢，藝術為人生』的問題尚沒有完全解決，然而以文學為純藝術的藝術我們應是不承認的……如英國唯美派王爾德的『人生裝飾觀』的著作，也不是篇篇可以介紹的……」〔註 59〕。文

〔註 53〕耿濟之：《前夜·序》，見耿濟之譯《前夜》，商務印書館 1921 年 8 月版。
〔註 54〕沈雁冰：《「大轉變」時期何時來呢？》，見《文學》第 103 期，上海《時事新報》1923 年 12 月 31 日。
〔註 55〕之常：《支配社會底文學論》，見《文學旬刊》第 35 期，上海《時事新報》1922 年 4 月 21 日。
〔註 56〕沈雁冰：《文學和人的關係及中國古來對於文學者身份的誤認》，見《小說月報》第 12 卷 1 號，1921 年 1 月 20 日。
〔註 57〕愈之：《新文學與創作》，見《小說月報》第 12 卷第 2 號，1921 年 2 月 10 日。
〔註 58〕茅盾：《導言》，見《中國新文學大系·小說一集》，上海良友圖書有限公司 1935 年。
〔註 59〕郎損：《新文學研究者的責任與努力》，見《小說月報》第 12 卷第 2 號，1921

學研究會好比一個家長，把新文學運動中的青年當作是容易誤導的小孩，一方面把西洋文學抬得很高，成為新文學發展的一個榜樣和目標；另一方面運用譯介的主導權，對文學思潮有選擇地引進，特別關注了對寫實主義文學、無產階級文學、被壓迫民族的文學的譯介，從而來對新文學的發展進行了設計和規劃，並對新文學的未來做了最「經濟」〔註60〕的引導。

宣言的第二點是「增進知識」，著眼於個人及國民文學的進步。為了更好地整理舊文學、學習外國文學和研究新文學，「希望漸漸造成一個公共的圖書館研究室及出版部」。宣言第二點的內容與文學研究會簡章中擬訂的其主要事業——研究和出版是一致的。在文學研究會簡章中，「研究」一項擬包括「組織讀書會」和「設立通信圖書館」兩種事業，「出版」一項包括「刊行會報」和「編輯叢書」兩種事業。但後來真正落實並持續實行的，只有「刊行會報」和「編輯叢書」。沈雁冰在多年後撰文時強調，文學研究會並沒有「打出什麼旗號作為會員們思想上、行動上共同的目標。在當代文學流派中，也沒有說自己是傾向於哪一派」，以此來強調其實文學研究會並不是一個同人組織，並稱如果說文學研究會成員有其文學主張的話，也是通過文學研究會叢書具體的體現出來的。〔註61〕沈雁冰的話中可能帶有隱衷或特別用意，但有一點無可非議，就是商務印書館積極支持和組織文學研究會叢書的出版和發行。在提供《小說月報》作為文學研究會發表作品的平臺的同時，〔註62〕商務印書館以其強大的經濟力量支持並出版了大量文學研究會叢書，帶來了巨大的社會影響。

《小說月報》第12卷第8號上登載了《文學研究會叢書目錄》〔註63〕，計有八十三種。但這份目錄並不是後來實際出版的文學研究會叢書的內容，其中大部分沒有實現，只完成了其中的二十六種，其中只有八種是完全按照計劃出版的，另外十六種有的改了書名，有的改變了著、譯者，有的作為「文學研究會」的其他叢書出版〔註64〕。這份原定的文學研究會叢書目錄，主要

年2月10日。

〔註60〕郎損：《新文學研究者的責任與努力》，見《小說月報》第12卷第2號，1921年2月10日。

〔註61〕楊揚：《商務印書館：民間出版業的興衰》，上海教育出版社2000年11月版，83頁。

〔註62〕關於《小說月報》和商務印書館的關係，本文將在本章第三節詳細論述。

〔註63〕該目錄同時登載於《東方雜誌》第18卷第11號上。

〔註64〕賈植芳主編：《文學研究會資料》（下），河南人民出版社1985年1月版，第

包括一下幾方面的內容：一、各國文學史。這些擬訂要編寫國別文學史涉及的國家包括了日本、意大利、俄國、英國、德國、法國、美國、北歐、西班牙、匈牙利等國家和地區。二、文藝理論著作翻譯。包括美國莫爾頓的《文學的近代研究》、日本廚川白村的《文藝思潮論》等，還有幾本戲劇和詩歌方面的理論著作。三、小說、戲劇、詩歌創作的翻譯。這部分的內容占到計劃的絕大部分，包括英國、美國、法國、俄國、德國、日本、奧大利等作家的創作，也包括挪威、匈牙利、比利時、印度等弱小民族的作家的作品。四、新文學創作集。其中只有陳大悲的戲劇《幽蘭女士》和葉紹鈞的小說《隔膜》共兩本集子。由此可見，在原來的叢書目錄計劃中，文學研究會有著介紹世界各國文學史的雄心，也有著介紹國外先進文藝理論來指導國內文學創作的夢想，並重點通過翻譯和介紹國外的創作來具體地給予模式示範，但是在自己的創作方面，或許是因爲沒有多少現成的成果，或許是因爲沒有足夠的自信，所佔份量非常之少。

　　而目前能夠見到，並且核實爲「文學研究會叢書」的，卻是一百零七種，〔註65〕與原計劃相比增加了至少 24 種。在內容方面，實際出版的文學研究會叢書保留了原叢書計劃中翻譯介紹西方文藝理論和創作的特色，在份量上，小說和戲劇、戲曲的翻譯也占到非常優勢的地位，統計共有 27 種西洋小說、18 種外國戲劇翻譯過來，另外還有少量民歌、詩歌、童話、寓言和文藝理論的著作翻譯。但翻譯的篇目上與原計劃有很大的變化，比較明顯的是原計劃中翻譯作品大都是小說集或戲劇集，實際出版的以單本著作的翻譯居多。變動最大的是，實際出版的文學研究會叢書大大增加了創作的份量。不但出版了文學研究會成員的小說集、新詩集、散文集，甚至還包括遊記、童話、傳記以及文學史。新文學的創作計有四十幾種，占到全部 107 種已知叢書的百分之四十以上。其中小說集和新詩集佔到大多數，重要的小說作者有葉紹鈞、王統照、冰心、落花生、廬隱、許傑、老舍、茅盾；詩歌作者有朱自清、周作人、徐玉諾、冰心、劉大白、朱湘、王統照、李金髮。其他還有鄭振鐸、瞿秋白、瞿世英、魯迅、耿式之、傅東華、耿濟之、李青崖、豐子愷、潘家洵等著、譯者。〔註66〕變動發生的原因很多，但有一點可以肯定，那就是商

1373 頁。

〔註65〕 賈植芳主編：《文學研究會資料》（下），河南人民出版社 1985 年 1 月版，第1279 頁。

〔註66〕 以上出版資料參考了石曙萍：《文學研究會研究》，復旦大學博士論文，2005

務印書館有著足夠的經濟背景，使得文學研究會叢書不但能夠超過原來計劃的篇目，而且能夠非常從容地面對不斷產生出來的新文學作品，隨時地調整和出版創作，並擴充叢書內容和發行數量。這些叢書的著、譯者在當時都是新文化運動的主要干將，尤其像魯迅、周作人等在當時的影響力非同一般。商務印書館出版的這一系列叢書無疑在當時產生了極大的作用，我們還可以從這些叢書的一再重版的事實中，瞭解到這種影響力的存在。

文學研究會成員部分出版物由商務印書館再版情況一欄表 〔註67〕

作者／作品名稱	再版情況
葉紹鈞小說集《隔膜》	1922 年 3 月出版，1926 年 12 月七版
王統照的詩集《一葉》	1922 年 10 月初版，1923 年 8 月再版，1924 年 4 月三版，1927 年 8 月五版，1931 年 1 月六版
瞿世英譯、鄭振鐸校的泰戈爾的詩集《春之循環》	1921 年 10 月初版，1924 年 5 月四版

　　幾乎大部分文學研究會叢書都被商務印書館在當時接連重版，有的甚至在短短的幾年中三版、五版、七版。這些，一方面說明了文學研究會叢書在讀者中確實存在的市場和影響力，另一方面也說明了商務印書館強大的經濟力量，以及如此良性循環而帶來的對文學研究會的支持，以及對五四新文學運動的重大影響。

　　宣言的第三點，是「建立著作工會的基礎」，這一條最值得玩味。

　　首先，這一段內容足夠我們今日來理解「五四」這一段歷史性文學時期的性質、觀念以及現代文學社團與古代文人雅集的根本區別。文學研究會主張的文藝思想後來被概括成「為人生」，它反對遊戲的、消遣的文學觀，認為文學工作和工人、農民的工作一樣，是平等的。周作人後來提出「人的文學」、「平民文學」，鄭振鐸提出「血和淚」的文學，都是循著這一思路的。就像本文上文提到的，文學研究會創作與翻譯並重，創作方面有人生小說、問題小說、鄉土小說，有詩歌，有散文，創辦了《文學旬刊》和《詩》月刊，在翻譯方面特別著力介紹蘇俄文學和北歐、東歐的弱小民族的文學；理論批評方

年，第 20 頁。
〔註67〕統計數據來源：賈植芳主編：《文學研究會資料》（下），河南人民出版社 1985年 1 月版，第 1279～1328 頁。

面是建樹寫實爲主的文學，同時介紹世界的自然主義、現實主義、象徵主義，批判「鴛鴦蝴蝶派」和「學衡派」，與創造社展開論爭等等，也是這一文藝思路的延續。由此，便逐漸顯示出文學研究會的「流派特徵」。〔註68〕

其次是關於「建立著作工會」一說。「建立著作工會」是文學研究會以共同的文學觀念作爲基礎，試圖團結眾多職業文學家，保護寫作者的利益，進行工會式的一種現代組織運作。從「建立著作工會」一說我們可以看出，文學研究會並不僅僅是爲了成立一個普通的「文學會」，更是「著作同業聯合的基本」。也就是說「文學研究會」並不著重於「文學」，也不著重在「研究」，而是著重在「會」這個字眼上，是要爲將來建立一個類似於今天作家協會一樣的組織而作基礎，文學是如勞農一般的工作，文學研究會就是一個統一的社會組織，是文學界的聯合體。這一點體現出文學研究會放眼文壇全局、文學未來的領袖意識，其並沒有對於「文學」的建設和發展的具體計劃，相反，有的都是對文學發展過程的人事關係、效用結果以及組織建設的關注，有的是一種「引領文學潮流，試圖縱橫整個文壇的中心姿態」〔註69〕。

值得一提的是，這種中心姿態並沒有能夠達到它預定的結果，反而導致了對抗和牴觸，周作人在1966年1月脫稿的《知堂回想錄》第135節中說：「……記得（宣言）其中有一條，是說這個會是預備作爲工會的始基，給文學工作者全體聯絡之用。可是事實正是相反，設立一個會便是安放一道門檻，結果反是對立的起頭，這實在是當初所不及料的」。〔註70〕

第三節　《小說月報》的改版與文學廣告

一、《小說月報》改革宣言的背後

1921年1月10日，《小說月報》第12卷第1期，即革新號，如期出版。《〈小說月報〉改革宣言》洋洋灑灑用四號字排了兩頁多：

> 《小說月報》行世以來，已十一年矣，今當第十二年之始，謀

〔註68〕吳福輝：《插圖本中國現代文學發展史》，北京大學出版社，2010年1月，127頁。

〔註69〕耿匡啓事，見《新社會》第12號，民國九年二月二十一口，第20頁。該啓事稱因篇幅關係停介長篇譯著《我們要怎麼辦呢》，編輯部正在籌劃編輯叢書，該書將來一定可以列入叢書單行發售。

〔註70〕轉引自石曙萍：《文學研究會研究》，復旦大學博士論文，2005年，第29頁。

更新而擴充之，將於譯述西洋名家小說而外，兼介紹世界文學界潮流之趨向，討論中國文學革進之方法：舊有門類，略有改變，具舉如下：

一、論評：同人觀察所及願提出與國人相討論者，入於此門。

二、研究：同人認西洋文學變遷之過程有急須介紹與國人之必要，而中國文學變遷之過程則有急待整理之必要；此欄以此兩者爲歸。

三、譯叢譯西洋名家著作，不限於一國，不限於一派；說部，劇本，詩，三者並包。

四、創作：同人以爲國人新文學之創作雖尚在試驗時期，然椎輪爲大輅之始，同人對此，蓋深願與國人共勉，特闢此欄，以俟佳篇。

五、特載：同人深信文藝之進步全賴有不囿於傳統思想之創造的精神；當其創造之初，固驚庸俗之耳目，迨及學派確立，民眾始仰其眞理。西洋專論文藝之雜誌，常有 Modem Form 一欄以容受此等作品；同人竊仿其意，特創此欄，以俟國人發表其創見，兼亦介紹西洋之新說，以爲觀摩之助。

六、雜載：此欄所包爲：

（一）文藝叢談（小品），

（二）文學家傳，

（三）海外文壇消息，

（四）書評。

此外同人尚有二、三意見將奉以與此刊同進行者，亦願一言，以俟國人之教：

一、同人以爲研究文學哲學介紹文學流派雖爲刻不容緩之事，而適譯西歐名著使讀者得見某派面目之一斑，不起空中樓閣之憾，尤爲重要：故材料之分配將偏多於（三）（四）兩門，居過半有強。

二、同人以爲今日談革新文學非徒事模仿西洋而已，實將創造中國之新文藝，對世界盡貢獻之責任：夫將欲取遠大之規模盡貢獻之責任，則預備研究，愈久愈博愈廣，結果愈佳，即不論如何相反之主義成有研究之必要。故對於爲藝術的藝術與爲人生的藝術，兩

無所袒。必將忠實介紹，以爲研究之材料。

三、寫實主義的文學，最近已見衰歇之象，就世界觀之立點而言之，似已不應多爲介紹；然就國內文學界情形言之，則寫實主義之眞精神與寫實主義之眞傑作實未嘗有其一二，故同人以爲寫實主義在今日尚有切實介紹之必要；而同時非寫實的文學亦應充其量輸入，以爲進一層之預備。

四、西洋文藝之興蓋與文學之批評主義（Criticism）相輔而進；批評主義在文藝上有極大之威權，能左右一時代之文藝思想。新進文學家初發表其創作，老批評家持批評主義相繩，初無絲毫之容情，一言之毀譽，輿論翕然從之；如是，故能互相激勵而至於至善。我國素無所謂批評主義，月旦既無不易之標準，故好惡多成於一人之私見；「必先有批評家，然後有眞文學家」此亦爲同人堅信之一端；同人不敏，將先介紹西洋之批評主義以爲之導。然同人固皆極尊重自由的創造精神者也，雖力願提倡批評主義，而不願爲主義之奴隸；並不願國人皆奉西洋之批評主義爲天經地義，而稍殺自由創造之精神。

五、同人等深信一國之文藝爲一國國民性之反映，亦惟能表見國民性之文藝能有眞價值，能在世界的文學中佔一席地。對於此點，亦甚願盡提倡之責任。

六、中國舊有文學不僅在過去時代有相當之地位而已，即對於將來亦有幾分之貢獻，此則同人所敢確信者，故甚願發表治舊文學者研究所得之見，俾得與國人相討論。惟平時詩賦等項，恕不能收。

上述六條，同人將次第藉此刊以實現，並與國人相討論。雖然，同人等僅國內最小一部分而已，甚望海內同道君子不吝表同情，可乎？

宣言先介紹了革新後《小說月報》的欄目，同時以文學研究會「同人」的口吻提出了六個方面的新文學主張。接下來是兩篇文學論文：周作人的《聖書與中國文學》和沈雁冰的《文學與人的關係及中國古來對於文學者身份的誤認》。兩個骨杆欄目是「創作」和「譯叢」，都十分精彩。「創作」欄裏，許地山的《命命鳥》、王統照的《沉思》都是各自的代表作之一，具有永久的魅力。茅盾對葉紹鈞的小說《母》加了按語，特別贊賞。「譯叢」欄裏，有耿濟之譯

果戈理的《瘋人日記》、周作人譯日本加藤武雄的《鄉愁》、孫伏園譯托爾斯泰的《熊獵》、王劍三譯荷蘭夏芝的《忍心》和波蘭高米里克的《農夫》、茅盾（署名多芬）譯挪威般生（比昂遜）的《新結婚的一對》、鄭振鐸的《雜譯泰戈爾詩》等。此外，茅盾還配合譯文撰寫了論文《腦威寫實主義前驅般生》和《海外文壇消息》六則，鄭振鐸寫了《書報介紹》和《文藝叢談》等。面貌一新的《小說月報》第 1 期印 5000 冊，供不應求。各地讀者紛紛要求重印，各處分館還來電要求下期多發。第 2 期便印 7000 冊，到年底竟突破 1 萬冊。

擱置在通常的「現代文學」格局中，《小說月報》的革新一向被當作是具有破舊立新意義的「革命」，因而，1921 年的《小說月報》就被不容置疑地當作了新文學期刊從此誕生的一種標誌，被當作了「現代文學」取代傳統文學的一種有效印記。1921 年以後的《小說月報》的成功，特別是讀者市場佔領的成功，因而也就往往被看作是「現代文學」的觀念及其創作模式深入人心的結果。《〈小說月報〉改革宣言》常常被認為是最有力的證明之一。那麼，事實是否如此呢？

如果深入探究一下《小說月報》革新的完整脈絡的話，應該可以看出，無論是《小說月報》革新的目的、革新的動力，還是革新的實際效果，儘管在其中有文化危機、思想危機所帶來的文學「現代性」的要求，儘管有來自於新文化陣營的壓力，儘管《〈小說月報〉改革宣言》對文學現代性的要求表述得非常明確，但是，《小說月報》畢竟並非如文學創作那樣是一個單純的文學產品。作為一個由出版社、編輯者與讀者市場共同作用下產生的文化商品，其商業贏利性追求也是《小說月報》不可忽視的屬性，而且可以說是更為重要的屬性。這就決定了並不是所有新文化運動時期的文化危機、思想危機都能直接作用於《小說月報》，決定其革新與否，而只有那些影響《小說月報》市場佔有率、決定讀者閱讀趣味變化的時代性思想文化資源，那些可以轉化成市場因素的文化原因，才能被納入到《小說月報》自身真實的運行軌跡中去。因而商務印書館（以下簡稱「商務」）所隱含的「市場」化運作，這一長期被人忽略的隱身於「文學」背後的更重要的因素，應該作為探究《小說月報》革新的另一個重要的途徑，〔註71〕這一途徑也隱身於《〈小說月報〉改革宣言》的文字背後。

〔註71〕董麗敏：《〈小說月報〉革新：斷裂還是拼合？——重識商務印書館和〈小說月報〉的關係》，《社會科學》，2003 年第 10 期，114 頁。

　　可以說，《小說月報》之所以要革新，有著深刻的時代背景。1917 年，《新青年》創導白話新文學，啓動了白話新文學的讀者市場，北大師生創辦的《新潮》緊隨其後，推波助瀾。作爲五四新文化運動一個組成部分的白話文運動，開始於 1917 年。1918 年《新青年》改用白話做文章，隨後又有《每週評論》、《新潮》等雜誌的配合，到了 1919 年白話文運動的勢力得到了突飛猛進的發展，「有人估計，這一年（1919）之中，至少出了四百種白話報」。〔註 72〕鄭振鐸也在《一九一九年的中國出版界》中界定這一年出版界的精神「就在定期出版物……它們的論調，雖不能一致，卻總有一個定向——就是向著平民主義而走。『勞工神聖』、『婦女解放』、『社會改造』的思想，也大家可算得是一致。這眞是極可樂觀的事！」白話文運動對商務印書館來講，卻未必是件極樂觀的事。據胡愈之《回憶商務印書館》：「當時商務很保守，一切刊物雜誌還是用文言文。」隨著新文化運動的潮流越來越高漲，商務印書館雜誌的滯後性也越來越影響到它市場份額的佔有，甚至出現印數只有 2000 冊的銷路下滑狀況，「這在資本家看來，是不夠『血本』的」。〔註 73〕時任編譯所長的高夢旦先生便提出了改革商務印書館的主張，其中一點就是邀請提倡白話文的學者、名流來編譯所工作，改組編譯所。在商務印書館董事會的支持下，高先生於 1920 年 11 月來到新文化運動的中心北京，拜訪了當時提倡白話文的胡適，並經他推薦，與文學研究會發起人鄭振鐸等人進行了接觸。鄭振鐸要求商務印書館出版一個文學會編輯的文學雜誌，但遭到拒絕。《文學研究會會務報告（第一次）》如實地記錄了這件事：「他們（指張元濟、高夢旦）以文學雜誌與《小說月報》性質有些相似，只答應可以把《小說月報》改組，而沒有應允擔任文學雜誌的出版。」〔註 74〕以常規的眼光看來，創建一份新刊物無疑要比革新一份舊刊物方便很多，至少不需要收拾舊刊物遺留的種種歷史問題，不需要背負起舊刊物以往或好或壞的舊聲譽包袱，也不需要在革新的同時，考慮與刊物以往的格局、欄目對接的問題。鄭振鐸等人之所以向「商務」提出創辦新的文學雜誌建議，應該有這樣的考慮在裏頭。同時，在《小說月報》革新之後，《小說月報》仍然不斷收到讀者來信，表明他們對於《小

〔註 72〕 胡適：《五十年來中國之文學》，見《胡適學術文集・新文學運動》，中華書局，1993 年版，第 156 頁。
〔註 73〕 茅盾：《我走過的道路（上）》，人民文學出版社，1981 年，第 161 頁。
〔註 74〕 《小說月報》12 卷 2 號，1921 年 2 月 10 日。

說月報》更名的急切心情。沈雁冰就曾經這樣答覆讀者來信:「《小說月報》四字實已不能包括現在的《小說月報》,但因從前已有十一年的歷史,驟然改名,恐發行方面,難免有所窒礙,所以現在還是不能就改。」〔註75〕1922 年 6 月,沈雁冰又一次給讀者覆信:「《月報》改名與橫行兩事,終有一日會實行;現在我們覺得若改了名而內容仍如先前,未免有愧,所以我們先得『囤積新貨』,然後再換『新招牌』。」〔註76〕甚至到了 1923 年,《小說月報》依然面臨著讀者渴望更名的強烈要求:「有許多朋友寫信來要求我們改換名稱。他們的盛意,我們非常感謝。但因種種原由,一時恐不能如命。」〔註77〕無論是從文學研究會還是從讀者角度講,要求《小說月報》更名的呼聲是很高的。那麼,《小說月報》為何不順水推舟,以更名來表明自己與以往歷史的斷裂、徹底跟上新文學潮流的心跡呢?

　　如果說當時學生氣十足的鄭振鐸更多是站在社團發展、文學性質這些務虛的層面上來考慮刊物,從而覺得新刊物更有利於高舉某種精神旗幟的話,那麼張元濟更多地是考慮到了品牌保持、市場開拓的實際問題。因此,從純粹作為精神產品的文學角度講,也許放棄舊有的《小說月報》並無多少損失,但是,從作為文化商品的文學刊物角度著眼,維持《小說月報》這一舊有刊物恐怕要比創建一個新刊物獲益更多。董麗敏在《〈小說月報〉革新:斷裂還是拼合?——重識商務印書館和〈小說月報〉的關係》一文中,詳細分析了其深刻的內在原因。〔註78〕

　　首先,作為一個有著十年歷史的老牌期刊,《小說月報》這一品牌本身就是一個凝聚著多種價值的無形資產。據統計,在 20 世紀 20 年代,一般雜誌的發行量都在一兩千份（甚至更少）,超過一萬份的雜誌不多〔註79〕。而前期《小說月報》在 1913 年印數就已經達到了 1 萬份,1920 年印數滑至最低點也有 2000 份。可見前期《小說月報》的經營狀況還是不錯的,從品牌管理的角度來講,應該說,還是具有較強的市場號召力的。在這樣的前提下,假如貿

〔註75〕《沈雁冰致朱湘信》,《小說月報》13 卷 1 號,1922 年 1 月 10 日。
〔註76〕《沈雁冰致謝立民信》,《小說月報》13 卷 6 號,1922 年 6 月 10 日。
〔註77〕《小說月報》14 卷 2 號,1923 年 2 月 10 日。
〔註78〕董麗敏:《〈小說月報〉革新:斷裂還是拼合?——重識商務印書館和〈小說月報〉的關係》,《社會科學》,2003 年第 10 期,116 頁。
〔註79〕許敏:《上海通史》第 10 卷,上海人民出版社 1999 年,第 178 頁。

然放棄《小說月報》這一基本成型的市場品牌，無疑就意味著放棄了與這品牌直接關聯的一系列市場要素，包括固定的讀者群、磨合純熟的發行網絡、潛在的巨大的品牌效應……以及「商務」為樹立這一品牌所付出的巨大的人力、財力與心血。假使真如鄭振鐸們所願重新創建一個新的刊物或者將《小說月報》更名的話，仍舊要付出許多的努力。一進一出，利益損失之大，顯然是「商務」不願意接受的。

其次，放置在當時的文化語境中，《小說月報》這一名稱較之於《文學雜誌》這一類的名稱，明顯更契合當時的文化市場需要。如果梳理一下當時的文學期刊名稱就可以發現，當時的文學期刊大都以「小說」為號召，從早期的《新小說》、《月月小說》、《繡像小說》等到後來的《中華小說界》、《小說海》、《小說大觀》等，無不如此。由於文學革命首先是從「小說界革命」開始的，在某種意義上可以說，至少在 20 世紀初「小說」無形中就成為了「文學」的代名詞。這一轉換相當深入人心，至少對於一般的讀者而言，這一點應該是不言自明的。而採取《文學雜誌》這一類的名稱，儘管從刊物的實際性質來說，倒是名副其實，但對於讀者來說，反倒不如「小說」一詞更能指領出 20 世紀文學新潮的實質。因此，站在市場的角度上，從「商務」的立場上說，《小說月報》完全應該保持原名，即使其面臨重大革新也是如此。這也導致了《小說月報》革新的特殊性，即一方面在革新的名義下，它要在各方面作出「與往事乾杯」的斷裂姿態，特別是在《〈小說月報〉改革宣言》中，這種姿態尤為突出；另一方面，頂著原有的舊招牌，它卻又不得不在做革新努力的同時與以往的刊物保持各種藕斷絲連的聯繫。這種特殊性也就意味著，在《小說月報》的革新中，順應市場需求進行革新也好，保持品牌運作的連續性也罷，歸根結底，在新文學的要求之外，「商務」的商業立場亦起了決定性的作用。

綜上所述，透過《〈小說月報〉改革宣言》，雖可以分析《小說月報》革新所具有的破舊立新的「革命」意義，但是深入探討《小說月報》革新的全過程以及全方位考察影響《小說月報》革新的諸多因素，我們可以看到，《小說月報》的改革，與其說是一次「文學革命」，是一種「斷裂」，還不如說是一場帶有商務印書館特色的商業「拼合」。

二、《小說月報》宣告本刊「特殊色彩」與其文學譯介

《小說月報》宣告本刊「特殊色彩」〔註80〕

本刊今年改革，抱定兩個方針：一是欲使本刊全體精神一致，始終保持一貫的主張：一是欲使一期有一期的特別色彩，沒有雷同。……

（1）我們主張爲人生的藝術，我們自己的作品自然不論創作、譯叢、論文都照這個標準做去。但並不是勉強大家都如此。所以對於研究文學的同志們的作品，只問是文學否，不問是什麼派什麼主義。

（2）我們從第七期起，欲特別注意被屈辱民族的新興文學和小民族的文學；每期至少有新猶太、波蘭、愛爾蘭、捷克斯拉夫等民族的文學譯品一篇。還擬多介紹他們的文學史實。

（原載於1921年6月10日發行的《小說月報》第十二卷第六號）

在1921年10月10日發行的《小說月報》第十二卷第十號就是《被損害民族的文學號》，介紹了波蘭、捷克、塞爾維亞、芬蘭、新希臘、新猶太、烏克蘭、克羅西亞、立陶宛、愛沙尼亞、阿美利亞等民族、國家的文學。在記者寫的《引言》裏說：「凡在地球上的民族都一樣是大地母親的兒子；沒有一個應該特別的強橫些，沒有一個配自稱爲『驕子』！所以一切民族的精神的結晶都應該視同珍寶，視爲全體人類共同的珍寶！而況在藝術的天地內是沒有貴賤，不分尊卑的！」「他們中被損害而向下的靈魂感動我們，因爲我們自己亦悲傷我們同是不合理的傳統思想與制度的犧牲者；他們中被損害而仍舊向上的靈魂更感動我們，因爲由此我們更確信人性的沙礫裏有精金，更確信前途的黑暗背後就是光明！」除俄國及被損害文學之外，文學研究會對法國文學也獨有情衷，《小說月報》第十五卷特意編了一期《法國文學研究》號，於1924年4月發行，集中發表了鄭振鐸、沈雁冰、謝六逸、（張）聞天等的研究論文，著重介紹了巴爾扎克、波特來爾、羅曼羅蘭、佛羅貝爾的文學，並翻譯發表了莫泊桑、喬治桑、孟代、繆塞、法朗士、巴比塞等法國作家的作品。在羅曼羅蘭六十歲生辰時，《小說月報》第十七卷第六號〔註81〕發行集中發表了馬

〔註80〕標題爲筆者所加。
〔註81〕《小說月報》第十七卷第六號，1926年6月10日發行。

宗融的《羅曼羅蘭傳略》等紀念文章，並翻譯介紹了他的作品。

20 世紀初，寄寓著國人急於跟上世界發達民族國家的夢想，同時也蘊蓄著國人對於本土現代文學草創時期百廢待興狀況的憂慮與自卑，「域外文學」的翻譯與介紹顯然負載了相當沉重的內容，而變得複雜。對革新時期《小說月報》翻譯文學特別是以俄國為代表的弱小民族文學的解讀可以清楚地看到這一點。

（一）清醒的文學譯介思路

儘管對於中國這樣的不發達國家來說，20 世紀 20 年代域外繁花似錦的文學景觀可以給他們提供多種文學譯介的可能，但是，在進入譯介之前，其實他們已經擁有了足夠清醒的文學譯介的思路。而這，是與他們的文學觀念聯繫在一起的。

沈雁冰在《文學與政治》一文中提到，「醉心於『藝術獨立』的人們，常常詬病文學上的功利主義，可是不幸也竟有和那些誤解政治上功利主義的人一樣，以為『功利』云者就是『金錢』或『利用』的代名詞。這種誤會已經很可怕了，尚有尤其可怕者：那就是因為誤會的結果而把凡帶些政治以及社會色彩的作品統統視為下品，視為毫不足取，甚至斥為有害於藝術的獨立。」〔註82〕鄭振鐸在《俄國文學的啟源時代》一文中明確指出，「文學與歷史的環境有非常大的關係，尤其於初期文學，受其政治與社會的變遷的影響更大」。〔註83〕對「帶些政治」「社會色彩」的域外作品的重視，對所謂「藝術獨立」的作品的很大程度上的迴避，這樣的此消彼漲的對立格局，事實上，大致構成了革新時期《小說月報》譯介的基本出發點。在此前提下，革新時期的《小說月報》翻譯文學，因而形成了具有相當傾向性的譯介重點，這就是對於以俄國文學為核心的弱小民族文學的重視——在全面革新的第一年（1921）《小說月報》就推出了《被損害民族的文學號》和《俄國文學研究專號》這兩個專號。

（二）國情的比附：譯介以俄國文學為核心的弱小民族文學的原因

以俄國文學為核心的弱小民族文學之所以能夠登堂入室，首先是建立在中國以及其他弱小民族國家國情的比附基礎上的。

〔註82〕雁冰：《文學與政治》，《小說月報》13 卷 9 號。
〔註83〕振鐸：《俄國文學的啟源時代》，《小說月報》12 卷號外。

「正因爲是亂世，所以文學的色調要變成了怨以怒，是怨以怒的社會背景產生出怨以怒的文學，不是先有了怨以怒的文學然後造成怨以怒的社會背景！……凡被迫害的民族的文學總是多表現殘酷怨怒等等病理的思想。這也不是沒有證據的；只要看俄國、匈牙利、波蘭、猶太的現代文學便可以明白。」〔註 84〕被迫害民族的共性，使得「五四」時期以啓蒙爲己任的文學者，很自然的會從俄國等弱小民族的文學作品中去尋找中國文學現代轉型的資源，去評判當前中國文學的得失。另一方面，俄國等弱小民族文學所取得的社會實績，也在很大程度上使中國的文學者看到了希望，從而堅定了自己的啓蒙文學觀念：「從他（杜勃羅留波夫）在著名論文『阿勃洛莫夫主義是什麼』裏說明了阿勃洛莫夫底氣質以後，說到阿勃洛莫夫主義就像說到俄國民最大弱點，據當時人證明：當時的人都認知自己都帶有一點阿勃洛莫夫性質，又從此都明白本國社會組織的不完全，他們都顫慄畏懼，怕如這主人公庸庸碌碌過了一生，個個誓願絕滅了阿勃洛莫夫主義底痕跡。」〔註 85〕應該說，正是基於一種相似的現實處境以及由此生發出的感受、升騰起的變革欲望，才使得俄國等弱小民族的文學成爲五四時期關注的焦點。而在「五四」之前，以俄國文學爲代表的弱小民族文學並沒有受到中國文學者的特別關注。董麗敏在《翻譯現代性：在懸置與聚焦之間》一文中從詳細的梳理了晚清各國文學被譯介的情形的陳平原在《中國小說的現代起點》一書入手，指出「在其（指陳平原《中國小說的現代起點》一書，筆者注）能找到的 1899～1916 年所譯的 796 種小說中，俄國小說僅佔 21 種，其他弱小民族的文學因爲數量極少難以進入統計。〔註 86〕董麗敏指出，「陳平原更多把它歸咎於『五四』之前的『新小說家』的審美趣味使然，在我看來，也許把它看作是特定的文學觀念也許更爲準確一些。事實上，晚清文學儘管孕育了後來『現代文學』的種種蛛絲馬蹟，但很大程度上，仍然存在著被文學研究會所批判的『將文藝當作高興時的遊戲或失意時的消遣』的傾向，梁啓超等人通過政治小說所竭力提升的文學功用並沒有得到社會的廣泛認同，因而，對於晚清的文學者來說，無論是作者還是譯者，都呈現出相當明顯的「商業化」傾向。這也就難怪偵

〔註 84〕郎損：《社會背景與創作》，《小說月報》12 卷 7 號。

〔註 85〕〔日〕升曙夢著，陳望道譯：《近代俄羅斯文學的主潮》，《小說月報》12 卷號外。

〔註 86〕董麗敏：《翻譯現代性：在懸置與聚焦之間》，《文藝爭鳴》，2006 年第 3 期。

探小說、歷史小說、科學小說等通俗文學類型成為譯介主體，而弱小民族文學的譯介難成大氣了。」〔註87〕

因此，以俄國為代表的弱小民族的文學成為「五四」時期的關注焦點，很大程度上，不僅在於翻譯者個人的審美觀念不同，掌握語種的豐富程度；更在於整個時代文學觀念的變化。「當以啟蒙為核心的文學觀念逐步成為現實，逐漸蕩滌「新小說」浮靡的商業氣息的時候；當文學的轉型更基於對社會危機、文化危機的把握而不只是體現為文學內部發展規律的時候，弱小民族的文學才有可能從被晚清譯者所忽視的地平線上脫穎而出，以嶄新的姿態被人所認識、接受。」〔註88〕

三、《小說月報》「預告開設故書新評專欄」廣告與「整理國故」運動

《小說月報》預告開設「故書新評」專欄

現在，「保持國粹」之聲又很熱鬧，但其中恐怕難免有許多被誤認的「粹」；我們覺得若以「非粹」的東西誤為「粹」，其罪更甚於「不保存」。這一點，我們要請大家注意；特於七號起加闢「故書新評」一欄，發表同人的管見，

並俟佳篇：兼以為小規模的「整理國故」的工夫。

（原載 1922 年 6 月 10 日發行的《小說月報》第十三卷第六號）

（一）整理國故的動因

秦弓先生在《整理國故的動因、視野與方法》一文中指出，「『五四』時期整理國故的是非功過及其歷史意義，在歷經了 80 年的風風雨雨之後，終於能夠清晰體認了。但整理國故並非只是現代文學史、學術史上的一座豐碑，同時也是一本厚重的啟示錄，其發生的動因、整理範圍的體認與多種方法的探索，對於當下學術研究、文學發展與文化建設仍然不無啟迪」。〔註89〕秦弓先生在文中，進一步明確指出，「整理國故」的興起主要有兩個方面的原因。

〔註87〕董麗敏：《翻譯現代性：在懸置與聚焦之間》，《文藝爭鳴》，2006 年第 3 期。
〔註88〕董麗敏：《翻譯現代性：在懸置與聚焦之間》，《文藝爭鳴》，2006 年第 3 期。
〔註89〕秦弓：《整理國故的動因、視野與方法》，《天津社會科學》，2007 年第 3 期，第 107 頁。

首先，文化轉型之際必然向傳統溯源。秦弓先生在文中指出，「整理國故何以能在文學革命如火如荼的 1919 年悄然發生，在新文學呈現第一個波峰的 1923 年前後進入高潮，文化轉型之際向傳統尋求心理慰藉與動力資源實爲重要的動因」，「『五四』時期的整理國故運動並非突兀而起，其源頭可上溯至 19 世紀 80 年代開始的國故研究。本來，傳統文化的研究，自古有之，薪火相傳，綿延不絕。但自覺承擔起振興國家民族重任的國故研究則是近代民族危機逼促的結果，且與日本的影響密切相關。『國粹』一詞，即來自日本」〔註 90〕。「每逢文化轉型之際，都會出現自覺不自覺地向傳統溯源的文化思潮，前有清末的國學運動，後有 80 年代以來的國學熱，其背景與動機均與『五四』時期的整理國故相類」〔註 91〕。其次，拓展視野才能保持國學的生命力。秦弓先生在文中指出，「較之晚清的國學研究，『五四』時期整理國故的對象範圍大爲擴展，除了以『經史之學』爲中心的傳統國學之外，還開闢了明清檔案、野史、雜史、方志、譜牒、筆記、金石、刻文、考古發掘、方言調查、民俗學、俗文學等廣闊領域，把古代文獻與口傳文學、正統的典雅文學與民間的通俗文學、悠久的傳統與其現代的發展一併納入國學研究的空間，爲 20 世紀乃至今日的學術奠定了良好的基礎」〔註 92〕。

　　值得指出的是，「明清檔案、野史、雜史、方志、譜牒、筆記、金石、刻文、考古發掘」等是屬於史學的範疇的，事實上，當時的整理國故運動也是偏向於史學的。具有象徵意義的是，與整理國故運動有一定「距離」的文學研究會及《小說月報》，在 1922 年 6 月 10 日發行的《小說月報》第十三卷第六號刊發廣告，預告開設「故書新評」專欄。《小說月報》除了在第十三卷第六號發表預告將在七號起加闢「故書新評」一欄外，後在《小說月報》第十三卷第七號〔註 93〕和第八號〔註 94〕在「故書新評」欄裏發表了俞平伯的《後三十回的〈紅樓夢〉》、《高作〈紅樓夢〉後四十回評》。第十四卷第一號〔註 95〕

〔註 90〕秦弓：《整理國故的動因、視野與方法》，《天津社會科學》，2007 年第 3 期，第 107 頁。

〔註 91〕秦弓：《整理國故的動因、視野與方法》，《天津社會科學》，2007 年第 3 期，第 109 頁。

〔註 92〕秦弓：《整理國故的動因、視野與方法》，《天津社會科學》，2007 年第 3 期，第 110 頁。

〔註 93〕1922 年 7 月 10 日發行。

〔註 94〕1922 年 8 月 10 日發行。

〔註 95〕1923 年 1 月 10 日發行。

還組織了《整理國故與新文學運動》的筆談。第十四卷第三號發表了顧頡剛的《〈詩經〉的厄運與幸運》，在《國內文壇消息》裏，特地談到「中國文學是很有可以注意和研究的價值的」，「這種研究，近來已漸見流行。在北京方面，《努力週刊》及北京大學所出的《國學季刊》都有很好的成績表現出來。在上海方面，文學研究會、創造社及本報，也都很努力於此。聞郭沫若君曾選《詩經》裏的四十首，譯爲近代語，名做《卷耳集》。鄭西諦君也將選輯自《詩經》起至陶潛、李白、杜甫、白居易、李後主、蘇軾、李清照、馬致遠諸人作品，出一《中國詩人叢書》。上海文學研究會的會員顧頡剛、周予同諸君也將計劃出版一種《國故叢書》，以新的方法，來整理重要的舊籍。這種消息，都是有報告價值的」。〔註96〕

（二）站在「現代」立場上的破舊立新：整理國故與新文學運動

在經學已走向邊緣的民國初年，整理國故實際上更多偏重於史學，然其對文學界也產生了較大影響。如本文上文所述，1921 年《小說月報》改由文學研究會的沈雁冰編輯，新設「研究」欄，專以「介紹西洋文學變遷之過程」和「整理中國文學變遷之過程」爲要歸；同時該刊發表的《文學研究會章程》也宣佈「以研究介紹世界文學、整理中國舊文學、創造新文學爲宗旨」；鄭振鐸在其《文藝叢談》中又明確提出，「現在中國的文學家有兩重的重大的責任：一是整理中國的文學；二是介紹世界的文學」〔註97〕。三者皆以整理中國文學爲新文學的主要目標之一，大致反映了整理國故背景下文學研究會同人當時的願望。

事實上，《小說月報》仍以介紹外國文學爲主，整理中國文學卻基本未見實行。讀者陳德徵於 1922 年 5 月來信，重提整理中國文學的要求。陳以爲，「中國夾以偉大的國民性，在幾千年歷史當中，可說充塞了文學的天才或天才底作品，彼底質既厚而量又富，難道不值得研究？就使中國民族是被損害的民族，也應有彼特有的長處，難道不值得研究？」總之，「中國文學，有彼自己底位置，我們除非有意蔑視，終當引爲急宜研究的一件事」。但他也特別「鄭重聲明」說：「我並不是希望專研究外國文學者轉向以復古」，尤其不贊成「和《學衡》派一樣」復辟式的復古。「我以爲應拿現在的眼光思想去窺測

〔註96〕《小說月報》，第十四卷第三號，1923 年 3 月 10 日發行。
〔註97〕《改革宣言》，鄭振鐸：《文藝叢談（一）》、《文學研究會章程》，《小說月報》12 卷 1 號（1921 年 1 月），2、4 頁，附錄欄 1 頁。

批評中國文學，我以為應拿現在的運動和文字去反證和表述中國文學」〔註98〕。

沈雁冰覆信表示原則贊成，指出「研究中國文學當然是極重要的一件事，我們亦極想做，可是這件事不能逼出來的。我的偏見，以為現在這種時局，是出產悲壯慷慨或是頹喪失望的創作的適宜時候，有熱血的並且受生活壓迫的人，誰又耐煩坐下來翻舊書呵。我是一個迷信『文學者，社會之反影』的人，我愛聽現代人的呼痛聲、訴冤聲，不大愛聽古代人的假笑伴啼、無病呻吟、煙視媚行的不自然動作。不幸中國舊文學裏充滿了這些聲音。我的自私心很強，一想到皺著眉頭去到那充滿行尸走肉的舊籍裏覓求『人』的聲音，便覺得是太苦了。」值得注意的是沈雁冰說他「去年底曾也有一時想讀讀舊書，現在竟全然不想了」〔註99〕。

另一讀者也來信指出文學研究會的章程上有「整理中國固有文學一項，迄未見有何表現」，沈雁冰答覆說：「文學研究會章程上之『整理中國固有文學』，自然是同志日夜在念的；一年來尚無意見發表的緣故，別人我不知道，就我自己說，確是未曾下過怎樣的研究工夫，不敢亂說，免得把非『粹』的反認為『粹』。今年提倡國粹的聲浪從南京發出，頗震動了死寂的空氣；我拜讀了好幾篇，覺得他們的整理國故有些和孫詒讓等前輩同一鼻孔出氣——是表彰國故，說西洋現今的政法和思想都是我國固有的。這其間，難免牽強附會，往往有在『中籍』裏斷章取義以比附西說等等毛病。就算都不牽強附會，究竟『述祖德』的大文章和世界文化之進步有什麼關係，那我可真不明白了。我覺得現在該不是『民族自誇』的時代，『民族自誇』的思想也該不要再裝進青年人的頭腦裏去罷？我對於這樣的『整理國故』真不勝其懷疑了！」〔註100〕很明顯，沈雁冰認為整理國故運動是一種「民族自誇」行為，從「現代」的角度來看，民族自誇與當時主張吸取世界先進文化的做法是矛盾的。

不過，沈雁冰也表示，「照現在『假古董』盛行的情勢而論，我反極盼望懂得真古董的朋友們出來登個『謹防假冒』的廣告呢！」這一點他在為其所編的《小說月報》寫的《最後一頁》中再次提出：「現在『保存國粹』之聲又很熱鬧，但其中恐怕難免有許多被誤認的『粹』；我們覺得若以『非粹』的東

〔註98〕陳德徵來信，1922 年 5 月 6 日，《小說月報》13 卷 6 號（1922 年 6 月），通信欄 1～2 頁。

〔註99〕沈雁冰覆陳德徵，《小說月報》13 卷 6 號，通信欄 2～3 頁。

〔註100〕萬良來信，1922 年 5 月 24 日，沈雁冰覆萬良，《小說月報》13 卷 7 號（1922 年 7 月），通信欄 2～3 頁。

西誤認爲『粹』，其罪更甚於『不保存』。這一點我們要請大家注意，特於七號起加闢『故書新評』一欄，發表同人的管見，並俟佳篇；兼以爲小規模的『整理國故』的工夫。」〔註101〕這是一種試圖暗中修改「整理國故」運動方向的努力，即側重於指明國故中「非粹」的成分。〔註102〕後來這一專欄實際只刊出兩期，均俞平伯評《紅樓夢》的文字；到次年《小說月報》改由鄭振鐸編輯，則以「讀書雜誌」欄目刊登「樸社」之人的更小規模的整理國故小文，但基本不以甄別「非粹」爲導向了。

到1922年10月，鄭振鐸在《文學旬刊》上發表《整理中國文學的提議》，文章的題目明顯可見「整理國故」的影響。他提出，「我們要明白中國文學的眞價，要把中國人的傳說的舊文學觀改正過，非大大的先下一番整理的工夫，把金玉從沙石中分析出來不可」。不過鄭氏的基本精神仍是站在「現代」立場上破舊立新，他認爲「研究中國文學，非赤手空拳從平地上做起不可。以前的一切評論、一切文學上的舊觀念都應一律打破。無論研究一種作品，或是研究一時代的文學，都應另打基礎。就是有許多很好的議論，我們對他極表同情的，也是要費一番洗刷的工夫，把它從沙石堆中取出，而加之以新的證明、新的基礎。」〔註103〕

附表：《小說月報》刊載的主要文學廣告目錄（1921～1930）

時間	卷期號	標題（或主要內容）〔註104〕	備註
1921年1月10日	12卷1號	《小說月報》改革宣言	
1921年1月10日	12卷1號	文學研究會宣言	
1921年6月10日	12卷6號	《小說月報》宣告本刊「特殊色彩」	
1922年6月10日	13卷6號	《小說月報》預告開設「故書新評」專欄	
1923年3月10日	14卷3號	國內文壇消息：新文學運動的擴張	
1923年5月10日	14卷5號	國內文壇消息：泰戈爾將來華講學	

〔註101〕沈雁冰覆陳德徵，《小說月報》13卷6號，通信欄3頁；沈雁冰：《最後一頁》，《小說月報》13卷6號。

〔註102〕羅志田：《新舊能否兩立：二十年代〈小說月報〉對於整理國故的態度轉變》，《歷史研究》，2001年第3期，第13頁。

〔註103〕鄭振鐸：《整理中國文學的提議》，《文學旬刊》51期（1922年10月1日），1～2頁。

〔註104〕詳細內容可參見本文附錄。

1923 年 8 月 10 日	14 卷 8 號	介紹文學研究會出版之《文學》	
1923 年 10 月 10 日	14 卷 10 號	《吶喊》、《自己的園地》	
1923 年 11 月 10 日	14 卷 11 號	爲學校劇團推薦新劇作	
1923 年 12 月 10 日	14 卷 12 號	預告《擺倫專號》	「擺倫」即「拜倫」
1924 年 10 月 10 日	15 卷 10 號	文壇消息：悼念林琴南君	
1925 年 1 月 10 日	16 卷 1 號	朱自清《蹤跡》	
1925 年 1 月 10 日	16 卷 1 號	預告紀念安徒生的《童話專號》	
1925 年 8 月 10 日	16 卷 8 號	《一隻馬蜂》與《志摩的詩》	
1926 年 6 月 10 日	17 卷 6 號	《王嬌》、《老張的哲學》預告	刊載在編者寫的《最後一頁》上
1927 年 8 月 10 日	18 卷 8 號	茅盾《幻滅》預告	
1928 年 2 月	19 卷 2 號	《趙子曰》預告	
1928 年 5 月	19 卷 5 號	《追求》預告	
1929 年 8 月	20 卷 8 號	介紹葉紹鈞君新作品兩種	
1929 年 10 月 10 日	20 卷 10 號	介紹《上元燈》	
1929 年 12 月	20 卷 12 號	《韋護》預告	
1930 年 6 月	21 卷 6 號	商務印書館最近出版，現代文藝叢書《女人》，淩淑華著，一冊，定價六角	

第四章 文學廣告視角的文學組織建立、作家作品和通俗文學期刊的出版（1927～1937）

第一節 中國左翼作家聯盟的成立與文學廣告

一、從左聯「行動總綱領」看「革命文學論爭」與中國左翼作家聯盟的成立

中國左翼作家聯盟的成立

自從創造社被封，太陽社，我們社，引擎社等文學團體自動解散以後，醞釀了很久的左翼作家聯盟的組織，因為時機的成熟，已於三月二日正式的成立了。

成立會是下午二時舉行的，當時到會的有馮乃超，華漢，龔冰廬，孟超，莞爾，邱韻鐸，沈端先，潘漢年，周全平，洪靈菲，戴平萬，錢杏邨，魯迅，畫室，黃素，鄭伯奇，田漢，蔣光慈，郁達夫，陶晶孫，李初梨，彭康，徐殷夫，朱鏡我，柔石，林伯修，王一榴，沈葉沈，馮憲章，徐幸之，等五十餘人。

宣佈開會以後，推定了魯迅，沈端先，錢杏邨三人成立主席團。先由馮乃超，鄭伯奇報告籌備經過。接著就是中國自由運動大同盟代表的講演。往下由魯迅，彭康，田漢，華漢等相繼演說。然後通過籌備委員會擬定的綱領，至四時，開始選舉，當選定沈端先，馮乃超，錢杏邨，魯迅，田漢，鄭伯奇，洪靈菲七人為常務委員，周

全平，蔣光慈二人爲候補委員。往後爲提案，共計約十七件之多，主要是：組織自由大同盟的分會，發生左藝（翼）文藝的國際關係，組織各種研究會，與各革命團（體）發生密切的關係，發動左翼藝術大同盟的組織，確定各左翼雜誌的計劃，參加工農教育事業等。

當時所確定的這個組織的行動總綱領的主要點是：（一）我們文學運動的目的在求新興階級的解放。（二）反對一切對我們的運動的壓迫。同時決定了主要的工作方針，是：（一）吸收國外新興文學的經驗，及擴大我們的運動，要建立種種研究的組織。（二）幫助新作家之文學的訓練，及提拔工農作家。（三）確立馬克斯主義的藝術理論及批評理論。（四）出版機關雜誌及叢書小叢書等。（五）從事產生新興階級文學作品。

當時所通過的綱領（行動綱領是附在這後面的）是：

「社會變革期中的藝術，不是極端凝結爲保守的要素，變成擁護頑固的統治之工具，便向進步的方向勇敢邁進，作爲解放鬥爭的武器。也只有和歷史的進行取同樣的步伐的藝術，才能夠喚喊它的明耀的光芒。

詩人如果是預言者，藝術家如果是人類的導師，他們不能不站在歷史的前線，爲人類社會的進化，清除愚昧頑固的保守勢力，負起解放鬥爭的使命。

然而，我們並不抽象的理解歷史的進行和社會發展的眞相。我們知道帝國主義的資本主義制度已經變成人類進化的桎梏，而其『掘墓人』的無產階級負起歷史的使命，在這『必然的王國』中作人類最後的同胞戰爭——階級鬥爭，以求人類徹底的解放。

那麼，我們不能不站在無產階級的解放鬥爭的戰線上，攻破一切反動的保守的要素，而發展被壓迫的進步的要素，這是當然的結論。

我們的藝術不能不呈獻給『勝利不然就死』的血腥的鬥爭。

藝術如果以人類之悲喜哀樂爲内容，我們的藝術不能不以無產階級在這黑暗的階級社會之『中世紀』裏面所感覺的感情爲内容。

因此，我們的藝術是反封建階級的，反資產階級的，又反對『穩固社會地位』的小資產階級的傾向。我們不能不援助而且從事無產

階級藝術的產生。

　　我們的理論要指出運動之正確的方向，並使之發展。常常提出
中心的問題而加以解決，加緊具體的作品批評，同時不要忘記學術
的研究，加強對過去藝術的批判工作，介紹國際無產階級藝術的成
果，而建設藝術理論。

　　我們對現實社會的態度不能不支持世界無產階級的解放運動，
向國際反無產階級的反動勢力鬥爭。」

　　一直開到七點鐘，才宣告散會。

　　現在，社務是在向各方面積極的進行著。（記者）

　　　　　　　　　（原載 1930 年 3 月 10 日《拓荒者》第 1 卷第 3 期）

中國左翼作家聯盟（簡稱「左聯」）成立的消息，除《拓荒者》這一條外，還
見《萌芽月刊》上的《左翼作家聯盟的成立》，《大眾文藝》的《左翼作家聯
盟成立了》，《巴爾底山》的《記左聯第一次全體大會》，《沙侖》的《左翼作
家聯盟的成立》等，均由左翼自己的文學刊物所報導，而以上述這條爲最早。
國際左翼人士如美國的史沫特萊、日本的尾崎秀實、山上正義，也經過他們
的渠道在上海的外文報和德國、日本的報刊上做了一定的披露。左聯成立的
消息雖是以新聞報導的形式傳播的，但是透過這篇新聞報導中具有廣告性質
的組織的行動總綱領，我們可以看到這一時期對於「革命文學」的論爭以及
「左聯」成立的時代背景。

　　因爲整個建立的過程屬於「地下狀態」，當事人之後的回憶在有些地方多
有分歧，如醞釀過程、發起人、前後的組織領導、六年中發展的盟員、分盟
的隸屬關係等，但大體的歷史情況是清楚的。成立會的地點，消息中沒有挑
明，是在上海虹口寶樂安路中華藝術大學的一個教室召開的。這個原址今日
仍在。中華藝術大學是一座具有左翼進步文藝傳統的藝術教育學校，陳望道
任校長，校內師生不少是共產黨員或青年團員。當年「左聯」的形成，自有
其內外政治、文化的形勢，共產黨與國民黨在北伐戰爭後期公開分裂，中共
緊急調整方針開展土地革命、重組武裝，在都市聚集產業工人和文化力量。
黨內一時執行的「左傾」路線及蘇聯「拉普」、〔註 1〕日本「納普」的左傾文

────────────

〔註 1〕　蘇聯「拉普」，是 1925 年至 1932 年期間在蘇聯一度存在的所謂無產階級文學
　　　　團體。它受聯共（布）中央領導，捲入當時蘇聯社會的政治經濟大變動的漩

化路線的影響，直接造成「革命文學論爭」的發生，而在一定意義上，「左聯」成立正是「革命文學論爭」的一個結果。

20世紀20年代中後期，北方的「新文化陣營」業已分裂，北京作為「五四」文學革命的策源地而一度成為全國文學中心的地位，快要失去了，上海重新成為文學中心，社會主義思想在中國知識分子中進一步傳播，「四一二」政變後大批轉入地下的左翼文人比任何時候都更集中地逃往到上海租界。後期創造社增加了來自日本和從革命戰線退下來的生力軍，從1926年郭沫若發表《革命與文學》，到1928年成仿吾發表《從文學革命到革命文學》，提出了「革命文學」的口號。同樣持此口號的，還有1928年由蔣光慈、錢杏邨、孟超等人組成的太陽社，和人員比較接近的我們社。後期創造社和太陽社受當時思潮影響，提出了超出中國實際的無產階級文學建設任務，企圖跨越「五四」而導致輕視「五四」，把魯迅、茅盾作為落伍者來進行批判。而魯迅在這一過程中，注意觀察和思考中國的歷史和現實，學習世界革命的經驗和理論，翻譯蘇聯早期文藝理論著作，在傾向「左翼」過程中形成了自己獨特的思想和雜文創作方式。創造社、太陽社等批判魯迅、茅盾引起了中共高層的注意。1929年下半年，黨中央周恩來、李富春等先後過問此事，經過李立三找魯迅談話，決定停止論爭，團結起來組織新的文學團體。由潘漢年領導，沈端先（夏衍）因沒有具體參加論爭被指定為「左聯」的主要籌備人，很快形成了魯迅等十二人的籌備組，其中僅魯迅、鄭伯奇兩人不是共產黨員。籌備組在北四川路「公啡」咖啡館二樓的小房間裏，開了一系列的會議，主要是確定發起人名單和草擬綱領。魯迅參加過一兩次，而最後的一次籌備會是在1930年2月16日召開的，《萌芽月刊》3月1日（1卷3期）曾以《上海新文學運動者底討論會》為題做過報導，說：

> 到會者有沈端先，魯迅等十二人。對於過去的運動，討論結果，
> 認為有重要的四點應當指謫：（一）小集團主義乃至個人主義，（二）
> 批判不正確，即未能應用科學的文藝批評的方法及態度，（三）過於
> 不注意真正的敵人，即反動的思想集團以及普遍全國的遺老遺少，

渦，中發生「轉向」，後終於解散。內部先後有「崗位派」、「文學陣線派」、「左翼反對派」等派別鬥爭。中國左聯文學受「拉普」影響很深，包括始終把文學看作是傳達思想的手段和提倡文學為當前政治服務的觀念，以及積極探討文學創作方法等方面。「崗位派」的觀點曾反映到1928年「革命文學論爭」中。

（四）獨將文學提高，而忘卻文學底助進政治運動的任務，成爲爲
文學的文學運動。……

　　　但作爲討論會底結果，還有更重要的一事，即全場認爲有將國
內左翼作家團結起來，共同運動的必要。在討論會上已成立了這較
廣大的團體組織的籌備委員會，也許不日就有左翼作家的組織出現
吧。

這就暗示了左翼文學家團結的產物「左聯」的即將誕生。

二、「左聯」對 1930 年代左翼文學創作的組織作用

　　魯迅作爲「左聯」的盟主是眾望所歸。在徵求他意見的時候，他堅決反
對給他「委員長」、「書記長」的名義。對於發起人名單，他曾提出應當有郁
達夫。實際當天與會的作家中，郁達夫、蔣光慈因事因病沒有出席。馮乃超、
鄭伯奇的籌備報告，馮講的是籌備經過，鄭是對左聯綱領草案做了說明。「左
聯」綱領起草中，據夏衍回憶因籌備人大部懂日文，主要是參考了日本「納
普」的，也徵詢過懂俄文的蔣光慈，經他介紹了蘇聯「拉普」綱領及組織情
況（見《懶尋舊夢錄》）。所以綱領在談到無產階級文藝的對立面時，仍然採
用了「反封建階級的，反資產階級的，又反對『穩固社會地位』的小資產階
級的傾向」的字樣。對待小資產階級的問題是前不久魯迅、茅盾與創造社、
太陽社爭論的焦點之一，這裡留下了餘痕。會上代表中國自由運動大同盟致
詞的，一度傳爲潘謨華，其實潘並沒有參加此會。用「自由運動大同盟」的
名義也是障眼法，眞正代表中共在此會上致詞的是潘漢年。而建立各種研究
會，當時通過的是「馬克思主義文藝理論研究會」、「國際文化研究會」、「文
藝大眾化研究會」三個。整個報告、演說都沒有做正式記錄。鑒於保密和安
全的考慮，會議安排了糾察隊，隨時準備從後門撤退（馮雪峰、柔石還要負
責魯迅安全），到傍晚時即宣佈結束，預定的講演人也沒有全部發言。魯迅的
講話是幾天後由馮雪峰根據記憶補成草稿，經魯迅修改，添加了平時私下裏
不止一次講過的意思，才發表在《萌芽月刊》1 卷 4 期上的。那就是著名的《對
於左翼作家聯盟的意見》，其中的許多話，都可看作是魯迅對「革命文學論爭」
意味深長的一次總結。

　　「左聯」是一政治性文學團體，標誌著左翼文學的崛起。它的領導機構
是常務委員會（又稱執行委員會），核心是中共黨團組織。先後擔任過黨團書

記的有馮乃超、馮雪峰、丁玲、耶林、陽翰笙、周揚，周揚的時間相對較長。日常工作有秘書處，下設大眾文藝委員會、創作批評委員會、理論研究委員會、國際聯絡委員會、小說研究委員會、詩歌研究委員會等。「左聯」的盟員發展到約 400 多人。前後成立過北平的北方左聯，天津、保定、東京、青島、廣州等左聯，但學界對「左聯」分盟的情況及與總盟的關係，由於材料紛雜，沒有統一的見解。「左聯」承認自己是國際革命作家聯盟的支部之一，常駐代表為蕭三。

「左聯」對 1930 年代左翼文學創作運動起到很大的組織作用。起初的「左」的關門主義，宗派主義，機械唯物論以政治代文學（主要活動放在飛行集會、建立工人夜校上面），創作概念化，題材決定論等傾向，在中後期得到一定程度的克服。曾經發起過對「民族主義文學」、「新月派文學」、「文藝自由論」、「第三種文學」等的批判，並努力介紹蘇聯和世界的革命文學、進步文學，推動馬克思主義文藝理論在中國的傳播。「左聯」時期，革命文學取得令人矚目的成就。「左聯」的著名作家有：魯迅、瞿秋白、茅盾、郁達夫、田漢、蔣光慈、馮雪峰、洪深、阿英、丁玲、周揚、胡風、夏衍、張天翼、沙汀、艾蕪、葉紫、端木蕻良、田間等。因為各種緣故沒有參加「左聯」，卻圍繞「左聯」成為著名左翼作家的有：蕭紅、蕭軍、吳組緗、艾青、臧克家等。「左聯」的主要刊物有：《世界文化》、《萌芽月刊》，《拓荒者》、《文學導報》（創刊號為《前哨》）、《十字街頭》、《大眾文藝》，《北斗》、《文學月報》、《文學》（半月刊）、《光明》等，因遭政府當局的封殺，大部旋生旋滅，難以持久，但仍不屈地生長。「左聯」盟員為革命而犧牲的作家有柔石、胡也頻、殷夫（白莽）、李偉森、馮鏗、洪靈菲、應修人等。

「左聯」自身也存於對革命文學不斷認識的過程之中。盟內的革命啟蒙主義思想和革命功利主義思想的此消彼長，領導上的民主作風和專斷作風的矛盾也始終不斷。到 1935 年後半年，全國建立抗日民族統一戰線的呼聲日益高漲。蕭三遵照中共駐共產國際代表王明的意見寫信回國，指示解散「左聯」以適應新形勢的要求。「左聯」這時的領導人周揚、夏衍提出「國防文學」的口號，籌備成立「中國文藝家協會」，予以響應。他們徵求魯迅意見的時候，魯迅最初對解散了「左聯」後如何保持在文藝界抗日統一戰線中的核心作用表示擔心。為了顧全大局，魯迅又提出解散後發表宣言的建議，以免在社會上造成「潰散」的印象。但最終是宣言未發，1936 年初「左聯」自動解散了。

6 月，「中國文藝家協會」發表成立宣言。同月，魯迅提出了「民族革命戰爭
的大眾文學」的口號，發表了「中國文藝工作者宣言」。在「兩個口號」聲中，
落下了「左聯」的帷幕。

第二節　《魯迅全集》的編輯出版與文學廣告

迄今爲止，《魯迅全集》共有 1938 年版、1956 年版、1973 年版、1981 年
版和 2005 年版五種版本。（圖 21《魯迅全集》1973 年版封面；圖 22《魯迅全
集》1981 年版封面；圖 23《魯迅全集》2005 年版封面）據朱正先生統計，1938
年版《魯迅全集》在上海先後印過四次，在東北解放區大連光華書店還翻印
過一次〔註 2〕，而且每一次都提前刊登了出版廣告。筆者就刊載於《文藝陣
地》、《大公報》（漢口版）、《烽火》、《申報》（香港版）和《東北日報》等報
刊的《魯迅全集》出版預告進行分析，力圖透過出版預告來「再現」建國前
《魯迅全集》的出版過程。

圖 21　《魯迅全集》　　圖 22　《魯迅全集》　　圖 23　《魯迅全集》
　　　　1973 年版封面　　　　　1981 年版封面　　　　　2005 年版封面

一、1938 年 20 卷本奠基性版《魯迅全集》的編印

1936 年 10 月 19 日魯迅先生逝世後不久，上海各界醞釀成立「魯迅先生
紀念委員會籌備會」，推舉蔡元培、宋慶齡、沈鈞儒、內山完造、茅盾、許廣

〔註 2〕　轉引自王士菁：《一個無私的忘我的人》，見《馮雪峰紀念集》，人民文學出版
　　　　社，2003 年，第 297 頁。

平、周建人等爲籌備委員，又經一段時間充分協商，終於在 1937 年 7 月 18 日正式成立了以蔡元培、宋慶齡爲正副主席的「魯迅先生紀念委員會」，成員尚有郭沫若、周揚、夏衍和美國進步作家斯諾、海倫夫婦以及各方代表人士總共約六七十人。之後組成《魯迅全集》編輯委員會，成員有蔡元培、馬裕藻、許壽裳、沈兼士、茅盾、周作人、許廣平等，實際負責工作的是鄭振鐸和王任叔。工作人員則有唐張、謝澹如、胡仲持等，並設立了「魯迅全集出版社」。其實，爲盡早公開出版魯迅全集，紀念委員會早在籌備之初就曾考慮應盡快設法刊印魯迅全部著述，爲此許廣平在魯迅生前友好積極協助下，於 1936 年 11 月就將趕編好的全集目錄，及時報送南京政府內政部審核登記。不久，震驚中外的「西安事變」發生，國民黨當局即藉故拖延到翌年 4 月 30 日方才下發第一個批件。這張「警發 002972 號」的官方批件上赫然寫明：「《南腔北調集》、《二心集》及《毀滅》等書三種，於二十三年經中央宣傳委員會函請本部通行查禁各有案，所請註冊，未便照准……」不僅如此，緊接著又在 6 月 8 號內政部一個補充批件「警發 004249 號」所附的各書審查意見表上強令將雜文集《準風月談》、《花邊文學》分別改名爲「短評七集」與「短評八集」，《僞自由書》（一名「不三不四集」）則全部禁止。同時還開列篇目，要將魯迅所寫《十四年的讀經》、《太平歌訣》、《鏟共大觀》等許多雜文一律刪除……〔註3〕顯而易見，在當時國民黨法西斯專制統治下，無論怎樣努力，要想完整地公開地出版《魯迅全集》是根本沒有可能的。1937 年日軍大舉侵華，11 月 12 日上海淪陷了，英美的公共租界和法租界被日軍包圍，形成「孤島」。此前，爲安全起見，許廣平曾在租界銀行裏，高價租用一保險櫃珍藏魯迅的各種手稿；現在上海成爲一座「孤島」，倘若日軍進而攻佔租界，手稿則有可能毀於一旦。形勢危急，迫在眉睫。恰好，此時由胡愈之、鄭振鐸、許廣平、周建人、胡仲持、張宗麟、黃幼雄、馮賓符等組織的「復社」，已非常神速地翻譯出版了《西行漫記》等進步書籍，不僅取得秘密出書的成功經驗，而且積累了一些資金。留在上海的紀念委員會成員決定，擬由「復社」設法組織出版全集，並得到上海地下黨組織的讚同與支持。當時從延安派來從事秘密聯絡工作的劉少文曾爲此事專門請示過陝北，也獲得中共中央同意。這樣，一個由從事抗日救亡工作的許多志同道合者組成的無形的「復社」，轉而

〔註3〕 張小鼎：《〈魯迅全集〉四大版本編印紀程》，《新文學史料》，2006 年第 4 期，169～170 頁。

變成《魯迅全集》的正式出版機構了。

　　這種小規模的出版社要出版《全集》，資金是個大問題。據鄭振鐸在《記復社》一文中說，當時「復社」並沒有多少資金，「社員凡二十人，各階層的人都有。那時，社費每人是五十元；二十個人共一千元。就拿這一千元作爲基礎，出版了一部《魯迅全集》」。〔註4〕實際上，這一千元當時還不夠排印一本書的。「復社」另一成員，著名翻譯家胡仲持也曾回憶說，由於出版《西行漫記》十分暢銷，使「復社」的資金多少有點兒積累；「就在這僅有的資金積累和可靠的讀者組織的基礎上，復社承擔起出版六百多萬字的《魯迅全集》的突擊任務來。」〔註5〕

　　爲了募集出版資金，「復社」提前在不同的報刊上登載了《全集》的出版預告。在《文藝陣地》第1卷3號（1938年5月16日出版）上最早刊載了《魯迅全集》出版預告，有如下文字：

　　　　魯迅先生對於現代中國發生怎樣重大的影響，是誰都知道的。
　　他的作品是中華民族的大火炬，領導著我們向光明的大道前進。只
　　是他的著譯極多，未刊者固尚不少，易刊者亦不易搜羅完全，定價
　　且甚高昂。魯迅先生紀念委員會爲使人人均得讀到先生全部著作，
　　特編印魯迅全集，以最低之定價，（每一巨冊預約價不及一元）呈現
　　於讀者。

這段廣告文字突出了魯迅對現代中國的影響，認爲其作品是引領我們走向光明大道的「大火炬」。爲了更好地學習魯迅，繼承先生的遺志，最好的辦法就是閱讀先生的著作，出版《魯迅全集》是進步出版界、讀者的共同願望。

　　這則廣告中，還有如下文字：

　　　　全書五百萬字，分訂二十冊，三十年著作網羅無遺
　　　　文化界偉大成就，新文學最大寶庫，出版界空前巨業

1938年版的《魯迅全集》收入的內容，包括作者從1903年開始文學翻譯和創作直到1936年逝世爲止，共33年。基本上搜羅了魯迅一生的大部分著譯。包括小說、散文、雜文、古典文學研究和編著、譯著。

　　在《烽火》第16期（1938年6月1日出版）上的出版預告則把全集總目

〔註4〕　鄭振鐸：《記復社》，見《蟄居散記》第15節，《鄭振鐸文集》第三卷，人民
　　　　文學出版社，1983年，第149頁。
〔註5〕　胡仲持：《回憶一九三八》，載《人民日報》，1956.10.11。

逐一列出。大致分創作、編著和翻譯三大部分，按時間先後排列，最前有蔡元培先生的《序》，最末一種是《死魂靈》。在預告中，還有「另附序文傳記年譜」等文字。因爲讀者經濟實力的不同，編輯委員會計劃印製多種不同價格的《魯迅全集》。《文藝陣地》和《烽火》上的廣告都有如下內容：

> 復社出版，徵求預約出書日期分三期
>
> 第一期（五冊）六月十五日；第二期（七冊）七月五日；第三期（八冊）八月一日
>
> 定價：每部國幣二十五元，預約價：每部國幣十四元，另加郵：運費二元，預約截止，二十七年六月底
>
> 附啟：本書另印紀念本。皮脊精裝，外加柚木書箱，每部售加一百元。
>
> 由各地魯迅先生紀念委員會直接發行。
>
> 地址：漢口全民週刊社；香港立報館茅盾先生；廣州烽火社巴金先生。

從預約情況可知，《魯迅全集》分普及本和精裝紀念本。普及本定價 25 元，預約 14 元。在《魯迅先生紀念委員會主席蔡元培、付主席宋慶齡爲向海外人士募集紀念本的通函》及《魯迅全集募集紀念本定戶啟示》上明確表示：本會編印《魯迅全集》，目的在擴大魯迅精神的影響，以喚醒國魂，爭取光明，所以定價低廉，只夠作紙張印費。但爲紀念魯迅先生不朽功業起見，特另印紀念本，以備各界人士珍藏。可見，籌集《魯迅全集》的印製資金主要還是靠預約紀念本，而普及本眞正是爲了擴大魯迅精神的影響。

《大公報》（漢口版）上也刊載了《魯迅全集》的預約廣告。在 1938 年 5 月 21 日第一張第一版上首次刊載了預約廣告，與《文藝陣地》上的內容相比，增加了全集總目部分，以《墳》開始，《死魂靈》爲最末。定價、預約價格和截止時期與《文藝陣地》上的內容均相同。在介紹紀念本上，則有如下內容：

> 另印紀念本二種，印數絕對限制。甲種用道林紙精印，布面皮脊，外加柚木書箱，每部收價連郵運費一百元。乙種布面精裝，書脊燙金，連郵運費五十元。由魯迅先生紀念委員會直接發行。訂購地址：香港立報館茅盾先生轉魯迅先生紀念委員會。

實際上，精裝本的成本也不過二三十元，但是因爲極有珍藏價值，許多人自然願意認購。甲、乙種精裝紀念本都只發行 200 冊，而且每本還有編號，外

加柚木書箱，書箱上有蔡元培先生手書「魯迅全集」四字。

另外，該預告還列出了部分編委會成員：

蔡元培、馬裕藻、許壽裳、沈兼士、茅盾、許廣平

並用黑體字列出如下內容：

全書計六十種·共五百餘萬字，三十二開版本·插圖二百餘幅

精裝二十餘冊·另附序文傳記年譜，六月開始出售·八月上旬
出齊

上海復社發行，全國各地生活書店代理預約

從 1938 年 6 月 25 日開始，也就是距預約截止的前一週，《大公報》連續每天
刊載倒計時預約廣告，共七天。但在 7 月 1 日《大公報》（第一張第一版）上
刊載的最後一則《魯迅全集》的預約廣告時，用大號黑體字注出「展期半個
月」。

在香港的《申報》也分別 1938 年 6 月 18 日和 7 月 1 日兩次刊載了《魯
迅全集》的出版預告，內容與《文藝陣地》上刊載的廣告相同。

在眾多預約廣告的宣傳下，使得訂購《魯迅全集》人十分踴躍，全集的
出版經費也很快得到了解決。1938 年 6 月 15 日，普及本按時出版，兩種精裝
本則於同年八月一日出版。許廣平在《〈魯迅全集〉編校後記》中說：「結果
出乎預料之外，出版千五百部幾大部分為本埠讀者訂購淨盡。」〔註6〕至於在
外埠的銷售情況也非常不錯，「華南方面……成績亦斐然可觀，漢口方面……
定購亦極踴躍。國外方面……購者踴躍，南洋方面，索書巨數，致成供不應
求之勢」。〔註7〕

二、從國統區到解放區：多種《魯迅全集》版本的編印

1946 年 10 月，許廣平為法人的魯迅全集出版社再版《魯迅全集》。從《申
報》（上海版，1946 年 9 月 8 日第一張第二版）上的一則《魯迅全集》預約截
止的廣告可瞭解這一次的發售情況，內容如下：

敝社此次重印魯迅全集一千部，自八月二十日起開始預約，蒙
海內人士，紛與賜助，不及兼旬，即已將原定數目預約一空，足見

〔註6〕 許廣平：《〈魯迅全集〉編校後記》，《許廣平文集》第一卷，江蘇文藝出版社，
　　　　1998 年，第 445 頁。

〔註7〕 許廣平：《〈魯迅全集〉編校後記》，《許廣平文集》第一卷，江蘇文藝出版社，
　　　　1998 年，第 445 頁。

> 愛好文學者於魯迅先生著作對中國文化影響的關切，我們銘謝之
> 餘，特此致歉。魯迅全集出版社謹啓。

可見，再版的一千部訂購也非常踊躍，此次發售預約時間是 8 月 20 日，9 月
8 日就不得不登報致歉。半個多月的時間，就預約一空，平均每天有近百名讀
者訂購全集。一千部再版本也未能充分滿足廣大讀者的需要。

　　1948 年年底，作家書屋以魯迅全集出版社名義再次重版《魯迅全集》。對
這次的出版情況，也可從兩則廣告可知。在《大公報》（上海版，1948 年 10
月 1 日第一張第一版和 10 月 17 日第一張第一版）、《申報》（上海版，1948 年
10 月 10 日第一張第一版）都刊載了《魯迅全集》的預約廣告，內容如下：

> 全書二十巨冊，布面精裝銀字，上等紙張精印・舊版錯字改正
> 十月一日起，二十日止，特價預約一千部，每部金圓一百元，外埠
> 寄費加一成，（惟昆明貴陽成都重慶西安五邊遠城市，須加寄費四
> 成），預約完隨時截止，後到奉還原款，準十二月十五日出售。
>
> 預約處：魯迅全集出版社，作家書屋，光明書局，開明書店，
> 大中國圖書局，上海書報雜誌聯合發行所，長風書店，上海雜誌公
> 司，聯合書報社，利群書報社，東方書店。

這次預約，規定時間是 20 天，但鑒於以前再版時預約情況，所以後面有「預
約完隨時截止，後到奉還原款」的聲明。但是，本次出書，面臨的困難較多。
從《大公報》（上海版，1948 年 12 月 16 日第一張第一版）刊出的《全集》出
版通告就能看出：

> 前承讀者預約之第三版《魯迅全集》，適逢改革幣制，原料，極
> 度困難，復以裝訂費時，不得已兩期出售，今日爲第一期出售，請
> 預約户憑預約券向原預約處先取一至八卷，其餘九至二十卷，約下
> 月中旬裝訂完畢，屆時當再登報通告，諸希鑒亮（諒之誤）是幸。
> 魯迅全集出版社啓

比作家書屋再次印行《全集》的時間稍早，東北解放區大連的光華書店，爲
了滿足廣大群眾、士兵和文藝工作者等的需要，1948 年也開始重印《魯迅全
集》，在《東北日報》（1948 年 8 月 18 日）刊出了售書預約廣告，原文如下：

> 光華書店爲印行《魯迅全集》謹告讀者
> 魯迅先生留給我們的寶貴遺產——他的全集二十大卷，一直是
> 革命戰士、文藝工作者和廣大青年們在其中吸取鬥爭經驗、學習創

作方法和追求眞理時取之不盡用之不竭的源泉，這二十卷全集一九
四六年曾在上海再版過一次，本店亦展轉設法運來過一部分，但終
因來數太少而不敷分配。由於解放區的廣大讀者對魯迅先生有著無
限敬仰愛戴。所以很多讀者都渴望得到一套魯迅先生的全集，於是
紛紛要求本店印行全集的東北版。目前在東北解放區經濟既日益繁
榮、印刷所需的物資亦非常豐富，本店在各方幫助之下，決定將魯
迅全集加以翻印，但因能力有限，雖想使東北版的魯迅全集盡力做
到能與原版並無二致，但恐仍舊不免有若干缺點，尚希望各界讀者
鑒諒是幸。

定價每部 120 萬元預約 90 萬元，各地同業機關團體（限持有介
紹信）特價 85 萬元

預約九月十五日截止，九月起每月出版兩卷

可見，不但國統區讀者熱愛魯迅，閱讀魯迅，解放區的廣大群眾也對魯迅充
滿崇敬之情。魯迅的對敵鬥爭精神、文學創作方法等對廣大青年、革命戰士、
文藝工作者具有學習和借鑒價值。爲了滿足解放區人民繼承魯迅先生的精神
遺產，東北版《魯迅全集》也就應運而生。

原定預約在 9 月 15 日截止，但是，讀者對《魯迅全集》的需求使得書店
被迫延期，出版套數也相應增加。在 1948 年 9 月 18 日的《東北日報》第四
版上又刊載了《魯迅全集》預約展期的啓事：

《魯迅全集》的預約，原定於九月十五日截止，今應各界讀者
熱烈要求，並便於交通閉塞之遠地讀者計，爰將預約期限展延，自
九月十六日起再行預約至五百部爲止。惟因最近印刷成本激增，不
得不將預約價酌予提高，敬希各界讀者曲予鑒諒是幸。

定價：160 萬元，預約：120 萬元，各地同業，機關團體特價
114 萬元。

外埠郵運，包裝費暫收十萬元。

接下來，在《東北日報》9 月 21 日和 22 日又連續兩次刊載《魯迅全集》的預
約廣告，此後就沒有刊載《全集》的預約廣告了。由此可見，東北版《魯迅
全集》增加的 500 部也很快被訂購一空。這套全集出版後十餘年間，無論是
解放區或國統區，它均被多次再版並很快售罄，除上文提到的 1948 年 9 月光
華書店東北初版外，1940 年 10 月延安解放社還據「復社」版印製了遵義會議

後曾任中共中央總書記和宣傳部長的張聞天委託劉雪葦編選的《魯迅論文選集》，翌年 10 月又由新華書店晉察冀分店出版了姊妹篇《魯迅小說選集》。爲紀念魯迅逝世五週年，許廣平又據全集前十卷，以《魯迅三十年集》（指 1906─1936 年的一切著述）爲書名，用魯迅全集出版社名義於 1941 年 10 月出版，其後又不斷重版。據著名魯迅研究專家王士菁回憶，全國解放前，「這部《全集》在上海共印過四次，在大連印過一次，總數約在九千五百部左右；《三十年集》的印數也大致相同」〔註8〕。在當年國民黨政府仍然是公開禁止和暗中破壞魯迅全集和著作出版的背景下，這一數字和成績充分顯示了魯迅著作所具有的強大生命力。

　　二十卷本全集雖然預約廣告做得非常突出，但是其缺憾與不足也是顯而易見的。其一是收錄很不完備，如數十年的魯迅日記和上千封書信以及許多重要佚文及輯校的古籍均沒有收集，所以其後就又有《魯迅全集補遺》（唐弢編，1946 年 10 月，上海出版公司初版）、《魯迅全集補遺續編》（唐弢編，1952 年 3 月，上海出版公司初版）、《魯迅全集補遺三編》（文敍編，1978 年 7 月，香港天地圖書有限公司初版）和許廣平所編影印本《魯迅書簡》（1937 年 6 月，三閒書屋初版，收 69 封）、鉛印本《魯迅書簡》（1946 年 10 月魯迅全集出版社初版，收 855 封），以及《魯迅書簡補遺（致日本人部分）》（吳元坎譯，1952 年 1 月上海出版公司初版，收 88 封）、《魯迅書簡（致增田涉）》（《人民日報》編，1972 年 10 月，收 58 封）、《魯迅日記》影印本（上海出版公司，1951 年 3 月初版）等等相繼問世。其二，校勘欠精，由於當時條件所限，誤植與錯訛不少。後來著名魯迅研究專家孫用曾狠下一番工夫仔細重校，並於 1950 年 3 月由上海作家書屋出版了《魯迅全集校讀記》與《魯迅全集正誤表》。三是缺少必要的注釋，使其難以廣泛流傳普及到大眾中去。

第三節　紅系列雜誌、紫系列雜誌與文學廣告

一、「紅色系列」雜誌的「世俗化」

《紅玫瑰》雜誌

《紅玫瑰》雜誌，獨一無二的小說週刊。

〔註8〕　王士菁：《一個無私的忘我的人》，見《馮雪峰紀念集》，人民文學出版社，2003 年，第 297 頁。

自第一卷起出刊到現在，向來按期出版，從不誤期，信用卓著，
自出世到現在，內容益精，定戶益多，預定益廉，人人愛讀。自小
說潮勃興到現在，有玫瑰雜誌欣欣向榮，精神煥發，自從趙苕狂先
生主編以來，年年進步，六卷更佳。

《紅玫瑰》，是我國唯一的小說雜誌，因為撰述者都是當代一流
名作家，刊載的小說，都是各名家的代表作品，五年以來的信譽，
已足證明，稱為《小說年鑑》，良無愧色，預定處：上海四馬路及各
省縣世界書局，各處書莊均可代定

——《新聞報》1930 年 1 月 23 日第 16 版廣告

《紫羅蘭》第二卷內容一斑
紫羅蘭承四卷半月之後，已有一年之歷史，人人豔稱，個個歡
迎，紫羅蘭之名，遂籍籍於人口矣。今當第二卷發軔之初，更當力
加奮勉，無論圖畫文字，務求其清新俊逸，裨不負海內愛讀之期望，
茲敬將現在已決定所可以宣佈之內容，略述如下。

——《紫羅蘭》第一卷第 24 號（1926 年 12 月）

民國初年上海大世界遊戲場辦了一份小報《大世界報》，主編是海上漱石生（孫
玉聲）。該報周圍聚集著一批傳統文人，並且還有一個打燈謎的組織叫「萍
社」，社員將近千人，其中海上漱石生、天台山農（劉介玉）、陸澹安、朱大
可、施濟群等人都是「萍社」的中堅分子。當時大世界遊戲場也放電影，有
一天陸澹安與施濟群看了一部外國偵探電影《毒手》被電影的情節深深地吸
引了，兩人連續看了幾遍以後，施濟群就提議陸澹安將電影改編成小說。陸
澹安果然花了一個星期的時間將電影改編成小說出版，銷量居然不錯。施濟
群興奮之餘就將祖屋賣掉兩間辦起了一份文學雜誌。這個雜誌叫做《新聲》，
於 1921 年元旦創刊。開始時，《新聲》的主要作者和讀者是「萍社」中人，
漸漸地那些由於《小說月報》改編游離於文壇上的傳統文學作者和讀者加入
了《新聲》的隊伍，《新聲》的聲勢壯大了起來。看到這樣的陣容和成績，很
有商業眼光的世界書局老闆沈知方就將施濟群拉去，由他出資辦一份雜誌。
當時世界書局為了引起人們的注意，將社址的門面漆成了紅色，稱作為「紅

屋」。於是新辦的雜誌就叫做《紅》雜誌。這樣，1922 年元旦，《新聲》雜誌停刊，1922 年 8 月《紅》雜誌出版。《紅》雜誌的模式幾乎照搬《新聲》，只是資金充裕了，將原來《新聲》的月刊變成《紅》雜誌的週刊。《紅》雜誌結束於 1924 年 7 月，共出 100 期，又紀念號 1 期，增刊 1 期。《紅》雜誌出滿100 期後，改名爲《紅玫瑰》繼續出版。《紅玫瑰》改由趙苕狂爲編輯，嚴獨鴿爲名譽編輯，同樣是週刊，創刊於 1924 年 7 月。1928 年改爲旬刊，陸陸續續出版至 1931 年，整個出版時間達 7 年之久，是現代傳統文學雜誌期刊壽命最長的期刊之一。從《大世界報》到《新聲》，到《紅》雜誌，再到《紅玫瑰》。這一條雜誌系列被稱作爲「紅色系列」。

講述「紅色系列」雜誌的前世今生主要是要說明這個來自於遊樂場遊戲小報的期刊系列最重要的特色是很強的世俗化的傾向，它們是現代傳統文學的「通俗讀物」。

「紅色系列」刊物最熱衷的故事題材是平民的生活的風俗世情。內容大多是尋常老百姓的生老病死、婚喪嫁娶，目的是勸俗勸善、醇正世風。最能體現「紅色系列」刊物風格的作家是滑稽小說作家程瞻廬。程瞻廬僅在《紅》雜誌上就發表長篇小說 6 部，200 多篇短篇小說和 500 多篇隨筆小品。從《新聲》一直到《紅玫瑰》幾乎每一期上都有他的一兩篇文章，說他是「紅系列巨子」並不過份。「紅色系列」刊物也對中國的社會政治表示關心，但所取的視角卻相當世俗化。例如，包天笑是位對時事政治比較關心的老作家，他在《小說畫報》等刊物上曾發表了多篇相當嚴肅的愛國小說，然而同樣是愛國小說，發表在《紅玫瑰》上的卻是寫妓女生病的《倡門之病》。小說這樣描述：妓女翠芳病了，各路好友送來各國的好藥，吃下去均無效，最後翠芳自己服了一帖中國的霍香正氣丸，病也就好了。作者生怕讀者看不懂作品中的含義，最後發表議論說：「梁翠芳之言可以增吾國外交，若英若美若日若俄，無不於吾國示愛，而欲起我沉疴，吾國亦不敢不表示其感謝之忱，然若在昏沉，則醫藥雜投，反促其無，吾國民安得如梁翠芳之自覓其正氣丸乎？噫嘻。」將愛國的精神比作是妓女吃「中國的霍香正氣」，不可思議，但是卻符合刊物的風格。

世俗化的傾向使得「紅色系列」中的小說更加追求故事化、情節化。作爲刊物來說，當然是爲了更加吸引讀者，但是，創作風格的平民化卻給對傳統小說帶來了很多變化。爲了平民風格，平江不肖生（向愷然）的《江湖奇

俠傳》將武俠小說從政治化轉向江湖化，對現代武俠小說的風格轉型產生了
重要的影響：爲了吸引平民讀者，姚民哀將揭露黑幕和講述江湖故事相結合
起來，創立了「會黨小說」；爲了切合平民的價值判斷標準，程瞻廬總是在世
俗生活中尋找行爲與道德的落差，並從中產生滑稽感……世俗化的追求給傳
統小說開拓了新的空間，同樣，具有世俗特徵的「紅色系列」作品也成爲了
在二十年代初中國傳統文學轉型市場化的重要標誌。

　　世俗化的重要特徵就是遊戲性。「紅色系列」中這種遊戲性小說相當多，
表現得最爲突出的是「集錦小說」。所謂「集錦小說」是指近十人一人接一人
地連續寫一部小說。由於寫，作者只關心怎樣合理地續寫以及怎樣給後續者
增加難度，整篇小說缺乏統一的構思，缺乏合理的佈局，只能胡編亂造，但
是胡編亂造之中卻充滿了遊戲的樂趣。集錦小說在《新聲》上就很多，到《紅》
雜誌和《紅玫瑰》時期，越演越盛。「紅色系列」中另一種遊戲小說是「專號
小說」，即用小說的形式來紀念有意義的日子，如「國恥號」、「國慶號」、「新
年號」、「春季號」、「夏季號」、「倫理號」、「婦女心理號」、「百花生日號」等，
甚至還有「少年恩物號」「因果號」等等。不過，遊戲性卻也常有新創建，例
如俞天憤創作了一篇偵探小說《玫瑰女郎》，這篇小說也就是迎合《紅玫瑰》
雜誌之名而寫的一篇遊戲作品，但是作者爲了趣味性，根據故事情節拍了很
多照片插在小說中。照片拍得並不好，卻開了中國小說配照片排版的先河。

　　清末民初時傳統文學期刊雜誌封面一般是山水畫，取其典雅，而《紅》
雜誌開始到《紅玫瑰》的每一期都是近似漫畫的水粉畫，取其滑稽。刊物欄
目十分繁雜，小說，詩話、筆記、笑話、影評，甚至還有一些科學實驗。有
必要說明的是，刊物編輯的態度都十分認眞，特別是《紅玫瑰》編輯趙苕狂，
幾乎每一篇重要作品之前都有的他的評點和推薦；每一期的後面都有他的《編
輯瑣話》。考慮到《紅玫瑰》的出版週期，僅此一項就可以看出趙苕狂的工作
量了。

二、紫色系列雜誌的「名士作風」

　　「紫色系列」主要有三份雜誌，它們是《半月》、《紫羅蘭》和《紫蘭花
片》。進入 20 世紀以後，書局之間的競爭日趨激烈，老牌的書局商務印書館、
中華書局已經站穩了市場，新近的世界書局和大東書局爲了奪取更多的市場
份額，均採用了利用傳統文學的影響擴大市場份額的營銷手段。這兩個書局

就成爲了當時創辦傳統文學雜誌的主要資助者。世界書局既然創辦了「紅色系列」，大東書局不甘落後，就辦起了「紫色系列」。當時，中華圖書館有一個刊物叫《半月》，1921 年 9 月創刊，半月刊。該刊銷路並太好，大東書局就將其盤了過來，然後將周瘦鵑從《禮拜六》中挖了出來，讓他編輯《半月》。〔註9〕《半月》自第 5 期始被大東書局接編發行，周瘦鵑編輯。到 1925 年 11 月停刊，《半月》共出 4 卷 96 期。此時《紅玫瑰》正在風行之中。大東書局就要求周瘦鵑再辦一個刊物，於是周瘦鵑續辦《紫羅蘭》。《紫羅蘭》仍是半月刊，仍由大東書局發行，創刊於 1925 年 12 月 16 日，到 1930 年 6 月停刊，也出了 4 卷 96 期。《紫蘭花片》是周瘦鵑的個人刊物，月刊，1922 年創刊，1924 年停刊，共出版 24 期。《紫蘭花片》所載作品均爲周瘦鵑個人的譯、著，每期有 30 多篇作品。

與「紅色系列」一樣，「紫色系列」同樣立足於市民階層；與出生於遊戲小報的「紅色系列」不一樣的是，「紫色系列」在追求趣味性和通俗性的同時，還帶有較濃厚的名士作風。與「紅色系列」的作家主要來自於市民社會的草根階層不一樣，「紫色系列」的作家主要來自市民社會的精英階層，或者是飽讀詩書的傳統的知識分子，例如周瘦鵑、包天笑、畢倚虹，或者是留學生，例如徐卓呆。這些人又大多是「南社」中人。因此，「紫色系列」可以說是傳統文學的「精英讀物」。

曾是《禮拜六》的主要作者和編輯之一的周瘦鵑，將《禮拜六》時感時勸俗的主題帶到了他所編輯的刊物之中來了。周瘦鵑晚年在《閒話禮拜六》一文中曾追憶到：「現在讓我來說說當年《禮拜六》的內容，前後共出版二百期中所刊登的創作小說和雜文等等，大抵是暴露社會的黑暗、軍閥的橫暴、家庭的專制、婚姻的不自由等等，不一定都是些鴛鴦蝴蝶派的才子佳人小說，並且我還翻譯過許多西方名家的短篇小說，例如法國大作家巴比斯等的作品，都是很有價值的。其中一部分曾經收入我的《歐美名家短篇小說叢刊》，

〔註9〕 一九一四年六月六日，王鈍根創辦《禮拜六》，至一九一六年四月二十九日，滿一百期停刊。周瘦鵑爲該週刊的臺柱，創作、翻譯小說甚多。可說前百期的《禮拜六》培養了周瘦鵑，也因此讓他走紅文壇；但相對的周瘦鵑也爲前百期的《禮拜六》立下不少的汗馬功勞。他在《禮拜六》上，將托爾斯泰、大仲馬、狄更斯、莫泊桑等世界名作家的短篇小說，介紹給中國讀者。一九一七年他結集出版《歐美名家短篇小說叢刊》（其中包括高爾基作品中最早的中譯）。

意外地獲得了魯迅先生的贊許。總之《禮拜六》雖不曾高談革命，但也並沒有把誨淫誨盜的作品來毒害讀者。至於鴛鴦蝴蝶派和寫四六句的駢儷文章的，那是以《玉梨魂》出名的徐枕亞一派；《禮拜六》派倒是寫不來的。當然，在二百期《禮拜六》中，未始捉不出幾對鴛鴦、幾隻蝴蝶來，但還不至於滿天亂飛，遍地皆是吧？當年的《禮拜六》作者包括我在內，有一個莫大的弱點，就是對於舊社會各方面的黑暗，只知暴露，而不知鬥爭，只有叫喊，而沒有行動。譬如一個醫生，只會開脈案而不會開藥方一樣，所以在文藝領域中，就得不到較高的評」〔註10〕。「紫色系列」的作品大致上分四種類型：一是國難小說，以周瘦鵑的寓言小說《亡國奴家的燕子》最有影響；二是「問題小說」，主要有畢倚虹寫妓女問題的「北里小說」和童養媳問題的「家庭小說」。張舍我的都市傳奇也頗具特色；三是知識分子小說。新文學作家寫知識分子側重於人生價值的失落和追尋、理想道路的構造和幻滅，傳統文學作家寫知識分子側重於諷刺他們的卑劣行徑及精神空虛的人生胡調史。徐卓呆的《小說材料批發所》、汪仲賢的《言情小說家之奇遇》、張秋蟲的《芳時》、《煩悶的安慰》都是很有代表性的作品；四是偵探小說。經過了清末民初大量的翻譯之後，中國的偵探小說進入了創作期。「紫色系列」開設的「偵探之頁」開始刊載中國作家創作的偵探小說。這些偵探小說雖然質量不高，卻是中國作家最早的實驗地。《紫蘭花片》是個人刊物，作品的個性化很強。這份雜誌中最有代表性的小說是《老伶工》，小說明寫老伶工勞作的一生，實寫「文字勞工」的自我，十分感人。

作為了一個名士，周瘦鵑以愛美而出名。他的愛美的風格在刊物裝幀上表現得十分充分。「紫色系列」的裝幀是傳統文學期刊中最具美感的。《半月》是細長型的小 16 開本，《紫羅蘭》先是方型的 20 開本，後是長型的 16 開本，《紫蘭花片》則是 64 開本，只有手掌那麼大。《半月》的封面僅是一幅加色的素描畫，《紫羅蘭》的封面則是一張完整的背景畫，而且每幅畫下都有兩句詩，例如「再三珍重臨行意，只在橫波一轉中」，「低頭只作枯禪坐，莫把雙眸注妾邊」等等，算作是封面畫意題解吧。長型 16 開本的《紫羅蘭》封面更為精緻，封面畫還是時裝仕女，但卻用鏤空的形態表現出來，即第 1 頁將仕女鏤的形態鏤空，第 2 頁插入畫面將仕女的形態從鏤空處露出來。從《半月》

〔註10〕 轉引自蔡登山：《周瘦鵑：一生低首紫羅蘭》，《書城》，2010 年第 2 期，第 53
頁。

到《紫羅蘭》，周瘦鵑對期刊裝幀設計的變化有著明確的設計理念，他說：「《半月》結束，《紫羅蘭》繼起，頗思別出機杼，與讀者相見。版式改爲二十開，爲他雜誌所未有。排法亦力求新穎美觀，隨時插入圖案畫與仕女畫，此係效法歐美雜誌，中國雜誌中未之見也。以卷首銅圖地位，改爲《紫羅蘭》畫報，以作中堅。圖畫與文字並重，以期盡美，此亦從來雜誌中所未有之偉舉，度亦爲讀者所歡迎乎！」〔註11〕《紫羅蘭》一直辦到1930年6月結束，整整四年，九十六期。1943年4月周瘦鵑又復刊《紫羅蘭》，共出18期，至1945年3月結束。張愛玲的《沉香屑：第一爐香》和《沉香屑：第二爐香》便是發表在復刊的《紫羅蘭》的第二期及第三期的。晚年周瘦鵑在《一生低首紫羅蘭》一文中說：「我之與紫羅蘭，不用諱言，自有一段影事，刻骨銘心，達四十餘年之久，還是忘不了，因爲伊人的西名是紫羅蘭，我就把紫羅蘭作爲伊人的象徵，於是我往年所編的雜誌，就定名爲《紫羅蘭》、《紫蘭花片》，我的小品集定名爲《紫蘭芽》、《紫蘭小譜》，我的蘇州園居定名爲『紫蘭小築』，我的書室定名爲『紫羅蘭盒』，更在園子的一角疊石爲臺，定名爲『紫蘭臺』，每當春秋佳日紫羅蘭開放時，我往往癡坐花前，細細領略它的色香；而四十年來牢嵌在心頭眼底的那個亭亭倩影，彷彿就會從花叢中冉冉地湧現出來，給予我以無窮的安慰。……」〔註12〕周瘦鵑的名士作風可見一般。正如本文上文所述，其名士作風也影響到其編輯的《紫羅蘭》雜誌。

〔註11〕 轉引自蔡登山：《周瘦鵑：一生低首紫羅蘭》，《書城》，2010年第2期，第53頁。

〔註12〕 轉引自蔡登山：《周瘦鵑：一生低首紫羅蘭》，《書城》，2010年第2期，第54頁。

第五章 文學廣告視角的報告文學／文學叢書的編輯出版和歌劇創作（1937～1949）

第一節 《中國的一日》編輯出版與文學廣告

《中國的一日》（茅盾主編），上海生活書店發行

本書內分十八篇，計八十餘萬字。在這龐大的數字中，除了特殊「人生」以外，沒有一個社會階層和職業「人生」不佔一位置，也幾乎包含盡了所有文學上的體裁。這書不但可以供中學生大學生作爲進修國文的範本，並可使大眾都有因此認識現實的機會，引起改造現實的動機，勇敢地負起時代的使命！

（原載 1937 年 3 月 10 日出版的《工作與學習叢刊》）

現代中國的總面目

中國的一日

主編茅盾

編輯委員會：王統照、沈茲久、金仲華、柳湜、陶行知、章乃器、張仲實、傅東華、錢亦石、韜奮

全書八十餘萬言，廿三開本八百餘頁

贈送辦法，凡在本月底前定閱《文學》一年（全年三元五角國外加倍）即贈價值一元六角本書一冊，舊定戶續定全年贈特價券一張。以直接向本總店定閱爲有效。

　　特印本，重磅米色道林紙精印皮面燙金精裝只限五百冊售完爲止，二元四角

　　本書共十八編：一、全國鳥瞰；二、南京；三、上海；四、江蘇；五、浙江；六、江西・安徽；七、湖北・湖南；八、北平・天津；九、河北・綏遠・察哈爾；十、「失去的土地」；十一、山東・河南；十二、山西・陝西・甘肅；十三、廣東・福建；十四、廣西・貴州・雲南・四川；十五、「海、陸、空」；十六、僑蹤；十七、一日間的報紙；十八、一日間的娛樂。除第一第十七第十八三編爲富有歷史意義之統計材料，餘十五編皆屬一日間各地各項生活之素描。插圖方面，計有精美木刻七幅及全國各地之風景及生活攝影等八組，現摘錄本書主編茅盾先生序文的一段，以證明本書内容的豐富與人人都有一讀的價值。

　　内容一斑（下列各要目尚不及全書五分之一）

　　蔡元培先生序／關於編輯的經過／全國鳥瞰／一個童子軍教育的工作者／關餉／民衆識字教育會閉幕後之感想／巡捕日記的一頁／被遺忘的人們／看護們／在國恩寺／盜用公款者／女性的彷徨／百貨商店的一日／商品檢驗員的一日／綢廠工人的日記／我是排字學徒／在香煙廠裏／救國的自由／法庭上／「特別留置所」裏／一封從監獄來的信／大家庭中的冤鬼／隊伍開到的一晚／醫務日記／匪警／抽丁／青年微弱喊聲的又一韻／逮捕／慰勞大會／這一日走的私貨／永不能忘記的一晚／悲慘中的一幕喜劇／平凡的荒村生活／晨會訓話速記／修堡速寫／塞外的一日／綏遠的一日／喇嘛／這一日包頭河西的農民／這碗飯眞不容易啊／搶人／這天我在作禁煙論文／也是放賑

（原載 1936 年 8 月 10 日《光明》1 卷 5 期）

《中國的一日》爲茅盾主編的大型報告文學集，由鄒韜奮先生的生活書店出版。臨到出版前夕，廣告在各大報刊多有登載，即便是《光明》各期也不盡相同。對這樣一本書，茅盾只用了一百多字作了凝練的概括介紹：〔註1〕

〔註1〕　范用：《愛看書的廣告》，生活・讀書・新知三聯書店，2004 年 4 月，第 198 頁。

　　　　這裡有富有者的荒淫與享樂，飢餓線上掙扎的大眾，獻身民族
　　　革命的志士，女性的被壓迫與摧殘，落後階層的麻木，宗教迷信的
　　　猖獗，公務人員的腐化，土豪劣紳的橫暴。從本書十八編中所收的
　　　五百篇文章裏面，可以看出中國的一日或不限於此一日的醜惡與聖
　　　潔，光明與黑暗交織成的一個總面目。

聊聊幾筆，文如其書，是舊中國橫斷面的生動寫照。一面是荒淫與無恥，一
面是嚴肅的工作。字裏行間，愛憎分明，寓意深刻。同時，就這幅廣告的編
排來看，書名用陰文鋅版突出，加有書影照片，給讀者以直觀形象，內容說
明採取行列式編排，錯落有致。整幅廣告雖然排得滿滿的，虛實明暗對比之
下，卻不感到沉悶。廣告文字和廣告格調從一個側面也反映出生活書店的風
尚和時代特色。（插圖）《中國的一日》的編輯、出版、成書是一次發動民間
的破天荒徵文的結果，民眾寫，民眾讀，它在「一日間」的限時文體中更強
調出其社會的廣泛性、新聞性和文學性來。

一、《中國的一日》的成書過程及以其為代表的中國報告文學興起的深遠原因

　　　1936 年，茅盾等十一位文化名流模仿當時蘇聯文學活動家高爾基發起的
「世界的一日」的做法，確定展開全國性的徵文。茅盾以「文學社、《中國的
一日》編委會」的名義起草徵稿啟事：

　　　　《中國的一日》意在發現一天之內的中國的全般面目。這預定
　　　的一日是隨便指定的。我們現在指定的日子是「五月二十一日」。

　　　　凡是「五月二十一日」二十四小時內所發生於中國範圍內海陸
　　　空的大小事故和現象，都可以作為本書的材料。這一日的天文，氣
　　　象，政治，外交，社會事件，里巷瑣聞，娛樂節目，人物動態，無
　　　不是本書願意包羅的材料。〔註2〕

　　　　　　　　　　　　　　　　　　　　　1936 年 4 月 27 日上海《大公報》

一個月不到的準備時間，三個多月便編輯出版了包括 4 市、20 省、部分失陷
地區、海陸空軍種、華僑蹤跡等地域的近 500 篇文章，近百萬字的全書。編

〔註2〕　茅盾：《〈中國的一日〉徵稿啟事》，《茅盾全集》第 21 卷「中國文論四集」，
　　　　北京人民文學出版社 1991 年版，109～110 頁。

者在此過程中深感吃驚的是：第一，來稿之踴躍，之眾。到 6 月 10 日左右已收三千篇以上，不下六百萬言。第二，反映地域階層職業之寬，除新疆、青海、西康、西藏、蒙古五個邊遠地區和「僧道妓女」、「跑江湖」等特殊人生外，連南洋、日本的華僑都參與進來。第三，作者人員之廣。原先徵稿的對象預計是「全國的作家，藝術家，各職界的人，學生，電影演員，戲劇演員」〔註3〕，而被來稿大大突破加進了工人、商人、農民、軍警等各類人員，尤其是增加了基層的大眾作者。最後選定篇目的作者比例，竟是「學生的來稿約佔總數百分之三四又九，教員佔百分之一五又五，工人佔百分之一又七，商人佔百分之九，農民佔百分之小數點四，文字生活者佔百分之四又七，其他自由職業，軍警及屬性不明者佔百分之三三又八。」平時不以文字爲生的作者遠遠超過了「文字生活者」，不能不使編者驚呼爲「腦力的總動員」，可見「我們民族的潛蓄的文化的創造力有多麼偉大」！〔註4〕茅盾在孔另境的協助下，經過選之又選，收了 80 萬字，印成精裝一厚冊，到該年 9 月，厚厚的一本《中國的一日》奇跡般面世了。

二、以《中國的一日》爲代表的中國報告文學興起的深遠原因

中國報告文學的興起有著深遠的原因。從 1931 年「9・18」事變和 1932 年「1・28」事變之後，戰爭的「通訊」文體便十分流行，後來人們對「速寫」、「報告文學」這些稱呼都熟悉起來。這種文體又有美國作家裏特的《震撼世界的十天》、捷克作家基希的訪華及他的《秘密的中國》的翻譯傳入作爲契機，讓中國作家得到具體的借鑒。到 1936 年夏衍《包身工》和這本報告文學集《中國的一日》相繼發表的時候，「報告文學」在中國 1930 年代的中期，就此紮下了根底。

從今天的立場去看《中國的一日》，我們會發現它遠比上述廣告詞的概括要豐富複雜。由於各篇報導相對接近事實，它所含有的時代生活容量是相當大的；所擇取的多樣敘述形式，也往往更能傳達出當時人們的普遍心理。這中間，社會名人的報導如黃炎培、陳子展、盧冀野、沈茲九、陳伯吹、陳獨秀、包天笑、韜奮等所寫，反顯得單薄。而工人所寫的紗廠、煤礦、碼頭、

〔註3〕 茅盾：《〈中國的一日〉徵稿啓事》，《茅盾全集》第 21 卷「中國文論四集」，北京人民文學出版社 1991 年版，111 頁。

〔註4〕 茅盾：《關於編輯〈中國的一日〉的經過》，《茅盾全集》第 21 卷「中國文論四集」，北京人民文學出版社 1991 年版，174、169 頁。

築路，農民所寫的催租、械鬥、打饑荒，兵士壯丁寫的營房、出操、清鄉，
囚犯寫的逮捕、監牢、反省院，遊客的影戲、進香、趕會，災民所見的大水、
放賑等，是異常多姿的。這眞實地發揮出報告文學表現「現代中國的一個橫
斷面」的功能，是展現這一時期中國歷史的重要「維度」。「茅盾以《中國的
一日》留下的『一日史』，實際意味著一種歷史的時間維度極端，隨之，其
他歷史維度發生了相應變化：人物維度由社會精英變成了平民百姓，由龐雜
的個體行爲構成無數的社會角色；事件維度由重大社會現象變成了日常生
活，由重複的瑣事敷演爲碌碌的生活影像；空間維度由抽象的全盤世界變成
了具象的生活共同體，通過芸芸眾生的人際關係呈示出鮮活的歷史情境。『一
日史』所凸顯的歷史維度譜系之間，枹鼓相應，以鮮明的平民史觀區別於傳
統的精英史觀，構成史觀維度譜系。歷史維度譜系的所有端緒合成整體的社
會史」〔註5〕。

　　《中國的一日》兼有一日時事的橫截性，與文學生動性的兩面。這些大
部是非文學工作者的執筆人，一旦拿起筆來，本著他們對材料的熟稔程度，
自然進入了文字藝術加工的境地。近 500 篇報告文學中，對話體、自白體的
大量運用，十分顯眼。安徽廣德的汪板奶奶從田裏回來，向兒子說，「老魏的
麥子不要他割」，一屁股坐在小靠椅上，把鐵釘椎樣的小腳拉開來，「他去年
的行租還沒有上齊，田今年也不給他種了」〔註6〕，「鐵釘椎樣的小腳」毫不
損減地主婆「無限的威風」。同樣是面臨著即將失去的土地，無錫的周大老太
彷彿到了末日。據鄉長傳達的「上頭的」法令，近期修築「國防大路」，「預
備著打××人用」，需要徵用她家的田。她不幹了：

　　　　什麼辦法呢，動著田的又不是你一家，也不是鄉長害你們的。」
　　　　「我什麼都不管，我只曉得找飯吃；你們眞要動我這七分二釐
　　　半田，我就撞死在這大樹吧！「我一共只有這七分二釐半飯米田，
　　　要逢到大熟年才夠娘兒倆個吃半年的，現在索性統統給築路築掉
　　　了，叫我們靠什麼去過活？」
　　　　「那有」
　　　周大老太抱緊了頭大哭起來，同時把頭向前一衝，眞的要向沿

〔註5〕　小田：《「一日史」的意義——論歷史維度譜系與整體史》，《河北學刊》，2010
　　　年 11 月，第 59 頁。
〔註6〕　茅盾：《中國的一日》（《第 6 編》）上海：生活書店，1936 年，22～24 頁。

河的大樹上撞。〔註7〕

河北磁縣的《晨會訓話速記》以教員訓話的不可靠敘述人的身份，來談當日政府推行農村義務教育的結果（河北省一年花幾百萬辦短期小學，一個小學一年經費需三四百塊錢）：農民家長認爲讀書塡不飽肚皮，學生紛紛逃學。全篇語氣是這樣的：

> 最後，我總結一下：明天，手臉洗淨，誰沒來把誰弄些來，叫李科長看一看就算。不許光腳，不許傻笑，捉蝨子，啃糠團子，更不許！都不要聽毛金貴娘吳有富爹那種沒學問人的傻話，都要學呂蒙正餓著肚子讀書！聽明白了的舉手！放下！完結！」〔註8〕

當然，《中國的一日》也有缺陷，既然涵蓋中國如此幅員廣大的土地，各省市的經濟、政治、文化發展極不平衡，所能顯示的中國的「眞面目」及由小聚大的中國「總面目」，畢竟有限。但就當時來說已經達到了從未有過的水平，發揮出「報告文學」輕型、快速、具象、生動、貼近人民大眾的作用。《中國的一日》也爲日後報告文學的創作做了準備，留下了經驗，「一日體」的餘波綿延甚長。

三、《中國的一日》與《冀中一日》

《中國的一日》寫作運動也影響到了中國共產黨領導下的抗日民主根據地。1941 年春，晉察冀邊區冀中地區發起了《冀中一日》寫作運動。運動由冀中地區黨政軍領導人程子華、黃敬、呂正操發起，要求以 1941 年 5 月 27 日這一天爲寫作範圍，廣泛動員黨政軍民進行寫作。經過努力，運動共收到稿件五萬多篇，「親自動筆寫稿者近十萬人，包括著幹部、士兵和農民，從上夜校識字班的婦女到四六句文言的老秀才、老士紳，還有老太太口述著找人替寫」〔註9〕，參與的廣泛性是空前的。運動結束後，由王林、孫犁、李英儒等從來稿中選出二百多篇，分四輯石印或油印出版。相對於《中國的一日》，《冀中一日》最大的特點就在於參與的廣泛性。徵稿範圍僅限於冀中地區，就有近十萬人參與，這是難以想像的。更重要的是，下層人民尤其是不通文墨的人民參與寫稿，這在中國歷史上也是罕見的。有感於這場寫作運動的成

〔註7〕 茅盾：《中國的一日》（《第 4 編》）上海：生活書店，1936 年，47～49 頁。

〔註8〕 郭大風（河北磁縣）：《晨會訓話速記》，《中國的一日》茅盾主編，1936 年 9 月上海生活書店版，9～18 頁。

〔註9〕 《孫犁文集》（第四卷），百花文藝出版社，1982 年，第 8 頁。

功，冀中領導人程子華曾有「再來一次」的想法〔註 10〕，呂正操在他的回憶錄中也深情地提及這場運動，稱之爲「一個很了不起的舉動」〔註 11〕。《冀中一日》是一場「名副其實的群眾文藝運動」，同時也是一種具有高度現代性的新寫作。只不過，這裡的現代性不是藝術獨立的審美現代性，而是一種主體啓蒙、自我解放的現代性。在上千年歷史中一直沉默失語的廣大下層勞動者，第一次激揚起表達的熱情，煥發出主體性的光輝。這誠如孫犁所說：「《冀中一日》不能以美學去衡量，不能選擇出多少傑作。其意義並不在此；其意義在於以前從不知筆墨爲何物，文章爲何物的人，今天能夠執筆寫一、二萬字，或千把字的文章了。其意義在於他們能寫文章是與能作戰，能運用民主原則，獲得同時發揮。」〔註 12〕對於《冀中一日》的倡導者來說，這也是一次成功的文化實踐。他們借鑒《世界的一日》和《中國的一日》的先進經驗，把「一日體」的意義發揮到了極致，從而成功地把抗日軍民召喚到民族解放的意義序列中來。在《冀中一日》中，每個人的生存處境和意義在「一日」裏被書寫，進而建構起一個強有力的共同體，反過來也賦予每一個人、每一天、每一件事一種帶有系統性的神聖感。「一日體」的新寫作成爲抗戰語境中寫作的樣本，也成爲民族意識建構的絕好途徑。也正是因爲這場文化實踐的成功，後來中國共產黨領導群眾文藝運動，往往借鑒《冀中一日》的模式，從隨後的《安平一日》、《偉大的兩年間》到後來範圍更大、遍及全國的《大躍進一日》，乃至《紅旗歌謠》、《小靳莊詩歌選》等等，都可看到《冀中一日》的痕跡。不過，《冀中一日》完全沒有必要爲後來的歷史失誤負責。事實上，《冀中一日》儘管帶有濃厚的政治色彩，且經過有力的政治動員，卻很好地把民眾的民主政治激情和黨的引導結合起來，寫出的文章多是發自內心的，很少帶有「粉飾、鋪張、矯揉造作的毛病」〔註 13〕，並且眞正促進了根據地文化建設的健康發展，爲冀中地區培養出了一批土生土長的作家，爲新中國文學做了潛在的鋪墊性的貢獻〔註 14〕。

〔註 10〕 《孫犁文集》（第四卷），百花文藝出版社，1982 年，第 171 頁。

〔註 11〕 轉引自郭志剛、章無忌：《孫犁傳》，北京十月文藝出版社，1990 年，第 143 頁。

〔註 12〕 《孫犁文集》（第四卷），百花文藝出版社，1982 年，第 169 頁。

〔註 13〕 程子華：《冀中一日·題詞》，見《冀中一日》（下集）首頁。

〔註 14〕 王林在《回憶「冀中一日」寫作運動》一文中寫道：「全國解放以後，冀中土生土長的作家陸續出版了十多部長篇小說和更多的短篇小說，不能說與『冀中一日』寫作運動的影響無關。」見《冀中一日》（下集）第 422 頁。

第二節　《晨光文學叢書》的編輯出版與廣告

　　1947 年 5 月出版的《文藝復興》雜誌的封底全頁刊登了由趙家璧主編的「晨光文學叢書」的廣告：廣告最上端簡單介紹了這套叢書出版的基本情況，主體部分介紹了該叢書中已出和將出的 10 本書，俱是名家力作。

　　1947 年 5 月 1 日，《文藝復興》3 卷 3 期

　　趙家璧主編《晨光文學叢書》

　　本叢書創刊以來，已在國內出版界中別樹一幟，不但選稿精良，本本俱屬名家名作，且裝幀美觀，印刷上乘，開本一律，極宜收藏。第一期新書五種，均已售罄再版，第二期新書最近出版，第四期新書已在印刷編輯中。自後按月有新書出版，愛好文藝讀者，請隨時注意本叢書廣告。

　　晨光讀書會，八折優待，另贈新書

　　巴金《寒夜》長篇小說

　　這是作者最近脫稿的長篇小說，曾在上海《文藝復興》連續刊載，極得讀者的好評。作者用樸素無華的筆，寫湘桂戰爭高潮時，重慶山城中幾個渺小人物的平凡故事。雖然沒有壯烈的犧牲，熱鬧的場面，卻吐露了平凡人的願望，痛苦和哀愁。愛讀巴金作品的人，這部近作不能錯過。

　　370 頁，17000 元

　　錢鍾書《圍城》長篇小說

　　這部長篇小說去年在《文藝復興》連載時，立刻引起廣大的注意和愛好。人物和對話的生動，心理描寫的細膩，人情世態觀察的深刻，由作者那枝特具的清新辛辣的文筆，寫得飽滿而妥適。零星片段，充滿了機智和幽默，而整篇小說的氣氛卻是悲涼而又憤鬱。故事的引人入勝，每個《文藝復興》的讀者都能作證的。

　　490 頁，20000 元

徐志摩《志摩日記》未發表遺作

徐志摩生前所寫未發表的日記兩部（西湖日記）和（眉軒瑣語），
由陸小曼女士編輯發表，另附畫輯三十餘頁，銅圖彩色精印，均屬
作者生前友好和太戈爾，胡適，聞一多，楊杏佛等二十餘人親筆所
作之詩辭及圖畫。眞跡製版，名貴異常，《愛眉小箚》亦包含在本書
之內。

精印一厚冊。

240 頁，11000 元

老舍《微神集》短篇小說集

老舍生平所作短篇散見於各刊物及結集中。本書是他自選的短
篇集之一。他在序中說：「以前所寫的短篇中，有許多篇根本要不得，
現在，晨光出版公司要印我的全集，我想，我應當挑選一下，把值
得留下的留下，不值得留下的刪去，使讀者不至於多買壞東西……
『這是全集中的第一個短篇集，取名』微神集」。

310 頁，14000 元

王西彥《村野戀人》長篇小說

這是抗戰期間發生於湘南一個小鄉村中二對兄妹的戀愛故事，
作者把它安置在一個神秘的氛圍中，故事進行得迂迴曲折，讀之令
人神往；而農民性的愛和恨，在作者的筆底下更發揮無餘。二十餘
萬字長篇小說，最新出版。

320 頁，11000 元

老舍《惶惑》長篇小說

這是四世同堂的第一部，以陷落後北平城的一角——小羊圈裏
面各種人物的動態作中心，寫祁老人一家祖孫父子四代人物在這個
大時代的動亂中如何各自抱定各自的生活態度去應付這個偉大的民
族戰爭的故事。《惶惑》自北平淪陷寫起到南京失守爲止。上下二冊。
出版售罄，再版出書。

620 頁，二冊 22500 元

老舍《偷生》長篇小說

這是繼《惶惑》後《四世同堂》的第二部，故事向前進展，廣州陷落，武漢撤退，華北被敵人視爲一把拿定的苦難日子中，祁老人一家和他的鄰居們遭遇了更慘酷的命運，國內各報一致評論本書爲抗戰以來一部最偉大的文藝作品。分釘上下二冊，初版本已全部售罄，

730 頁，二冊 25000 元

老舍《饑荒》長篇小說

《四世同堂》是一部中國文學史上空前未有的大長篇。分一百章，三大部。第一部《惶惑》容納三十四章，第二部《偷生》納三十三章，最後一部《饑荒》也是三十三章，每章約一萬字，所以全書共一百萬字。第一二部出版後，國內論壇一致推崇。最後一部的《饑荒》已由作者在美國完成中。即將由本公司出版。

預告

師陀《結婚》長篇小說

這部長篇小說，曾連續刊載於上海文匯報上，讀者一致推崇，單行本發行權已由本公司獲得。已開始排印，短期內即可出版。作者過去曾用「蘆焚」筆名寫過許多散文和小說，抗戰後期和勝利後，著有《果園城記》及《夜店》等，銷行極廣。本書是作者最近脫筆的二十萬字長篇小說。

預告

巴金《第四病室》長篇小說

這是一部病中日記，寫一個病人在內地某醫院中所過十天的病院生活。他在這個人類受苦，掙扎，死亡的暗角裏，發見了偉大的友情，友情不但在這裡生長，並且把陰暗的病室也照亮了。作者用了一種新穎的手法安排故事，對話生動簡潔，故事引人入勝，是勝利後作者的第一部長篇。初版本早已售罄，再版本出書。

370 頁，13000 元

開首的兩本——巴金的《寒夜》和錢鍾書的《圍城》都是先在《文藝復興》
雜誌上連載，再集結成書的。廣告撰寫者顯然將登載廣告的雜誌本身納入了
廣告詞的設計之中，考慮到廣告的讀者必然首先是《文藝復興》的讀者。因
此，在推介巴金的《寒夜》時，點明「曾在上海《文藝復興》連續刊載，極
得讀者的好評」；推介錢鍾書的《圍城》時，不單指出：「這部長篇小說去年
在《文藝復興》連載時，立刻引起廣大的注意和愛好」，更是充滿自信地讓所
有《文藝復興》的讀者也是這則廣告的讀者為之作證：「故事的引人入勝，每
個《文藝復興》的讀者都能作證的」。從廣告撰寫者對於該叢書出版情況以及
對這些作家作品的熟稔程度，人們大可揣測撰寫者就是主編趙家璧本人。即
使撇開對叢書以及作品的種種讚譽，在當時的文學出版界，編輯「趙家璧」
本身就是一個保證、一個招牌。作為中國現代編輯出版史上的著名編輯，趙
家璧先生的大名已隨著他主編的《良友文學叢書》、《中國新文學大系》、《晨
光文學叢書》等永載史冊。在漫長的編輯生涯中，趙家璧先生在重視選題、
組稿等工作的同時，對圖書宣傳工作同樣給予了足夠的重視。圖書宣傳能擴
大圖書的影響，使讀者瞭解出版信息，提高出版社的知名度，增加圖書的銷
量。魯迅先生曾說：「書的銷場，和推銷法實是大有關係的……」〔註15〕從事
過出版工作的魯迅，深諳圖書宣傳工作的重要性。趙家璧先生在回憶錄中曾
說：「也許和我中學時代擔任總編輯的校刊《晨曦》季刊時兼任該刊廣告主任
有關，這一經歷使那個校刊，既能用高級道林紙印刷，在當時各校校刊中具
有自己的特色，又能靠廣告收入使校刊收支平衡。這一早期的經驗，才把我
培養成長大了能懂得廣告的重要意義和作用的一個編輯」。〔註16〕民國時期，
由於通訊、交通事業的不發達，出版社的圖書不能及時地傳送到讀者的手中。
圖書廣告有助於溝通讀者與出版社的聯繫，保證圖書發行渠道的暢通。這一
時期，出版社之間的競爭也相當厲害，只有以一定的宣傳手段，大力推銷本
版圖書，才能在出版界站穩腳跟。趙家璧曾兼管他所編的出版物在社內外報
刊上的廣告設計和內容介紹等，在圖書宣傳方面積累了豐富的經驗。趙家璧
的女兒趙修慧回憶說是「父親是中國出版史上值得記憶的一個編輯。他踏入

〔註15〕魯迅：《1934年7月17日致吳渤信》，見人民文學出版社編輯部編，《魯迅書
信集》，人民文學出版社，1976年，第600頁。
〔註16〕趙家璧：《編輯生涯憶茅盾》，見趙家璧：《文壇故舊錄》，三聯書店，1991年，
第56～57頁。

編輯行列時年紀比較小，不到 30 歲就達到了自己事業上的第一個高峰。他聯繫作家的面比較廣……他喜歡編成套的書，在他編輯的書籍中，許多已成爲可以傳世的長命書」。1928 年，在上海光華大學讀書的年僅 20 歲的趙家璧，受上海良友圖書公司老闆伍聯德之邀，主編《中國學生》雜誌，以半工半讀的形式跨入編輯行列；1931 年，身爲大四學生的他開始主編綜合性的「一角叢書」，該叢書皆爲六十四開袖珍本，售價一角，方便攜帶，投放市場後廣受歡迎。1932 年，大學畢業的趙家璧正式成爲良友圖書公司文藝部主任，他開始策劃編輯《良友文學叢書》，志在收集國內一流作家新作，予以精良裝幀，皆用三十二開米色道林紙，軟布面精裝，售價一律九角，各書循序編號。1933年 1 月，由魯迅編譯的《豎琴》作爲《良友文學叢書》第一種出版，在打響了第一炮後，巴金的《愛情三部曲》、張天翼的《一天》等優秀小說也緊隨其後，紛紛問世。而年輕編輯趙家璧最爲人稱道且在中國現代文學史上影響深遠的，當屬組織編選《中國新文學大系》（1917～1927）。他敏銳地意識到新文學發展至當時有著整理和總結的必要，在徵求了鄭伯奇、阿英、茅盾和施蟄存等人的意見並得到他們的支持後，他約請胡適、鄭振鐸、茅盾、魯迅、鄭伯奇、郁達夫、周作人、朱自清、洪深、阿英 10 位名家擔當編選並寫導言，又請蔡元培撰寫總序，從而催生了《中國新文學大系》這一堪稱新文學奠基期的總結性巨著，到 1936 年 4 月阿英編選的《史料·索引》出版，《大系》10 本全數問世，此時的趙家璧還不滿 30 歲。之所以選擇《晨光文學叢書》的廣告宣傳而不是《良友文學叢書》、《中國新文學大系》的廣告宣傳作爲本文的研究對象，一方面的原因是對《良友文學叢書》、《中國新文學大系》廣告宣傳進行研究的論文已經有一些了，而對《晨光文學叢書》廣告宣傳的研究文章則是空白；更重要的是，「良友」與「晨光」之間，不但隔著那艱苦卓絕的抗日戰爭，還隔著回看蒼茫的人世浮沉。1937 年「八·一三」事變，良友圖書公司遭日軍炮轟火燒，損毀嚴重，後又經幾番掙扎，最終在 1942 年 4 月宣佈停業。戰爭期間的良友公司曾在桂林、重慶兩度復興，趙家璧也隨之輾轉於桂渝兩地。戰爭結束後的 1946 年，趙家璧回到上海，卻因良友圖書公司內部人事問題，不得不離開工作了二十多年的公司。所幸文學仍在，同道與信念仍在，「是年三月間，老舍從重慶來到上海，準備到美國去。他知道我和良友的情況後，對我非常同情，鼓勵我對出版事業不要灰心，並自動提出如在美國能拿到《駱駝樣子》的版稅一定把錢彙給我，讓我自己創辦一個出版

社。如能成功，他的全集出版計劃也可實現」。老舍和趙家璧相約「以誠相見」，在 1946 年 10 月，共同創立「晨光出版公司」。「晨光文學叢書」廣告上那隻昂首的雄雞是該公司的標誌，而這套幾乎與公司同步誕生的叢書也無疑是該公司的啼聲初唱。1946 年 11 月，老舍創作的《惶惑》（《四世同堂第一部》上下冊和《偷生》（四世同堂第二部）上下冊以及巴金的《寒夜》、《第四病室》四部小說，作爲「晨光文學叢書」的第一批新書問世，隨即獲得文學愛好者的青睞，也爲這個新的出版公司打開了局面。叢書一版再版，這樣的信息亦可從廣告上「出版售罄，再版出書」、「初版本已全部售罄」等句中讀出來。

　　本文從趙家璧所擬的、刊載在 1947 年 5 月 1 日《文藝復興》3 卷 3 期的《晨光文學叢書》的廣告入手，分析文學廣告與叢書成書過程，並將《晨光文學叢書》廣告宣傳與之前的《一角叢書》、《良友文學叢書》、《中國新文學大系》的廣告宣傳放在比較研究的視野中，分析現代文學與現代出版、市場、現代學術之間的關係。

一、善於利用包括雜誌在內的多種媒介進行廣泛宣傳

　　趙家璧先生對圖書宣傳的正確認識，使他在成爲一個編輯出版工作者後，善於利用多種媒介進行圖書宣傳，從而造成浩大聲勢，擴大本版圖書的影響。

1、利用報紙

　　報紙具有刊期短、印數多、出版快、讀者廣泛、穩定等特點。利用它進行圖書宣傳，能迅速將出版消息傳送到讀者的手中。民國時期，上海最有名的報紙便是《申報》。它歷史悠久（創刊於 1872 年 4 月），影響廣泛（立足上海，面向全國，遠銷北京、天津、福州、廣州、長沙、四川、香港等地），發行量大（1932 年銷數達到 15 萬份）〔註 17〕。當時，商務、中華等大書局，均在《申報》上大量刊登廣告，宣傳本版圖書。良友圖書印刷公司也不示弱。趙家璧早期主編的《一角叢書》開始問世後，便陸續在《申報》上刊登有關該叢書出版消息的廣告：「中國出版界前所未有，定期出版售價低廉之名貴叢書趙家璧主編一角叢書」（1931 年 9 月 20 日）；「趙家璧主編一角叢書，最近出版新書五種」（1932 年 1 月 25 日）；「趙家璧主編一角叢書，第二輯完全出

〔註 17〕　張宛：《申報》，見中國大百科全書出版社編輯部編，《中國大百科全書‧新聞出版》，中國大百科全書出版社，1990 年，第 259 頁。

齊」（1932 年 4 月 14 日）；「趙家璧主編一角叢書已出三十種」（1932 年 6 月 15 日）；「趙家璧主編一角叢書新書四種」（1932 年 7 月 29 日）；「良友一角叢書第二年最近新書」（1933 年 3 月 31 日）等。《良友文學叢書》問世後，趙家璧同樣利用《申報》廣為宣傳。1933 年 2 月 19 日的《申報》刊登了「良友文學叢書，趙家璧主編」的廣告，列出了魯迅編譯的《豎琴》、巴金創作的《雨》、何家槐創作的《暖昧》等的內容簡介，並對將出的圖書作了預告。1933 年 4 月 8 日的《申報》，對魯迅編譯、列入《良友文學叢書》之 4 的《一天的工作》做了介紹，同時在其下面附帶介紹了魯迅編譯的作為《良友文學叢書》之 1 的《豎琴》。1934 年 4 月 29 日的《申報》，介紹了列入《良友文學叢書》之 5 的張天翼作的《一年》，並列出了已出四種的書目。1933 年 5 月 25 日的《申報》，對列入《良友文學叢書》之 6 的蓬子創作《剪影集》作了介紹，同時又將已出 5 種的書目介紹了出來。趙家璧推出《中國新文學大系》時，更是在《申報》上大量刊載廣告。1935 年 3 月 8 日、3 月 18 日、4 月 1 日、4 月 8 日、5 月 6 日的《申報》，都用較大的篇幅刊登了《中國新文學大系》出版、發售預約的消息。1935 年 5 月 15 日，《中國新文學大系·小說一集》提前出版，當天的《申報》便刊登了這一消息，並刊出了「預約延期一月」的啟事，繼續大力宣傳《中國新文學大系》。1935 年 10 月 9 日、11 月 17 日、1936 年 1 月 27 日的《申報》刊登了《中國新文學大系》發售特價普及本的消息，1936 年 5 月 23 日的《申報》又刊登了《中國新文學大系》普及本三版出書的消息。《蘇聯版畫集》、《良友文學叢書特大本》出版時也都在《申報》上刊登過出版消息。此外，上海的《時事新報》等報紙也刊登過良友版圖書的出版消息。

2、利用期刊

期刊對象固定，具有閱讀與保存期長、刊期連續而固定、提供專門知識的特點。利用期刊刊登圖書宣傳廣告，選擇性強，宣傳效率高，能對讀者產生較深的印象和影響。30 年代，良友圖書印刷公司除擁有《良友》畫報外，還曾出版過林語堂主編的《人間世》，巴金、靳以合編的《文季月刊》等。趙家璧充分利用這些刊物的封二、封三、封四和插頁，對他主編的文藝圖書廣為宣傳。

《良友》畫報創刊於 1926 年，是中國出版史上歷史較久的大型綜合性畫報。當時的《良友》畫報月銷量已達 4 萬多份，除風靡上海及附近地區外，還行銷重慶、桂林、昆明等地，遠銷港澳與東南亞地區，在國內外具有較大

的影響。1931 年 9 月，《一角叢書》剛問世，當月出版的第 61 期《良友》畫
報便刊登了《一角叢書》的書目，還配以「我們為什麼出版定期叢書呢？」
的說明。在第 62 期《良友》的封二，刊登了最初出版的《一角叢書》的書影
和預告書。此後，幾乎每期《良友》都有《一角叢書》出版消息的廣告。趙
家璧先生編輯的《良友文學叢書》、《木刻連環畫故事》、《中國新文學大系（1917
～1927）》、《愛眉小箚》影印本、《良友文學叢書特大本》、《蘇聯版畫集》、《中
篇創作新集》、《二十人所選短篇佳作集》、《世界短篇小說大系》、《中國版畫
史》等均在《良友》畫報上刊登過宣傳廣告。林語堂主編的《人間世》（1934
年 4 月創刊，1935 年底停刊）是一本小品文刊物，巴金、靳以主編的《文季
月刊》是一本文學刊物。趙家璧同樣在這些刊物的封二、封三、封四刊登圖
書廣告，宣傳良友出版的文藝圖書。《中國新文學大系》出版時，趙家璧先生
還將《編輯中國新文學大系的緣起》、《中國新文學大系總序節要》和十篇《編
選感想》、《全國名流學者對中國新文學大系之評語摘錄》、「預約通知單」、「價
格」等用 8 開綠色紙、黑色油墨兩面印刷，夾在《人間世》第 24 期（1935 年
3 月 20 日出版）目錄的前面，隨雜誌一起送給讀者。1935 年 5 月 20 日出版
的《人間世》第 28 期的目錄前又夾上了用 8 開白紙、紅色油墨兩面印刷的《中
國新文學大系》宣傳廣告。該廣告的正面對《中國新文學大系》的總體特點
作了介紹，並印上了「本志編者林語堂先生對於本書之推薦」的手跡、《中國
新文學大系》的書影和預約延期一月的啟事；反面是「全國輿論界對本書一
致推薦贊揚的好評」摘錄以及《小說一集》提前出書的廣告和「該集要目」。

3、利用圖書正文後的附頁

利用圖書正文後附頁形成的書後廣告，有助於讀者瞭解本版圖書的出版
情況，尤其是對叢書而言，更能給讀者一個完整系統的出版消息。由於圖書
的讀者對象固定，因而書後廣告更是針對性強，有的放矢。《良友文學叢書》
中的每本書後幾乎都有該叢書中已出的圖書廣告。如《良友文學叢書》第 13
種張天翼作的《移行》書後，將已出的《良友文學叢書》第 1～12 種中的每
種用 1 頁的篇幅介紹該書的書名、作者、內容簡介，並說明該書的頁碼和印
刷、裝訂上的特點，同時標明出版時間。巴金的《霧》（良友文學叢書第 22
種）的正文後，用一張表格，列出了《良友文學叢書》第 1～20 種的作者與
書名，並標明「布面精裝，一律九角」。1937 年「良友」出版的《二十人所選
短篇佳作集》書後，用 60 頁的篇幅刊登了 120 種良友版文藝圖書的內容簡介。

《良友文學叢書特大本》中的《愛情三部曲》書後，列出了《良友文學叢書》第 1 至第 34 種的作者、書名和內容簡介；《從文小說習作選》後，列出了《良友文學叢書》第 1 至第 24 種的作者、書名和內容簡介，並特別介紹了特大本中的《愛情三部曲》。《晨光文學叢書》的書後同樣附有介紹該叢書的廣告。如《貓城記》（《晨光文學叢書》第 14 種）、《趙子曰》（《晨光文學叢書》第 6 種）、《火葬》（《晨光文學叢書》第 23 種）等第三版的書後，均列出了《晨光文學叢書》第 1～30 種的作者、書名、體裁、頁碼和定價以及《晨光世界文學叢書》的書名、原作者、譯者、體裁、定價。在《晨光文學叢書》的廣告上還有這樣的說明：「本叢書已出版文藝巨著約 30 餘種。作者都是國內一流作家，包括長篇小說、短篇小說、散文、劇本等，內以長篇小說居多。各書銷行遐邇，好評遍見各大權威報章雜誌。本叢書 36 開本，封面裝幀悅目大方，編排印刷清晰可觀，裝訂一律，集成一套，整齊美觀。平均每月均有新書一、二種出版，愛好文藝作品讀者，請隨時注意新書廣告」。《晨光世界文學叢書》的廣告上也配有：「已出十八種，新書續有發行」的說明。這些書末廣告，對於讀過這些書的人起到了介紹整部叢書和本版圖書的作用。

4、發售樣本

樣本有助於讀者暸解該書內容和形式上的特點，起到管中窺豹的作用。當時上海的出版界出版重點圖書時，均發行樣本，廣為宣傳。為了搞承中國新文學大系》的銷售工作，趙家璧也編成了《中國新文學大系》的宣傳樣本。《大系樣本》共 40 餘頁，書前冠有趙家璧所撰的《編輯中國新文學大系緣起》一文，指出了編輯的意義和該書十大分卷的內容。接下來《樣本》用兩個版面，影印了蔡元培《總序節要》手跡，各用 1 頁影印了 10 位編選者的《編選感想》、編選者的近影和該集的內容簡介。在該《樣本》中，趙家璧還請文藝界的知名人士冰心、葉聖陶、林語堂等為《中國新文學大系》的出版說幾句話，作為該書具有重要價值的明證，也用手跡製版。《樣本》中還有書影、預約辦法和預約單。各大報刊在刊登《中國新文學大系》出版廣告時，均標出了「精美樣本，函索附郵五分」的說明。1935 年 9 月，為了照顧貧寒學子的需要，《中國新文學大系》加印白報紙紙面精裝普及本 2 千部。為了推銷這套普及本，趙家璧又編了一本《中國新文學大系三版本樣本》。在這個厚 60 頁的《樣本》中，趙家璧除分別介紹了 10 冊的內容外，又將當時《申報》、《大公報》等全國各地 7 種大報對該書的評語摘編為 4 頁，形成「輿論界之好評

摘錄」，以吸引讀者。爲了供預約者了觧《中國新文學大系》的具體內容，趙家璧又用 25 頁的篇幅，把前 9 卷的全部目錄編列了進去。1940 年，趙家璧協助鄭振鐸先生編輯出版了《中國版畫史》。該書共分 24 卷，其中正文 4 卷，圖 20 卷，分成 6 函，每 4 卷爲 1 輯，分 6 次出齊。爲了便於讀者瞭解該書的全貌，趙家璧又編成了精美樣本一冊。該《樣本》採用宣紙印刷，內容包括刊印經過、總目、各冊內容提要和占 24 頁的一篇長序，後附編例及引用書目，外加圖錄正文單色樣張 5 頁，彩色樣張 2 頁。爲了吸引國外讀者，樣本又用 5 頁的篇幅，用英文介紹了該書。

二、配有書影，廣告內容直觀性強且強調連續性

　　書影有助於讀者辨別該版圖書，作者頭像有助於讀者對作者的瞭解，作品選登則起到了介紹該書內容的作用。《一角叢書》第一輯剛問世時，趙家璧便在第 62 期《良友》畫報的封二刊登了《瀋陽事件》、《今日四大思想家信仰之自述》、《不開花的春天》、《史太林傳》、《生命知識一瞥》、《被當作消遣品的男子》等 6 本書的書影，並說明《一角叢書》的特點，以供讀者識別。《良友文學叢書》、《中國新文學大系》、《二十人所選短篇佳作集》、《良友文學叢書特大本》問世時，宣傳廣告中均刊登過書影。《良友文學叢書》出版過程中，趙家璧在《申報》、《良友》畫報、《人間世》等報刊上刊登的宣傳廣告上，總是列出作者的肖像，以幫助讀者瞭解作者。有時爲了加強宣傳的需要，還刊登作者的大幅照片，以加深讀者的印象。如 1934 年 9 月的第 94 期《良友》封四在刊登丁玲的《母親》、沈從文的《記丁玲》、老舍的《趕集》等書的出版消息時，便同時刊登了反映丁玲生活的大幅照片和老舍訪問「良友」時的大幅照片。《良友》畫報第 110 期（1935 年 10 月 15 日出版）、《人間世》第 38 期（1935 年 10 月 20 日出版）在刊登淩叔華的《小哥兒倆》的出版消息時，均刊登了淩叔華女士的生活近影。《木刻連環圖畫故事》的出版廣告中，選刊了其中的圖畫作品，起到了很好的介紹作用。書名有時不能準確地反映圖書的內容，尤其是文學圖書，書名大都帶有強烈的文學色彩。如果圖書廣告僅僅列出書名、作者，讀者往往對該書瞭解不夠。恰當的內容簡介，能使讀者對該書有一個較明確的印象。趙家璧先生在圖書宣傳過程中，特別重視內容簡介的撰寫，幾乎每個圖書宣傳廣告都有內容簡介。《一角叢書》中的《瀋陽事件》出版時，趙家璧撰寫了如下的簡介：「把三四日前發生的暴日侵佔瀋陽

事件，以一位修養有素而有獨到見解的政治專家（作者爲《新月》雜誌總編輯）之目光，批評政府當局對此事應負的責任和國民應取的態度。」（《一角叢書》廣告，見《申報》，1931.9.25）對於渴望瞭解「九一八」事變眞相的人來說，該簡介對書的銷售起到了極大的推動作用。何思敬的《第二次世界大戰》出版時，趙家璧撰寫的簡介是：「以社會經濟學家的目光從這次中日事件預測二次大戰的雙方陣線和必然結果」（《一角叢書》廣告，見《申報》，1932.6.15）爲林柏修《美俄會聯合戰日否？》出版時撰寫的簡介是：「替熱心的讀者解決一個重要的問題，在這本書裏我們知道日美、俄美、日俄的各種關係」等等（《一角叢書》廣告，見《申報》，1932.6.15），都有很強的鼓動性。《良友文學叢書》中的每一種書出版時，趙家璧都爲他們撰寫了簡介。如稱沈從文著的《記丁玲》是「從丁玲的故鄉和她的父母寫起，作者特有的那枝生花妙筆，把一個衝破了舊家庭束縛到大都市裏來追求光明的新女性，活現在讀者的眼前，是中國新文藝運動以來的第一部最完美的傳記文學」〔註18〕；稱老舍的《離婚》是「在獨創的風格裏，蘊蓄著豐富的幽默味。本書都十六萬言，作者自己在信上說過『比貓城記強的多，緊練處更非二馬等所能及』，全書最近脫稿，從未發表，是 1933 年中國文壇上之一大貢獻」〔註19〕等均起到了很好的說明、介紹作用。

在設計圖書廣告時，趙家璧還特別重視這些圖書的前後連貫性。由於《一角叢書》、《良友文學叢書》、《晨光文學叢書》等均是連續出版物，爲了讓讀者有一個系統的印象，趙家璧在設計圖書廣告時，一直以最近出版的圖書爲主，順帶介紹在這之前出版的圖書。如 1932 年 4 月 14 日的《申報》在介紹《一角叢書》第二輯時，在其下列出了第一輯書目。1932 年 6 月 15 日、7 月 29 日的《申報》，除介紹《一角叢書》新出的幾種書名、作者、內容外，特別標出「已出三十種」，「詳細目錄，函索即寄」。《良友文學叢書》、《晨光文學叢書》等出版時，趙家璧設計的圖書廣告，在介紹每本新的圖書時，也總是列出在該書以前出版的圖書書目。如 1933 年 10 月 8 日的《申報》在介紹《良友文學叢書》之 8 老舍的《離婚》時，列出了該叢書已出的第 1～7 種書目、作者。《人間世》第 42 期在介紹巴金的《電》（《良友文學叢書》之 17）和侍桁著的《參差集》（《良友文學叢書》之 18）時，列出了該叢書第 1～18 種的

〔註18〕 《良友文學叢書》廣告，見《良友》1934.9（94）封四。
〔註19〕 《良友文學叢書》廣告，見《良友》1933.10（81）封二。

詳細書目。1935 年 10 月出版的《良友》第 110 期和《人間世》第 38 期在介紹淩叔華的《小哥兒倆》（《良友文學叢書》之 20）時，也列出了該叢書第 1～20 種的書目。在書末的廣告也同樣如此。《良友文學叢書》之 9 的《善女人行品》書後廣告，列出了該叢書第 1～8 種的目錄。《良友文學叢書》之 15 的靳以的《蟲蝕》書後，便列出了該叢書第 1～14 種的目錄。《晨光文學叢書》之 14 的《貓城記》後，也有已出的《晨光文學叢書》書目和《晨光世界文學叢書》書目。

三、廣告中善於利用他人評論

　　好的廣告語言能起到吸引讀者注意、過目不忘的作用。趙家璧在設計圖書廣告過程中，認眞錘鍊廣告語言，從而達到了較好的宣傳效果。早期的《一角叢書》出版時，趙家璧在 1931 年 9 月 20 日的《申報》和 1931 年 9 月出版的《良友》61 期上以「中國出版界前所未有定期出版售價低廉之名貴叢書」爲題進行宣傳，突出《一角叢書》的性質。爲吸引讀者的注意，每次廣告大都變換語言，既有「課餘飯後的智囊、文字簡短而精幹、攜帶便當袖珍本」（《一角叢書》廣告，見《良友》，1931.10（62））的說明，又有「最高的作品，最低的售價」（《一角叢書》廣告，見《良友》，1932.8（68））等描述。《良友文學叢書》出版後，1933 年 4 月 29 日的《申報》所刊的廣告用語是：「所選作家都是文壇上第一流人物！所選作品每冊都有它永久的價值！裝訂印刷足以和歐美文壇書比美！定價一律開我國出版界之新紀元！」1936 年 1 月出版的《良友》第 113 期的廣告用語又是：「是輝煌中國文壇之前導的火炬！是衝破全出版界之沉寂的巨雷！」、「今日中國文藝出版界中歷史最久、編選最精、裝訂最美、銷路最廣、聲譽最佳、售價最廉的文藝叢書」。

　　1953 年 5 月，晨光出版公司正式結束，趙家璧加入上海人民美術出版社工作。他將自己解放前的編輯工作分爲「良友」與「晨光」兩個時期，而這套《晨光文學叢書》無疑是他後一個時期的心血與成就所在了。其「主動編輯」的工作理念，是的編輯工作不僅是「爲他人作嫁衣裳」，而確實成爲一種從無到有的創造性勞動。中國現代文學發展進程中，編輯與作者之間的聯繫與互動還有許多細節值得去考證和探究，這對於理解文學和文學史都是不無裨益的。

第三節　歌劇《白毛女》的創作演出與廣告

一、《解放日報》的「冷處理」與《白毛女》創作、演出的複雜過程

> 魯藝工作團演出《白毛女》
>
> 〔本報訊〕魯藝工作團經多次修改數月排演之歌舞劇《白毛女》已開始演出。該劇係根據晉察冀民間傳說寫成。……聞魯藝戲劇工作團應各方觀眾要求，將在八路軍大禮堂、棗園、邊區參議會大禮堂等處繼續演出。
>
> （《解放日報》1945 年 6 月 10 日第 2 版）

1945 年 4 月 28 日，《白毛女》劇組人員為中國共產黨的「七大」代表舉行了首次獻禮演出。《白毛女》是延安魯迅藝術文學院（簡稱「魯藝」）集體創作和演出的歌劇，是民族新歌劇的奠基之作。但在演出之後，延安主流媒體並沒有給以人們想像中的及時而熱情的報導，上述報導算是《解放日報》最早刊發的演出消息，時間是 6 月 10 日，距離首場演出將近一個半月，也適逢「七大」閉幕的前一天。《解放日報》的這種冷處理，究其原因頗為複雜，但在很大程度上表明：《白毛女》的創作和演出均經歷了一個較為複雜的過程。

《白毛女》是在「白毛仙姑」這一民間故事基礎上創作而成。1940 年代初，在河北西北部山區盛傳著「白毛仙姑」的故事，據說是有真人真事為依據的，周而復對這個傳說做了如下說明：「《白毛女》這故事是發生在河北省阜平縣黃家溝，當時黃世仁的父親黃大德還活著，父子對喜兒都有心思，雙方爭風吃醋，生了仇恨。父子兩個都爭著使喚喜兒，使喜兒接近自己。一次為了爭著使喚喜兒，父親用煙杆打兒子，兒子正在用菜刀切梨，順手用刀一擋，不偏不倚，一刀砍在父親的頸子上，斷了氣。母子私下商量，要嫁禍於喜兒，說喜兒謀害黃大德。」〔註20〕1942 年，在冀中軍區後勤文工隊工作的任萍，帶來了他所聽到的有關「白毛女」的原初故事：「說的是一個地主，前兩房妻妾都不生養兒子，他又娶了第三房。一年後，這第三房生的還是女孩。地主大怒，就將母女趕出了家門。從此，這女子帶著女兒，住山洞、吃野果，

〔註20〕周而復：《談〈白毛女〉的劇本及演出》，見《新的起點》，群眾出版社 1949 年版，第 113 頁。

長時間不食人間煙火，滿頭長髮都變白了。開始躲在深山不敢出來，後來爲了活命和養活女兒，逢年過節就到廟裏偷貢品。有一次被上香的人撞見，奉爲『白毛仙姑』，香火盛極一時。八路軍來後，才把她從山洞裏解救出來。」〔註21〕再後來，曾任歌劇《白毛女》導演的王濱，也談到他聽到的有關白毛女的故事，和任萍的講述較爲相似，但細節上有差異：「那個地主是藉口老婆不能生兒育女而姦污了年輕的丫頭，許諾若生了男孩就納丫頭爲妾，可是降生的恰恰是個女孩，便將她趕出門去，她只好鑽進山裏靠吃山棗活著，並把孩子養大。因爲不吃鹽長了一身白毛，後來八路軍從那裏經過時把她救出，她的頭髮也漸漸變黑，結了婚，還當上了某地的福利部長。」〔註22〕

　　上述這些有關「白毛女」（或「白毛仙姑」）的傳奇故事，儘管看起來不盡相同，但如果我們將人物角色根據其在故事中的功能加以抽象化，並以因果句式進行描述的話，則一個被隱藏的故事模式便浮現出來。〔註23〕普洛普關於俄羅斯民間故事的研究中，在考察傳統的敘事母題（如俄羅斯民間故事中的「三兄弟」母題、「護身符」母題、「與毒龍搏鬥的英雄」母題）的基礎上，提出了「功能」這一重要概念。他認爲民間故事常常將同一行動分配給各種各樣的人物，這些人物可能身份或角色各異，但其在故事中的活動和作用卻是相似的，即具有同一「功能」。普洛普的敘事理論無疑對我們分析《白毛女》故事的敘述模式頗有啓發。周而復所講故事的人物，有「黃世仁」、「黃世仁之父黃大德」、「黃世仁之母」，他們的共同行爲是對無辜的女子「喜兒」實施迫害。任萍所講故事的人物也有「地主」，他對無辜的女子（即「第三房」）實施施了迫害。王濱所講故事中的惡人是「地主」，他對無辜的女子（即「年輕的丫頭」）實施了迫害。小說《白毛仙姑》和《白毛女人》中的惡人也是「地主」，他對無辜的女子實施了迫害。理清了人物的「功能」，就可用因果句式進行這樣的描述：一個無辜的女子受惡人迫害，爲了活命而獨自逃往深山野嶺，長年的野人生活使其毛髮漸長且變白，因爲身體形狀的變化，她被人視作「仙姑」，多年後她遇到拯救者並重返社會，從此過上了幸福的生活。這個敘述模式實際是民間故事最常見的，「民間故事或童話等古老敘事作品中常見到的一種故事模式是，故事開始時主人公處在正常境況中，隨即便遇到意外

〔註21〕何火任：《〈白毛女〉與賀敬之》，見《文藝理論與批評》1998年第2期。
〔註22〕王濱：《簡介〈白毛女〉的創作情況》，《電影文學》，1959年第1期。
〔註23〕孫霄：《從民間傳奇到宏大敘事──〈白毛女〉故事的母題、原型及深層結構》，《文藝理論與批評》，2010年第6期，91頁。

的事件甚至不幸，經過若干波折後，正面主人公終於得到了幸福，結尾大半是『從此以後，他（她、他們）過著幸福的生活』之類。」〔註24〕需要指出的是，中國古代文人所記述的「毛女」母題（其膚色、毛髮可能是黑、紫、綠、白、黃等顏色），對「作惡者」的功能都有較清晰的描述，而「拯救者」角色或者不出現，或者是主人公的自我拯救，而主人公則大多在結尾是樂於與野鶴、黑夜、松林等為伍，表現出對俗世人生的徹底厭棄。讀者對該類故事的興趣大多僅止於獵奇，疏於挖掘毛女母題所蘊含的社會意義，「因為『拯救者』角色的模糊與退隱，使這個母題的社會批判功能幾乎歸於烏有，人們絲毫看不到毛女的出路在哪兒。」〔註25〕在《白毛女》版本的演變中，歌劇《白毛女》的出現是一個里程碑，它既是對此前《白毛女》故事的總結，又是此類故事新的開端，這是從民間傳奇向宏大敘事轉變的重要契機。作為歌劇《白毛女》主要執筆者的賀敬之，曾道出了《白毛女》故事的民間基礎：「僅就劇本來說，它所作為依據的原來的民間傳奇故事，已經是多少人的『大』集體創作了。而形成劇本時，它又經過多少人的研究，批評和補充，間接或直接地幫助與參加了劇作者的工作。」〔註26〕

　　1944 年，這一具有傳奇色彩的故事陸續傳入延安，引起了有關人士尤其是周揚的高度關注。這年 5 月，西北戰地服務團從晉察冀根據地返回延安，8月，當時主管「魯藝」工作的周揚去看望西戰團成員，作為「魯藝」院長的周揚見到「西站團」的編劇邵子南，很自然地問了一句「最近在忙點啥？」邵子南說：「搞了一個戲曲劇本，想請周揚同志指教」，周揚說：「好呀，拿來看看呀！」〔註27〕聽完邵子南的講述，周揚十分興奮，「三年逃到山溝裏，頭髮都白了，很有浪漫色彩啊，可以寫個歌劇嘛」。〔註28〕此時，周揚正在物色為中共「七大」獻禮的文藝節目，聽完邵子南的講述，表示這是一個具有浪漫色彩的民間傳奇，可以寫個歌劇。10 月初，原是「魯藝」文學系第二期學

〔註24〕童慶炳：《文學理論教程（修訂二版）》，高等教育出版社 2004 年版，第 245 頁。

〔註25〕孫宵：《從民間傳奇到宏大敘事──〈白毛女〉故事的母題、原型及深層結構》，《文藝理論與批評》，2010 年第 6 期，92 頁。

〔註26〕賀敬之：《〈白毛女〉的創作與演出》，見歌劇本《白毛女》，晉察冀新華書店1947 年版，第 8 頁。

〔註27〕黃仁柯：《魯藝人──紅色藝術家們》，中共中央黨校出版社，2001 年，第 138頁。

〔註28〕劉震，孟遠：《歌劇〈白毛女〉在延安的誕生》，見陳平原：《現代中國：第六輯》，北京大學出版社，2005 年第 137 頁。

員的林漫（李滿天）把他根據「白毛仙姑」傳說寫成的一篇小說《白毛女人》，
通過交通員帶給周揚，想請他看看是否有可取之處。結合當時抗日戰爭即將
結束的現狀，處於歷史十字路口的延安，急需要如《兄妹開荒》那樣的文藝
作品來宣傳解放區政權的合法性，同時號召下層民眾為建設新社會投入更大
的革命激情，因此對於這個民間傳說的改編就勢在必行了。這更加堅定了周
揚要把這一故事改編成一個新歌劇的決心。於是，周揚主持了一個由編創人
員參加的會議，討論《白毛女》的寫作。根據他的建議，成立了以張庚為負
責人的集體創作組，而邵子南也就成了歌劇《白毛女》第一稿的執筆人。

　　歌劇《白毛女》的創作可謂一波三折，經歷了不少反覆。首先遇到如何
改造「白毛仙姑」這一民間新傳奇的問題。起初，有人覺得這是一個沒有什
麼意義的神怪故事，有人認為可以把它當作一個破除迷信的題材來處理，而
周揚卻敏銳發覺了隱含其間的積極主題，初步認為這個民間傳說既有浪漫色
彩，又有現實意義，具有對比鮮明的社會內涵：舊社會把人變成「鬼」，新社
會把「鬼」變成人。並由此著重指出，「如果在劇本創作和演出中，緊緊抓住
農民與地主階級的鬥爭，把兩個時代、兩種社會制度進行鮮明對比來寫，那
麼作品就會產生廣泛的社會影響」。其次是由邵子南執筆的第一稿完全失敗
了。第一稿於 1944 年 9 月完稿，詩人邵子南把它寫成了一個朗誦詩劇的形式，
作曲也是參照排演秧歌劇的經驗，配上秦腔和郡鄂的曲調，劇中人也被塑造
得像舊戲中的人物，而其表演也是採用了舊戲的表演方法。周揚在彩排後給
出的意見是「無論是從立意還是從藝術形式還是從表演格調，《白毛仙姑》都
缺乏新意，沒有走出舊劇的窠臼。他對劇組強調：要賦予新歌劇新的主題，
體現勞動人民的反抗意識，以鼓舞人民的鬥志，去爭取抗戰的最後勝利。」〔註
29〕這個意見其實就徹底否定了邵子南的這次創作。同樣是對「白毛仙姑」這
個民間傳說的借用，邵子南在自己創作的歌劇《白毛女》中呈現的是他詩人
的話語表達方式，但周揚所期待的「借用」寓意直指解放區當時的文藝政策，
他希望借用「白毛仙姑」這個傳說的原型，創作出符合解放區當時政治、經
濟、軍事等諸多方面的新作品，並期待這個作品能夠在隨後的傳播中引導解
放區民眾以更大的熱情投入到革命戰爭中去，早日實現民族獨立的政治目
標。而邵子南在創作中沒有增添當時文藝政策期待的「新內容」，這是創作沒

〔註29〕袁成亮，袁翠：《從歌劇到舞劇〈白毛女〉的變遷》，載《黨史縱橫》，2005（6）：
　　　　28～32。

有受到認可的關鍵因素。

於是，在 1945 年春節前後，根據創作和演出的需要，「魯藝」又成立了新的創作組。邵子南因意見不合，不久後宣佈收回自己撰寫的初稿並退出創作組，因此，在編劇方面，主要由具有創作大型秧歌劇經驗的詩人賀敬之負責，後來又有熟悉西洋歌劇的丁毅加入；作曲有馬可、張魯、瞿維、嚮隅等；導演有王濱（後主要協助賀敬之進行劇本創作）、王大化、舒強等；演員有陳強、林白、王昆、李波、王家乙等。

新的創作組在張庚的具體負責下，根據周揚對於創作新的民族歌劇形式的要求和新的主題的設想，進行了多次討論和修改。創作組成員逐漸認識到，新的歌劇應借一個佃農女兒的悲慘身世，既強烈表現黑暗封建的舊中國及其在地主壓迫下農民的痛苦生活，又集中表現在共產黨領導下的新民主主義的新中國（解放區）」的光明，在這裡農民得到了翻身、解放，農民成了新社會的主人，即所謂「舊社會把人變成鬼，新社會把鬼變成人」。這樣，「白毛仙姑」的故事在新的思想觀念的注入和支配下，已經悄然具有了一種全新的話語內涵和革命價值了。當然，在如何創作新歌劇方面仍然令人困惑，也激起了創作成員的探索熱情。比如，劇本創作和情節設置應該怎樣才能表現新的人物和新的主題？民歌和戲劇音樂如何才能調和起來？劇本臺詞（歌曲）怎樣才能產生舞臺動作？中國樂器和西洋樂器如何才能得到統一運用？等等。據張庚回憶，在編寫、排練過程中，主要有以下具體問題受到了認真而激烈的討論：「一、用什麼語言，陝北話還是普通話？討論結果是用普通話，因為這個故事不是陝北的，將來這個戲也不限於在陝北演。二、用什麼音樂？作曲還是配曲？有人主張用民歌，有人主張用秦腔，有入主張在民歌基礎上作曲。後來還是以民歌為基礎來作曲，但在某些用民歌不足以表現的時候，就採用河北梆子的旋律來創作。三、用什麼形式來演出，用不用虛擬的表演手法？如果用的話，用不用布景？如何用？後來決定還是要運用虛擬的手法，因為這是老百姓所喜聞樂見的：在這個基礎上，布景就用代表性的大道具加平面景，不用門窗，這樣就可以調和起來。四、要不要運用一些戲曲的表演程序？決定不多用，但可以學習它的節奏強烈、帶舞蹈性的特點來自己創造。」〔註 30〕經過這樣一番深入討論，應該說，如何創作一部既有民族風格又有現

〔註 30〕張庚：《回憶〈講話〉前後「魯藝」的戲劇活動》，見：《文化啓示錄》，中國戲劇出版社，1992 年。

代革命氣息的新歌劇是越來越胸有成竹了。從《白毛女》版本的變遷，到確定採用歌劇的表現形式，再到認真而激烈地討論歌劇《白毛女》的語言、音樂、布景，《白毛女》的創作、演出過程的複雜性呈現在我們面前，這種「複雜性」，使得 1945 年 6 月 10 日的《解放日報》對歌劇《白毛女》的演出預告採取了「冷處理」的方法，比起刊載在 1946 年 12 月 20 日《人民日報》（晉冀魯豫版）和 1946 年 8 月 23 日《東北日報》上的歌劇《白毛女》演出預告，該版本的演出預告顯得太平淡了。〔註 31〕

二、歌劇《白毛女》：集體創作和強烈的新的意識形態感召力

《白毛女》從人物設置、情節結構，到劇本寫作、作曲和演出，採取的是當時早已在延安流行的集體創作方式，誠如賀敬之所言：「《白毛女》的整個創作，是個集體創作。這不僅是就一般意義——舞臺的藝術本就是劇作、導演、演員、裝置、音樂等各方面構成的——上來說的，《白毛女》是比這更有新的意義更廣泛的群眾性的集體創作。」〔註 32〕《白毛女》之所以顯示了新的集體創作的意義，首先在於它的創作成員在其創作和演出中充分聽取了觀眾的看法，跟各種層次的觀眾形成了多方面的互動和交流。比如，《白毛女》最初的排演大多在「魯藝」大院進行，「天冷時，常在院子裏一面曬太陽，一面排戲，四周就圍滿了人。其中有魯藝的教員、同學、炊事員，還有橋兒溝的老鄉。他們一面看，一面就評論，凡遇到不符合農村生活細節的地方，就會提出建議」。〔註 33〕此外，創作成員還主動到觀眾和專家中聽取批評意見，以使劇本創作和演出更趨完善和精美。其次，《白毛女》的集體刱作也更為深刻地顯示了黨對文學的領導，顯示了黨的文學與文化觀念跟新的文學創作的高度結合。就周揚的指導和支持而言，顯然也帶有一種政治引導和把關的性質，更多體現了黨的文學觀念和新的革命政治形勢的要求。第三，「魯藝」在新的創作組成立後，居然還煞有介事地在創作組成立了黨支部，田方任書記，丁毅任組織委員，賀敬之任宣傳委員，〔註 34〕這樣就把創作組的活動直接置

〔註 31〕關於刊載在 1946 年 12 月 20 日《人民日報》（晉冀魯豫版）和 1946 年 8 月 23 日《東北日報》上的歌劇《白毛女》演出預告，本文將在下文詳細論述。

〔註 32〕賀敬之：《〈白毛女〉的創作與演出》，見歌劇本《白毛女》，晉察冀新華書店 1947 年版。

〔註 33〕賀敬之：《〈白毛女〉的創作與演出》，見歌劇本《白毛女》，晉察冀新華書店 1947 年版。

〔註 34〕賀敬之：《〈白毛女〉的創作與演出》，見歌劇本《白毛女》，晉察冀新華書店

於黨的領導之下，劇本創作和演出也就得到了更多的組織保障，當然也更有可能做到創作和黨的文學觀念的統一了。

劇組為黨的「七大」進行首次獻禮演出的次日，中央辦公廳即派人傳來中共中央書記處的三條意見：第一，這個戲是非常適合時宜的；第二，黃世仁應當槍斃；第三，藝術上是成功的。〔註 35〕這既是中央對《白毛女》演出成功的祝賀與肯定，也體現了黨的最高領導層對文藝創作、演出的直接關注和要求。在這意義上，《白毛女》既是創作者聯繫群眾的結晶，也是創作者積極服從黨的領導和革命政治之詢喚的結果，它是延安時期最能體現黨的文學觀念的作品之一。《白毛女》所體現的集體創作方式也因而具有一種典範意義。由此，我們可以更為準確理解毛澤東在中共「七大」會議上所說如下一段話的意義：「一個問題來了，一個人分析不了，就大家來交換意見，要造成交換意見的空氣和作風。……比如，《逼上梁山》就是一個集體創作，《三打祝家莊》也是一個集體創作，《白毛女》也是一個集體創作，讓自己的功勞同大家共有，這有什麼不好呢？」〔註 36〕

當然，在《白毛女》的創作和演出中，也並非鐵板一塊，創作成員跟觀眾之間也呈現了某些不太一致的複雜性，集體創作和黨的文學觀念在當時還難以全部抹去知識分子個人的烙印，這些，曾經在喜兒形象的塑造上具體而微地體現出來。劇組曾為喜兒設計了一個幻想和動搖的情節。第三幕寫喜兒遭到黃世仁姦污而懷有七個月的身孕，她看到黃家忙著操辦喜事，竟然輕信了黃世仁的謊言，以為黃要娶她，於是不僅心存幻想，而且高興得穿起張二嬸給新人做的紅棉襖，在舞臺上載歌載舞。後來經過張二嬸點明，她才如夢初醒，知道這是騙局。據張庚回憶，當時「有很多人不贊成這點，認為歪曲了喜兒的形象，她怎能忘記了殺父的階級仇恨去屈從敵人呢？但也有少數人認為，在那種具體環境下的婦女，往往有這種想法。」〔註 37〕批評者認為此種幻想和動搖表現了喜兒的屈服，贊成者卻認為這表現了喜兒真實而複雜的

1947 年版。

〔註 35〕 張庚：《回憶〈講話〉前後「魯藝」的戲劇活動》，見：《文化啟示錄》，中國戲劇出版社 1992 年，第 152 頁。

〔註 36〕 毛澤東：《在中國共產黨第七次全國代表大會上的結論》（一九四五年五月三十一日）。

〔註 37〕 張庚：《回憶〈講話〉前後「魯藝」的戲劇活動》，見：《文化啟示錄》，中國戲劇出版社 1992 年。

人性。張庚所言少數人，其實就是創作組成員。在觀眾和批評者的反對下，「紅
襖舞」這場戲也就只好根據周揚的指示刪掉了，但是，喜兒在無奈中表現動
搖和幻想的情節其實在劇本中仍然保留了下來，直到 1953 年 11 月做了重大修
改的重校本出來後才完全消失。這反映了創作組成員對於女性命運和複雜人
性洞察的堅守，也是帶有一種隸屬於文學之美的堅守，真是難能可貴。」

　　劇本原來的結尾是寫喜兒和大春婚後的幸福生活，這個「大團圓」結局
的設計一是基於民間花好月圓、有情人終成眷屬的心理，二是基於劇中喜兒
和大春這條愛情線索的內在展開，應該說也有其合理性，但周揚並不認同，
認為這個寫法把原本鬥爭性很強的故事庸俗化了，所以後來就改成了鬥爭黃
世仁的大會。但是，劇組成員認為對黃世仁的揭批應該依法進行，並且考慮
到當時地主也是抗日民族統一戰線的團結對象，所以對他的處置還應是比較
溫和的，因而在鬥爭會上只允許群眾向他舉起拳頭、空喊口號，不允許憤怒
的群眾揍打他。這個比較溫和的寫法就曾引起觀眾的極大不滿。在「魯藝」
大院裏排演時，「魯藝」那些工農出身的炊事員、飼養員和勤雜人員，還有「魯
藝」所在地橋，兒溝的老鄉，都很有意見。他們經常很氣憤地質問劇組人員：
為什麼對黃世仁那麼客氣？為什麼不讓群眾怒打這個大壞蛋？張庚曾寫道：
「有一個廚房的大師傅一面在切菜，一面使勁地剁著砧板說：戲是好，可是
那麼混蛋的黃世仁不槍斃，太不公平！」〔註38〕賀敬之也曾向人回憶道：「我
們吃飯時排隊到伙房打飯，排到我這裡了，炊事員同志拍著勺子說：噢，是
你呀？！黃世仁不槍斃，我今天就少給你打點菜！」〔註39〕劇組成員後來考
慮到觀眾的訴求，終於允許憤怒的群眾動手打黃了，但還是顧及統一戰線的
要求，仍然沒有在劇中槍斃他，〔註40〕直到前述中央書記處傳達了應該槍斃
黃的意見後，劇組才做了相應的修改決定。而 1953 年的重校本又根據形勢要
求去掉了槍斃黃的場景，改為逮捕他予以公審法辦。這種反覆修改也在一定
程度上表明，《白毛女》作為黨的文學有其明確的政治要求，而政治在現實中
是以政策形式具體呈現出來，其所具有的時效性和不穩定性常會令創作者無
所適從。

〔註38〕　張庚：《回憶〈講話〉前後「魯藝」的戲劇活動》，見：《文化啟示錄》，中國
　　　　　戲劇出版社 1992 年，第 152 頁。
〔註39〕　王海平、張軍：《回憶延安》，江蘇文藝出版社，2002 年，第 71 頁。
〔註40〕　張庚：《回憶〈講話〉前後「魯藝」的戲劇活動》，見：《文化啟示錄》，中國
　　　　　戲劇出版社 1992 年，第 152 頁。

　　《白毛女》通過喜兒由「鬼」變「人」這一前後命運的巨大變化，揭示了新舊社會不同的本質內涵，它不僅歌頌了共產黨，歌頌了新社會新制度，而且明確指出了共產黨和建立新社會新制度所具有的內在聯繫：沒有中國共產黨的努力，沒有它所領導的武裝鬥爭，就不可能有廣大婦女和人民的翻身解放，也不可能有中國的獨立和解放。在這意義上，《白毛女》即是一幅新舊中國交替變遷的形象化縮影，更是一份在共產黨領導下新中國誕生的宣言書。它無疑具有一種強烈的新的意識形態感召力。歌劇《白毛女》於 1945 年 4、5 月間在延安連續上演 30 餘場，演出時間之久，場次之多，在延安是罕見的。1945 年 10 月，劇組到張家口之後，又演出了 30 餘場，隨後演遍了整個解放區。劇本和演出均受到熱烈歡迎，主題也受到了醒目的提煉和宣揚，我們由以下兩則廣告詞可見一斑。

　　　　請預約名歌劇

　　　　白毛女

　　　　「舊社會把人變成鬼，新社會把鬼變成人，（應為「。」——引者）」看了白毛女以後再不歎氣的人，也會忍不住對惡霸地主的憤怒，也會忍不住為喜兒流同情的眼淚。翻身劇團在太行冀南各地上演，許多觀眾被感動的哭了：就是因為白毛女在訴苦、翻身，大家也在訴苦、翻身！翻身人要看翻身戲，各地劇團、宣傳隊、學校、愛好戲劇者都請快預約這個劇本。現正趕排，不日即出。預約三百元一本。

　　　　　　　　　　　　1946 年 12 月 20 日《人民日報》（晉冀魯豫版）

　　　　中國解放區名劇民族新型歌劇白毛女今日開始公演聯合公演：東北大學魯迅藝術文學院、東北文藝工作團、松江文工團

　　　　　　時間：每日下午一時開演地址：道里哈爾濱劇場（前大光明電影院）

　　　　　　票價：二十元

　　　　　　請看：舊社會怎樣使人變成鬼！新社會怎樣使鬼變成人！

　　　　　　　　　　　　　　　　　1946 年 8 月 23 日《東北日報》

結 語

綜上所述，透過文學廣告來看現代文學傳播史的重要意義在於：（一）從文學廣告的角度來闡述現代文學發展史，是展現其豐富性的重要方式之一。（二）將新文學作家與通俗文學作家，將作家、報刊、文學事件和文學運動都置於同一歷史時間與空間裏，就可以最大限度地展現現代文學發生、發展的歷史，展現現代文學的原生形態。（三）不僅關注現代文學本身，也關注現代文學與現代教育、現代出版、市場、現代學術之間的關係；關注文學創作與藝術（圖書裝幀等方面）、學術研究之間的關係；使得對文學廣告的選擇、對文學事件的選擇有了一個開闊的視野。

但是，正如本文在緒論中就指出的，1915 年至 1949 年——現代文學發展的三十年中，文學廣告的數量是十分龐雜而豐富的。就豐富性而言，本課題的研究才剛剛開始。首先，三十年中大量典型的文學事件以及與之對應的文學廣告還沒有納入本課題的研究。其次，不同分類標準下，現代文學廣告的分類研究還有十分廣闊的空間。按照文學廣告的作者進行分類，可以分析新文學作家和通俗文學作家撰寫文學廣告各自的特點，新文學作家撰寫的文學廣告通常文化內涵豐富、書卷氣濃，通俗文學作家撰寫的文學廣告常常顯示出較強的商業性、通俗化特徵。但是這不是絕對的，作為通俗文學作家的張恨水，其撰寫的文學廣告常常很雅致。同時，這裡也沒有絕對的好與壞之分，從文學廣告入手，更能展示現代文學的豐富性與多元化的文學景觀。通俗文學作家撰寫的文學廣告（通俗文學廣告）的商業性、通俗化特徵與通俗文學的本質特徵是一致的；而新文學作家撰寫的文學廣告（新文學廣告）內涵豐富、書卷氣濃的特徵與新文學的本質特徵也是一致的。單就某一位作家撰寫的文學廣告，也可以進行較為深入、細緻的分析。魯迅、葉聖陶、施蟄存、張恨水、茅盾等現代文學名家、大家撰寫的文學廣告均有深入分析和研究的

價值。按照不同出版機構進行分類，商務印書館、中華書局、文化生活出版社、北新書局、新月書店、良友圖書出版公司的文學廣告宣傳都有深入研究的價值。單就單一媒體上（如《小說月報》、《申報》、《新聞報》、《現代》等報刊）刊載的文學廣告作爲分析對象，也十分豐富和精彩。這些研究有待今後逐步的深入和開展。

主要參考文獻

一、專著、圖書

1. 吳福輝：《插圖本中國現代文學發展史》，北京大學出版社，2010 年 1 月。
2. 陳平原：《二十世紀中國小說史（1897～1916）》（第一卷），北京：北京大學出版社，1989 年 12 月版。
3. 欒梅健：《二十世紀中國文學發生論》，臺北：業強出版社，1992 年 4 月版。
4. 魯湘元：《稿酬怎樣攪動文壇──市場經濟與中國近現代文學》，北京：紅旗出版社，1998 年 1 月版。
5. 陳明遠：《文化人與錢》，天津：百花文藝出版社，2001 年 1 月版。
6. 周海波：《現代傳媒視野中的中國現代文學》，北京：中華書局，2008 年 5 月版。
7. 劉勇：《中國現代文學研究的視域與形態》，北京：北京師範大學出版社，2008 年 7 月版。
8. 范用：《愛看書的廣告》，生活・讀書・新知三聯書店，2004 年 4 月版。
9. 姜德明：《書衣百影：中國現代書籍裝幀選（1906～1949）》，生活・讀書・新知三聯書店，1999 年 12 月。
10. 姜德明：《書衣百影續編：中國現代書籍裝幀選（1901～1949）》，生活・讀書・新知三聯書店，2001 年 7 月。
11. 姜德明：《插圖拾翠：中國現代文學插圖選》，生活・讀書・新知三聯書店，2000 年 6 月。
12. 黃志偉、黃瑩：《爲世紀代言：中國近代廣告》，學林出版社，2004 年。
13. 陳培愛：《中外廣告史》，中國物價出版社 1997 年版。
14. 張永勝：《雞尾酒時代的記錄者──〈現代〉雜誌》，上海人民出版社 2003 年版。
15. 蘇特・傑哈利（Sut Jhally）：《廣告符碼：消費社會中的政治經濟學和拜

物現象》，中國人民大學出版社 2004 年版。

16. 波德里亞著，劉成富、全志鋼譯：《消費社會》，南京大學出版社 2001 年版。

17. 包天笑：《釧影樓回憶錄》，香港大華出版社，1971 年版

18. 李健吾：《李健吾文學評論選》，寧夏人民出版社，1983。

19. 陳鐵健：《瞿秋白生平活動年表》，見《從書生到領袖──瞿秋白》，上海人民出版社，1995 年 8 月出版。

20. 陳福康：《一代才華─鄭振鐸傳》，（臺灣）業強出版社，1993 年 5 月。

21. 石曙萍：《文學研究會研究》，復旦大學博士論文，2005 年。

22. 茅盾：《導言》，見《中國新文學大系·小說一集》，上海良友圖書有限公司 1935 年。

23. 楊揚：《商務印書館：民間出版業的興衰》，上海教育出版社 2000 年 11 月版。

24. 賈植芳主編：《文學研究會資料》（下），河南人民出版社 1985 年 1 月版。

25. 茅盾：《我走過的道路（上）》，人民文學出版社，1981 年。

26. 許敏：《上海通史》第 10 卷，上海人民出版社 1999 年

27. 陳東曉編《陳獨秀評論》，北平東亞書局民國二十二年三月初版。

二、論文

1. 劉增人：《現代文學期刊的景觀與研究歷史反顧》，《中國現代文學研究叢刊》，2005 年 06 期。

2. 彭林祥：《新文學廣告與作家佚文》，《讀書》，2007 年第 1 期。

3. 金宏宇、彭林祥：《新文學廣告的史料價值──以 30 年代的三個廣告事件爲例》，載《中國現代文學研究叢刊》，2007 年第四期。

4. 王曉明：《一份雜誌和一個「社團」──重評五四文學傳統》，《上海文學》1993 年第 11 期。

5. 陳平原：《思想史視野中的文學──〈新青年〉雜誌研究》（上、下），分別發表於《中國現代文學研究叢刊》2002 年第 3 期和 2003 年第 1 期。

6. 吳福輝：《作爲文學（商品）生產的海派期刊》，《中國現代文學研究叢刊》1994 年第 1 期。

7. 曠新年：《1928 年的文學生產》，載《1928：革命文學》，濟南：山東教育出版社 1998 年版。

8. 湯哲聲：《論現代大眾傳媒對中國現代文學創作機制的影響》，《江蘇社會科學》2007 年第 5 期。

9. 陳平原：《現代文學的生產機制及傳播方式──以 1890 年代至 1930 年代

的報章爲中心》，《書城》，2004 年 2 月。

10. 范伯群：《通俗文學的現代化與現代文化市場的創建》，《南京師範大學文學院學報》，2002 年第 3 期。

11. 陳思和：《五四新文學的先鋒性》，見陳子善，羅崗主編：《麗娃河畔論文學》，上海：華東師範大學出版社，2006 年 11 月版。

12. 祝東風：《2005，見證文學研究「史料年」》，載《中華讀書報》，2005.11.19（9）。

13. 錢理群：《重視史料的「獨立準備」》，載《中國現代文學研究叢刊》，2004（3）。

14. 解志熙：《「中國現代文學的文獻問題座談會」共識述要》，載《中國現代文學研究叢刊》，2004（3）。

15. 吳秀明、趙衛東《應當重視現當代文學史料建設——兼談當代文學史寫作中的史料運用問題》，《中國現代文學研究叢刊》，2005 年第 8 期。

16. 肖振鳴：《〈北平箋譜〉廣告是否爲魯迅佚文》，《魯迅研究月刊》，2009 年 9 月。

17. 劉運鋒：《魯迅所擬書籍廣告和說明文字三則考辨》，《魯迅研究月刊》，2005 年 3 月。

18. 趙龍江：《〈域外小說集〉和它的早期日文廣告》，《魯迅研究月刊》，2005 年 2 月。

19. 孫擁軍：《魯迅是否就讀過東京外國語學校——由〈豫報〉雜誌上兩則廣告引出的考證》，《魯迅研究月刊》，2010 年 6 月。

20. 趙家璧：《談書籍廣告》，見范用：《愛看書的廣告》，生活·讀書·新知三聯書店，2004 年 4 月，第 177 頁。

21. 范軍：《兩宋時期的書業廣告》，《出版科學》，2004 年第 1 期。

22. 夏寶君：《宋代書籍廣告的形式與傳播特色》，《編輯之友》，2011 年第 6 期。

23. 施蟄存：《我和現代書局》，《沙上的腳印》，遼寧教育出版社 1995 年版。

24. 李輝：《施蟄存寫廣告（摘錄）》，見范用：《愛看書的廣告·編者的話》，生活·讀書·新知三聯書店，2004 年。

25. 錢伯城：《漫談書刊廣告》，見范用編《愛看書的廣告》，三聯書店 2004 年版。

26. 許紀霖、王儒年：《近代上海消費主義意識形態之建構——20 世紀 20—30 年代〈申報〉廣告研究》，《學術月刊》，2005 年第 4 期。

27. 李岫：《李健吾：中國式印象主義文藝批評的奠基人》，《西南師範大學學報（人文社會科學版）》，2006 年 9 月。

28. 辛雨：《漫話三十年代書籍廣告》，《讀書》，1979 年第 4 期。

29. 謝明香、王華光：《新青年的廣告運營及策略定位》，《編輯之友》，2010 年第 11 期。

30. 胡適：《陳獨秀與文學革命》，1931 年 10 月 30 日在北京大學演講辭，見 （30）耿濟之：《前夜·序》，見耿濟之譯《前夜》，商務印書館 1921 年 8 月版。

31. 董麗敏：《〈小說月報〉革新：斷裂還是拼合？——重識商務印書館和〈小說月報〉的關係》，《社會科學》，2003 年第 10 期。

32. 胡適：《五十年來中國之文學》，見《胡適學術文集·新文學運動》，中華書局，1993 年版。

33. 董麗敏：《翻譯現代性：在懸置與聚焦之間》，《文藝爭鳴》，2006 年第 3 期。

34. 秦弓：《整理國故的動因、視野與方法》，《天津社會科學》，2007 年第 3 期。

35. 茅盾：《〈中國的一日〉徵稿啟事》，《茅盾全集》第 21 卷「中國文論四集」，北京人民文學出版社 1991 年版。

36. 茅盾：《關於編輯〈中國的一日〉的經過》，《茅盾全集》第 21 卷「中國文論四集」，北京人民文學出版社 1991 年版。

三、舊期刊／報紙：

1. 《上海新報》，1862 年 11 月 25 日。

2. 《申報》創刊號，1872 年 4 月 30 日。

3. 《申報》，1920 年 9 月 25 日、1922 年 3 月 12 日、1922 年 6 月 6 日、1926 年 2 月 1 日。

4. 《申報·自由談》，1933 年 4 月 20 日。

5. 《新青年》《新青年》創刊號（1915 年 9 月 15 日）、3 卷 6 號、4 卷 1 號、4 卷 3 號、4 卷 4 號、4 卷 5 號、5 卷 1 號、5 卷 2 號、6 卷 1 號、6 卷 5 號、7 卷 1 號、7 卷 2 號。

6. 《小說月報》第 12 卷 1 號、第 12 卷 2 號、第 12 卷 7 號、第 13 卷 1 號、第 13 卷 6 號、第 13 卷 9 號、第 14 卷 2 號、第 14 卷 3 號、第 19 卷第 12 號。

7. 《京報副刊》，1925 年 3 月 10 日。

8. 《京報》，1925 年 4 月 21 日。

9. 《中流》第 1 卷第 6 期，1936 年 11 月 20 日。

10. 上海《時事新報》，1923 年 12 月 31 日、1922 年 4 月 21 日。

11. 《拓荒者》第 1 卷第 3 期，1930 年 3 月 10 日。

12. 《文藝新聞》第 13 號、第 14 號、第 16 號、第 17 號、第 18 號。

13. 《大公報》（上海版，1948 年 12 月 16 日）。

14. 《東北日報》，1948 年 9 月 18 日。

15. 《新聞報》，1930 年 1 月 23 日第 16 版。

16. 《紫羅蘭》，第一卷第 24 號（1926 年 12 月）。

17. 《解放日報》，1945 年 6 月 10 日第 2 版。

18. 《人民日報》（晉冀魯豫版），1946 年 12 月 20 日。

19. 《東北日報》，1946 年 8 月 23 日。

四、檔案

1. 《商務印書館章則彙編》（檔案編號 Q6-6-1098-24），檔案來源：上海檔案館。

2. 《上海商業名錄：廣告》（檔案編號 Y9-1-47-485），檔案來源：上海檔案館。

附錄一：《小說月報》刊載的主要文學 廣告摘錄（1921～1930）

一九二一年

1月

《小說月報》改革宣言

《小說月報》行世以來，已十一年矣。今當第十二年之始。謀更新而擴充之，將於譯述西洋名家小說而外，兼介紹世界文學界潮流之趨向，討論中國文學革進之方法；舊有門類，且舉如下：

一，論評：同人觀察所及願提出與國人相討論者，入於此門。

二，研究：同人認西洋文學變遷之過程有急須介紹與國人之必要，而中國文學變遷之過程則有急待整理之必要；此欄將以此兩類爲歸。

三，譯叢：譯西洋名家著作，不限於一國，不限於一派；說部，劇本，詩三者並包。

四，創作：同人以爲國人之新文學之創作雖尚在試驗時期，然椎輪爲大輅之始，同人對此，蓋深願與國人共勉，特闢此欄，以俟佳篇。

五，特載：同人深信文藝之進步全賴有不囿於傳統思想之創造的精神；當其創造之初，固驚庸俗之耳目，迨及學派確立，民眾始仰其眞理。西洋專論文藝之雜誌，常有 Modern form 一欄以容此等作品；同人竊仿其意，特創此欄，以俟國人發表其創見，兼亦介紹西洋之新說，以爲觀摩之助。

六，雜載：此欄所包爲：（一）文藝叢譚（小品），（二）文學家傳，（三）海外文壇消息，（四）書評。

　　此外同人尚有二三意見將奉以與此刊同進行者，亦願一言，以佚國人之教：

　　（一）同人以爲研究文學哲理介紹文學流派雖爲刻不容緩之事，而迻譯西歐名著使讀者得見某派面目之一斑，不起空中樓閣之憾，尤爲重要；故材料之分配將多於〈三〉〈四〉兩門，居過半有強。

　　（二）同人以爲今日譚革新文學非徒事模仿西洋而已，實將創造中國之新文藝，對世界盡貢獻之責任：夫將欲取遠大之規模盡貢獻之責任，則預備研究，愈久愈博愈廣，結果愈佳，即不論如何相反之主義，咸有研究之必要。故對於爲藝術的藝術與爲人生的藝術，兩無所袒。必將忠實介紹，以爲研究之材料。

　　（三）寫實主義的文學，最近已見衰歇之象。就世界觀之立點言之，似已不應多爲介紹；然就國內文學界情形言之，則寫實主義之眞精神與寫實主義眞寫作實未嘗有其一二，故同人以爲寫實主義在今日尚有切實介紹之必要；而同時非寫實的文學亦應充其量輸入，以爲進一層之預備。

　　（四）西洋文藝之興蓋與文學上之批評主義相輔而進；批評主義在文藝上有極大之權威，能左右一時代之文藝思想。新進文家初發表其創作，老批評家持批評主義以相繩，初無絲毫之容情，一言之毀譽，輿論翕然從之；如是，故能相互激厲而至於至善。我國素無所謂批評主義，月且既無不易之標準，故好惡多成於一人之私見，「必先有批評家，然後有眞文學家」，此亦爲同人堅信之一端；同人不敏，將先介紹西洋之批評主義以爲之導。然同人固皆極尊重自由的創造精神者也，雖力願提倡批評主義，而不願爲主義之奴隸；並不願國人皆奉西洋之批評主義爲天經地義，而改殺自由創造之精神。

　　（五）同人等深信一國之文藝爲一國國民性之反映，亦唯能表見國民性之文藝能有眞價值，能在世界的文學中占一席地。對於此點，亦甚願盡提倡之責任。

　　（六）中國舊有文學不僅在過去時代有相當之地位而已，即對於將來亦有幾分之貢獻，此則同人所敢確信者，故甚願發表治舊文學者研究所得之見，俾得與國人相討論。惟平時詩賦等項，恕不能收。

　　上述六條，同人將次第藉此刊以實現，並與國人相討論。雖然同人等僅國內最小一部分而已，甚望海內同道君子不吝表同情，可乎？

　　　　　　（原刊 1921 年 1 月 10 日發行的《小說月報》第十二卷第一號）

文學研究會宣言

我們發起這個會有三種意思，要請大家注意。

一，是聯絡感情。本來各種會章裏，大抵都有這一項；但在現今文學界裏，更有特別注重的必要。中國向來有「文人相輕」的風氣；因此現在不但新舊兩派不能協和，便是治新文學的人裏面，也恐因了國別派別的主張，難免將來不生界限。所以我們發起本會，希望大家時常聚會，交換意見，可以互相理解，結成一個文學中的團體。

二，是增進知識。研究一種學問，本不是一個人關了門可以成功的；至於中國的文學研究，在此刻正是開端，更非互相補助，不容易發達。整理舊文學的人也需應用新的方法，研究新文學的更是專靠外國的資料；但是一個人的見聞及經濟力總是有限，而且此刻在中國要搜集外國的書籍，更不是容易的事。所以我們發起本會，希望漸漸造成一個公共的圖書館，研究室及出版部，助成個人及國民文學的進步。

三，是建立著作工會的基礎。將文藝當作高興時的遊戲或失意時消遣的時候，現在已經過去了。我們相信文學是一種工作，而且又是於人生很切要的一種工作；治文學的人也當以這事爲他終身的事業，正同勞農一樣。所以我們發起本會，希望不但成爲普通的一個文學會，還是著作同業的聯合的基本，謀文學工作的發達與鞏固：這雖是將來的事，但也是我們的一種重要的希望。

因以上的三個理由，我們所以發起本會，希望同志的人們贊成我們的意思，加入本會，賜以教誨，共策進行，幸甚。

（原刊 1921 年 1 月 10 日發行的《小說月報》第十二卷第一號）

6月

《小說月報》宣告本刊「特殊色彩」

本刊今年改革，抱定兩個方針：一是欲使本刊全體精神一致，始終保持一貫的主張；一是欲使一期有一期的特別色彩，沒有雷同。

（1）我們主張爲人生的藝術，我們自己的作品自然不論創作、譯叢、論文都照這個標準做去。但並不是勉強大家都如此。所以對於研究文學的同志們的作品，只問是文學否，不問是什麼派什麼主義。

（2）我們從第七期起，欲特別注意被屈辱民族的新興文學和小民族的文學；每期至少有新猶太、波蘭、愛爾蘭、捷克斯拉夫等民族的文學譯品一篇。還擬多介紹他們的文學史實。

（原載 1921 年 6 月 10 日發行的《小說月報》第十二卷第六號）

一九二二年

6 月

《小說月報》預告開設「故書新評」專欄

現在，「保持國粹」之聲又很熱鬧，但其中恐怕難免有許多被誤認的「粹」；我們覺得若以「非粹」的東西誤為「粹」，其罪更甚於「不保存」。這一點，我們要請大家注意；特於七號起加闢「故書新評」一欄，發表同人的管見，並俟佳篇；兼以為小規模的「整理國故」的工夫。

（原載 1922 年 6 月 10 日發行的《小說月報》第十三卷第六號。）

3 月

國內文壇消息：新文學運動的擴張

一二年來，新文學運動擴張得非常快。就在這最近的兩三個月間，文學團體已有四個宣告成立，雜誌的出版已有三種。一是南京的玫瑰社；他們的季刊《心潮》第一號已經由上海民智書局出版。二是成都的草堂文學研究會；他們的月刊《草堂》已經出到第二期。三是北京的曦社；他們的雜誌《爝火》，聽說也已經在北京出版了。四是南通的文藝共進社；他們的雜誌《嫩芽》已在準備，聽說在本月四月間也可以出版。這種現象，真是極可樂觀的。但還希望這種運動不僅僅是「量」的，表面的擴張，而能努力做去，在「質」上給予中國以許多偉大的作品。

（原載 1923 年 3 月發行的《小說月報》第十四卷第三期）

5 月

國內文壇消息：泰戈爾將來華講學

本月內還得到一個很高興報告給大家的消息，這個消息便是說：印度詩

人太戈爾君將於今年夏間到中國來講學。太戈爾東來之說，傳之已久，最近才由他的代表某君，正式與北京講學會接洽，大家都十分歡喜他來，所以他決定東來了。太戈爾的著作，介紹進來的已經不少，想大家對於他的思想都已十分明瞭，將來歡迎者之盛，是可以預料得到的。

（原載 1923 年 5 月 10 日發行的《小說月報》第十四卷第 5 號）

8 月

介紹文學研究會出版之《文學》

文學研究會出版之定期刊物《文學旬刊》向附上海《時事新報》分送。現在因爲特約撰稿者的增多與來稿的擁擠，已於第八十一期（七月十三日出版）起，該爲週刊，定名《文學》，除仍由《時事新報》附送外，並多印數千份委託上海及各省商務印書館與上海亞東圖書館代售。《文學》爲近數年來在新文學運動中奮鬥最力的出版物，它在卑污的消遣主義與復古的保守主義的迷霧中，守定了它的指南針，以孤軍和一切惡魔及歧路者奮戰，結果竟引起了不少接應的呼聲。它的勇敢和成績，是一切讀者所應該敬重而且愛護的。所以在它改革的最初，我們謹在此愼重把它介紹給《小說月報》的讀者。

它的八十一期（改革後第一期）已經出版了。我們讀後，覺得其精神雄健猶昔，而其內容又充實了不少。——它此後的稿件，除刊載外來的新進作家外，並特約王統照，王伯祥，余祥森，沈雁冰，徐玉諾，徐志摩，胡愈之，胡哲謀，郭紹虞，耿濟之，陳望道，謝六逸，劉延陵，朱自清，瞿世英，瞿秋白，潘家洵，柯一岑，俞平伯，葉紹鈞，顧頡剛，鄭振鐸等二十餘人爲固定的撰稿者，它的永久的生存與無限量的發展，是可以預卜的！

它的定價，每期銅元三枚，外埠二分，預定半年二十六期，五角，全年五十二期，一元（郵費在內）。預定者須向上海閘北寶山路寶興西里九號接洽。

（原載《小說月報》14 卷 8 期）

10 月

《吶喊》、《自己的園地》

本月內出版了兩部很好的著作，我們願意很愼重的把他們介紹給大家。一部是魯迅君的創作集《吶喊》；不僅其內容是近來極少見的傑作，即其紅色

的封面與精美的裝訂，也是近來出版物中所不易見到的。集內共有《故鄉》、《孔乙己》、《阿Q正傳》、《端午節》等十餘篇。有的曾在《新青年》上登過，有的曾在本報上登過。但我們雖都已讀過它們，現在再翻起來讀，卻仍舊如一種新的東西，如自然所給與我們的寶貴的清晨，毫不覺得它們是舊的，是已經讀過的。除開他的思想不提，他的敘述裏所充滿的真樸之氣，已足使我們不能不一口氣讀完它。在現在的幼稚的做作的虛偽的創作叢生於文壇中之時，我們對於魯迅君這部《吶喊》，實不能不加以特別的讚頌。它的出版處是北京大學新潮社。還有一部是周作人君的《自己的園地》；這是周君近數年來所作的小品文字與批評論文的總集。周君在新文學運動中的努力，是我們所永不能忘了的。他的忠厚寬容的批評態度，與他的樸訥自然的文字，曾感動了，影響了，鼓勵了不少新進的作家。他的這部《自己的園地》實足以代表——或可以說是包含——他的所有的文藝思想，它的出版處是北京丞相胡同晨報社。

（原載 1923 年 10 月 10 日發行的《小説月報》第十四卷第十號）

11 月

為學校劇團推薦新劇作

近來各學校裏的演劇團體，一天一天的發達起來。他們所感得的最大困難，就是劇本的缺乏。翻譯的劇本，大都不很適用，創作的也都不大合於舞臺上的表演；臨時自己下手去編，又不會有什麼很完滿的成功。最近文學研究會編了《通俗戲劇叢書》二部似可以供給他們以一種新的較好的演劇材料；一部是熊佛西君著的《青春的悲哀》，一部是侯曜君著的《復活的玫瑰》。它們在北京、南京及上海各地演奏，都很得成功。現此書都已在排印，不久即可由商務印書館出版。

（原載 1923 年 11 月 10 日發行的《小説月報》第十四卷第十一號）

12 月

預告《擺倫專號》

明年四月為英國的浪漫詩人擺倫的百年紀念；中國的文學者對於他的印象很深，到那個時候，想必有一番很熱鬧的舉動，現在已有些人在籌備他的

慶典了，本報也擬在那時出一個《擺倫專號》。

（原載 1923 年 12 月 10 日發行的《小說月報》第十四卷第 12 號）

一九二四年

10 月

文壇消息：悼念林琴南君

正在我們寫這一次國內文壇消息時，我們得到一個很可悲的消息，即我們中國的介紹歐洲文學最多且最努力的林琴南君已於本月（十月）九日去世了。……像他這樣重要且這樣努力的文學者，在中國已不易見到，且他的工作，在我們過去的文學界也有很大的影響與相當的勞績。我們對於他的死認為是中國文學界的一個大損失，很值得我們悲惋的。

（原載 1924 年 10 月 10 日發行的《小說月報》第十五卷第十號）

一九二五年

1 月

朱自清《蹤跡》

朱自清的詩歌和小品散文的合集。他的詩，除了《雪朝》裏所刻出的外，差不多全收到這裡了。內中的幾首長詩，在現在中國文壇上，所佔的位置是很高的。他的小品散文，極為雋美，亦為很好的藝術品。由上海亞東圖書館發行。

（原載 1925 年 1 月 10 日發行的《小說月報》第十六卷第一號）

預告紀念安徒生的《童話專號》

今年八月本報擬出版一個《童話專號》，以紀念丹麥的大作家安徒生，篇幅約與本月號相等，很希望大家的幫助。凡是關於安徒生的文字以及創作的童話，我們都十分的歡迎。

（原載 1925 年 1 月 10 日發行的《小說月報》第十六卷第一號）

8月

《一隻馬蜂》與《志摩的詩》

北京的現代社又出版了《文藝叢書》兩種。一種是《一隻馬蜂》，是西林作的獨幕劇，共包含《一隻馬蜂》、《親愛的丈夫》及《酒後》三幕獨幕劇。一種是《志摩的詩》，是徐志摩君的詩集，其中有好幾首不曾發表過。書用中國宣紙印，聚珍仿宋排，完全是一部線裝書。近來出版物，裝訂得如此考究的極少。志摩君的詩也確可以配得上這樣考究的裝訂。

（原載 1925 年 8 月 10 日發行的《小說月報》第十六卷第八號）

一九二六年

6月

《王嬌》、《老張的哲學》預告

我們很高興，在此預告大家一聲：下一期的本報上，將有幾篇精心結構的作品刊出：朱湘君的《王嬌》，為數年來文壇所未有之長詩，全詩將近千行；……舒慶君的《老張的哲學》是一部長篇小說，那樣的諷刺的情調，是我們的作家們所尚未彈奏過的。

（原刊《小說月報》1926 年 6 月 10 日出版的 17 卷 6 號編者寫的《最後一頁》）

一九二七年

8月

茅盾《幻滅》預告

下期的創作有茅盾君的中篇小說《幻滅》。篇中主人翁是一個神經質的女子，她在現在這不尋常的時代，要求個安身立命的處所，因留下種種可以感動的痕跡。

（原載 1927 年 8 月 10 日發行的《小說月報》
第十八卷第八期，摘自〈最後一頁〉，標題為編者所加）

一九二八年

2月

《趙子曰》預告

從第三號起，將登一部長篇小說《趙子曰》，那是一部篇幅很長的作品，也許至年底才能完全結局。《趙子曰》的作者，為寫了《老張的哲學》的老舍君。而這部《趙子曰》較之《老張的哲學》更為進步，寫的不是那一班教員閒民，寫的乃是一班學生，是我們所常遇見，所常交往的學生。老舍君以輕鬆微妙的文筆，寫北京學生生活，寫北京公寓生活，是很逼真很動人的，把趙子曰幾個人的個性尤能浮現於我們讀者的面前。後半部的《趙子曰》卻入於嚴肅的敘述，不復有前半部的幽默，然文筆是同樣的活躍，且其以一個偉大的犧牲者的故事作結，是很可以使我們有無限的感喟的。這部書使我們始而發笑，繼而感動，終而悲憤了。

（原載 1928 年 2 月出版的《小說月報》第 19 卷第 2 號編者《最後一頁》）

5月

《追求》預告

本篇也是現代青年的描寫。在此大變動時代，青年們一方面幻滅苦悶，一方面仍有奮進的欲望；《追求》所寫照的，就是這一班人。書中沒有主人翁，但也可說書中人物幾乎感全是主人翁，照他們的性格、見解分類，篇中的人物可以分為四類，他們有一個共同的缺點，即是都不免有些脆弱，所以他們的追求的結果都是失敗。在青年心理的變動這一點上，本篇和《動搖》仍是聯結的。

（原載 1928 年 5 月出版的《小說月報》
第 19 卷第 5 號《本刊第六號要目預告》）

一九二九年

8月

介紹葉紹鈞君新作品兩種

《未厭集》（第五創作集）商務印書館出版

葉紹鈞是本報最熟悉的作家之一，他的作品素以描寫教育者和被教育者著名。然而在這本集子裏，我們的作者卻把題材擴大了，有被犧牲者的家庭，勞動者的生活，投機豪紳的活動，偉大人格的片影。扼要地說，在這薄薄的一小冊內，我們可以看見近兩年來時代的姿態。

《倪煥之》（長篇小說），開明書店出版

這是直接描寫時代的東西，茅盾先生謂是「槓鼎」的工作。可作五四前後至最近革命十餘年來的思想史讀。其中有教育家，有革命者，有土豪劣紳，有各色男女，有教育的墾荒，有革命的剪影，有純潔的戀愛，有幻滅的哀愁，一切以寫實的手腕出之，不論在內容上，技巧上，都夠得上劃一時代。

（原載 1929 年 8 月出版的《小說月報》第 20 卷第 8 號）

10 月

介紹《上元燈》

近讀施蟄存新刊《上元燈》，中多寫情之作，籠以輕愁，意境殊雋妙。文筆清新有餘味，讀之如飲、佳茗，樂為介紹，以告求書者。書由水沫書店出版，價七角。

（原載 1929 年 10 月 10 日出版的《小說月報》第二十卷第十號）

12 月

《韋護》預告

丁玲女士在本報發表了《夢珂》等幾篇創作之後，立刻得到了廣大讀者社會的歡迎。但長篇創作，像《韋護》卻是她第一次的試作。讀者很可以在這部創作中，見出她更成熟的風格與技巧來。

（原載 1929 年 12 月出版的《小說月報》
第 20 卷第 12 號「二十一卷內容預告」）

一九三○年

6 月

商務印書館最近出版，現代文藝叢書

《女人》，淩淑華著，一冊，定價六角

此為淩女士的短篇小說集。（一）小劉，（二）李先生，（三）楊媽，（四）病，（五）送車，（六）瘋了的詩人，（七）他倆的一日，（八）女人。均為作者最近的作品。每篇所敘的人物雖甚平常，作者卻能用極深刻的筆致描寫出來，頗具西洋作家的風格。

（原刊 1930 年 6 月出版的《小說月報》第 21 卷第 6 期）

附錄二：《新青年》刊載的主要文學廣告摘錄（第一卷至第七卷）

《社告》

一、國勢陵夷。道衰學弊，後來責任，端在青年。本志之作，蓋欲與青年諸君商榷將來所以修身治國之道。

二、今後時會一舉一措皆有世界關係，我國青年雖處蟄伏研求之時，然不可以不放眼以觀世界。本志於各國事情、學術思潮盡心灌輸，可備功錯。

三、本志以平易之文，說高尚之理，凡學術事情足以發揚青年志趣者竭力闡述，冀青年諸君於研習科學之餘，得精神之援助。

四、本志執筆諸君，皆一時之名彥，然不自拘限，社外撰述，尤極歡迎海內鴻儒倘有佳作，見惠無任期稱。

五、本志特闢通信一門，以爲質析疑難，發抒意見之用，凡青年諸君對於物情學理，有所懷疑，或有所闡發，皆可直緘惠示。本志當盡其所知，用以奉答，庶可啓發心思，增益神志。

（1915 年 9 月 15 日《新青年》創刊號）

第一期投稿簡章（關於稿酬的廣告）

一、來稿無論或撰獲譯，皆所歡迎，一經選登，奉酬現金，每千字自二元至五元。

二、來稿譯自東西文者，請將原文一併寄下。

三、本志每面十六行，每行四十字，稿紙能與相合最妙，字以明顯爲佳。

四、來稿以未經登載各處日報及他雜誌者爲限。

五、來稿無論登載與否，概不退還。聲明必還，亦當照辦。

六、寄稿最好由郵局掛號擲下，本志即以該局回單蓋戳為憑，不另作覆。

七、收稿處上海棋盤街群益書社。

（《新青年》1卷1號）

《科學》廣告

有志研究科學者、有志講求實業者、有志儲學救國者，均不可不讀

《科學》乃中國科學界唯一之月刊，為留美中國學界熱心研究科學者所刊行，宗旨純正，眼光遠大，特色甚多，略舉其要：

（一）材料新穎，包羅宏富，每閱一篇，興味洋溢

（二）宗旨抱定輸入科學，政治空談，概不闌入

（三）撰述自出機杼，譯筆力求雅潔，審定名詞惟主一是

（四）印刷鮮明，圖畫精細，令讀者自生美術之觀感

（五）按月出版絕不愆期

（六）不同營業，故取價廉。

每月一冊大洋二角五分，全年十二冊價洋二元八角六分郵費在內

今已出至第十一期，閱者請從速購，凡各學校各閱報室藏書樓各機關尤宜購備一份以供眾覽

（《新青年》1卷3號）

《通告一》

本志自出版以來，頗蒙國人稱許。第一卷六冊已經完竣。自第二卷起，欲益加策勵，勉副讀者諸君屬望，因更名為《新青年》。且得當代名流之助，如溫宗堯、吳敬恒、張繼、馬君武、胡適、蘇曼殊諸君，允許關於青年文字，皆由本志發表。嗣後內容，當較前尤有精彩。此不獨本志之私幸，亦讀者諸君文字之緣也。

（《新青年》2卷1號）

《通告二》

本志自第二卷第一號起，新闢《讀者論壇》一欄，容納社外文字。不問其「主張」「體裁」是否與本刊相合，但其所論確有研究之價值者，即皆一體登載，以便讀者諸君自由發表意見。

（《新青年》2 卷 1 號）

《女子問題》

女子居國民之半數。在家庭中，尤負無上之責任。欲謀國家社會之改進，女子問題固未可置諸等閒。而家族制度不良造成社會不寧之象，非金融重大問題乎。欲解決此問題，無一不與女子有關。本志與此問題，久欲有所論列。只以社友，多屬男子。越俎代言，慮不切當，敢求女同胞諸君於「女子教育」、「女子職業」、「結婚」、「離婚」、「再醮」、「姑媳同居」、「獨身生活」、「避妊」、「女子參政」、「法律上女子權利」等關於女子諸重大問題，任擇其一，各就所見，發表於本志。一以徵女界之思想，一以示青年之指針，無計於文之長短優劣，主張之新舊是非，本志一律彙登，以容眾見。記者倘有一得之愚，將亦附驥尾以披露焉。

特此布告

新青年記者啟事

（《新青年》第 2 卷第 1、2、3 號、6 卷 4 號連載的「新青年記者啟事」）

《中華民國國語研究會暫定簡章》和《徵求會員書》的廣告

「暫定簡章」九條，《徵求會員書》提出：

……同人等以為國民學校之教科書，必改用白話文體，此斷斷乎無可疑者。惟既以白話為文，則不可不有一定之標準。而今日各地所行白話之書籍報章，類皆各雜其他之方言，既非盡人皆知，且戾於統一之義。是宜詳加討論，擇一最易明瞭、而又於文義不相背謬者定為準則，庶可冀有推行之望。〔註1〕

（《新青年》3 卷 3 號）

〔註1〕 見 1917 年 3 月 9 日、13 日《中華新報》。

《新青年》不退稿的啓事

本志啓示（二）

本之對於投稿，無論登載與否概不退還原稿一節，已在三卷四號聲明。日來復有函索原稿者，特再聲明，恕不一一作覆。本期原定爲《蕭伯納號》。現以譯稿未全，擬緩期出版。有負閱者，伏乞鑒兩原。

（《新青年》3卷4號、5卷6號）

《本志編輯部啓事》

本志自第四卷一號起，投稿章程，業已取消，所有撰譯，悉由編輯部同人，公同擔任，不另購稿。其此前寄稿尙未錄載者，可否惠贈本志。尙希投稿諸君，賜函聲明，恕不一一奉詢。以後有以大作見賜者，概不酬資。錄載與否，原稿恕不奉還。

謹布。

（《新青年》4卷3號）

《本社特別啓示》

易卜生（H.Ibsen）爲歐洲近代第一文豪，其著作久已風行世界，獨吾國無譯本。本社現擬以六月份之《新青年》爲「易卜生號」，其中材料專以易卜生（Ibsen）爲主體。除擬登載易卜生所著名劇《娜拉》（A DoIIs House）全本，及《易卜生傳》之外，尙擬徵集關於易卜生之著作，一位介紹易卜生入中國之紀念。海內外學者如有此項著述，望於五月十日以前寄至北京東安門內，北池子，箭杆胡同，九號，本志雜誌編輯部，爲禱。

（《新青年》4卷4號扉頁）

《本志特別通告》

本報現以第四卷第六號爲易卜生號以爲介紹歐洲近世第一文豪易卜生（Ibsen）入中國之紀念。內有易卜生之名劇《娜拉》、《國民公敵》、《小愛友夫》三種之譯本，及胡適君之《易卜生主義》長論一篇，附以《易卜生》傳與其他關於易卜生之論著。讀者不但可由此得知易卜生之文學思想，且可於

（一冊之內——的三種世界名劇）此為中國文學界雜誌一大創舉。想亦海內外有心文學改良思想改良者所歡迎也。

（《新青年》第 4 卷第 5 號）

「易卜生號」兩則啓事

本社特別啓事（一）

英國蕭伯納（G，Bernava Shaw）為現存劇作家之第一流，著作甚富。本社擬紹介其傑作於國人，即以十二月之《新青年》為「蕭伯納號」。擬先譯《人及超人》（Men and Snpevman）、《巴伯勒大尉》、《華倫婦人之職業》三劇。海內外學者如有關於蕭氏之著述，請徑寄至本志編輯部，為禱。

本社特別啓事（二）

本社擬於暑假後，印行《易卜生劇叢》。第一集中含《娜拉》、《國民公敵》及《社會棟樑》三劇。此外並有胡適君之序言，解釋易卜生之思想。特此布告。

（《新青年》4 卷 6 號）

《每週評論》出版廣告

本報社在北京順治門外騾馬市大街米市胡同七十九號。上海總代派處，四馬路福華里，亞東圖書館。

每逢星期日出版一次，第一次已於十二月廿二日出版。

定價銅子三枚，外埠大洋二分五釐，郵費在內。

內容略分十二類，每次必有五類以上：

（一）國外大事述評（二）國內大事述評（三）社論（四）文藝時評（五）隨感錄（六）新文藝（七）國內勞動狀況（八）通信（九）評論之評論（十）讀者言論（十一）新刊批評（十二）選論

本報文字儘量採用白話體，宗旨在輸入新思想、提倡新文學。

本報對於讀者之投稿極為歡迎，惟概不酬資，登載與否，均不退還原稿。

（《新青年》5 卷 5 號，刊在該期目錄後的第 1 頁）

看《新青年》的，不可不看《每週評論》

看《新青年》的，不可不看《每週評論》

一、《新青年》裏面，都是長篇文章。《每週評論》多是短篇文章。

二、《新青年》裏面所說的，《每週評論》多半沒有。《每週評論》所說的，《新青年》裏面也大概沒有。

三、《新青年》是重在闡明學理。《每週評論》是重在批評事實。

四、《新青年》一月出一冊，來得慢。《每週評論》七天出一次，來得快。

照上邊所說，兩種出版物，是不相同的。

但是輸入新思想、提倡新文學……宗旨卻是一樣，並無不同。

所以，看《新青年》的，不可不看《每週評論》。

（《新青年》6 卷 4 號）

《本雜誌六卷分期編輯表》

第一期：陳獨秀

第二期：錢玄同

第三期：高一涵

第四期：胡適

第五期：李大釗

第六期：沈尹默

（《新青年》第 6 卷 1 號）

《新青年編輯部啓事》

近來外面的人往往把《新青年》和北京大學混爲一談，因此發生種種無謂的謠言。現在我們特別聲明：《新青年》編輯和做文章的人雖然有幾個在大學做教員，但是這個雜誌完全是私人的組織，我們的議論完全歸我們自己負責。和北京大學毫不相干。此布。

（《新青年》6 卷 2 號）

關於關於交換期刊的啓事

《本報啓示》

凡與本報交換的月刊週刊等，請寄北京北池子箭杆胡同九號本報編輯部。各報與本報交換的廣告，請寄上海棋盤街群益書社本報發行部。敬請注意！

（《新青年》6 卷 6 號）

胡適譯《短篇小說》第一集廣告

《短篇小說》，胡適譯，第一集

本館現搜集胡適之先生八年來翻譯的短篇小說十種，彙爲一集，已得譯者的同意，印成單行本。集中諸篇都是選擇最精可爲短篇範本的小說。後附胡先生所著《論短篇小說》一文，詳說做短篇小說的方法，也是研究文學門徑的人不可不讀的文章。

《最後一課》法國都德著

《柏林之圍》法國都德著

《百愁門》英國吉百靈

定價每冊大洋四角

上海五馬路棋盤街西首亞東圖書館發行

（《新青年》6 卷 6 號）

胡適啓事

《胡適啓事》

我因爲先登了《嘗試集》的兩篇序，故有許多朋友來問我這書在何處出售。其實這書還不曾印好，狠抱歉的。這書大概陰曆年底可以出版，歸上海亞東圖書館發行。

（《新青年》6 卷 6 號）

「交換雜誌（廣告）的請注意」的兩份廣告

交換雜誌的請注意！

　　凡與本志交換的報，請發下兩份，一份請寄北京北池子箭竿胡同九號本報編輯部。一份請寄上海棋盤街群益書社本志發行所。本志也是奉寄兩份，便於各報社把一份收藏，一份翻看。但本志都由上海發行所發寄，新交換的各報，請特別注意！

　　交換廣告的請注意！

　　現在雜誌種類既多，交換廣告的事，很繁重了。廣告原稿款式不合的，須要代為排列，排列工夫過大，於引出日期，很有妨礙。以後各報寄與本志的廣告，請列成直式，因為本志以後的廣告，都要排直式的原故。交換廣告，也請寄本志發行所。

（《新青年》7卷1號）

新刊一覽

　　《新刊一覽（以本志收到的為限）》共計33種

　　分報名、發行地點、已出號數、價目

　　如下：

　　北京大學學生週刊

　　新潮（月刊）

　　國民（月刊）

　　新生活（週刊）

　　法政學報（月刊）

　　曙光（月刊）

　　通俗醫事月刊

　　工讀（半月刊）

　　少年（半月刊）

　　新社會（旬刊）

　　工學（月刊）

　　平民教育（週刊）

　　建設（月刊）

　　新群（月刊）

　　解放與改造（半月刊）

少年中國（月刊）

新婦女（半月刊）

少年世界（月刊）

星期評論（週刊）

太平洋（月刊）

科學（月刊）

新教育（月刊）

興華（週刊）

青年進步（月刊）

民風週刊

教育潮（月刊）

錢江評論（週刊）

體育週報

新生命（半月刊）

閩星（半週報）

新空氣（週刊）

向上（半週刊）

社會新聲（半月刊）

（《新青年》7 卷 3 號）

《〈新青年〉自一至五卷再版預約》廣告

本志出版，前後五年，已經印行三十三號。提倡新文學，鼓吹新思想，通前到後，一絲不懈，可算近來極有精彩的雜誌。識見高超的人，都承認本志有改造思想的能力，是中國最有價值的出版物。於是買的一天多一天。從前各號，大半賣缺。要求再版的，或親來，或通信，每天總有幾起。因此敝社發行前五卷再版的預約卷。把前三卷先出，供讀者的快覽。後兩卷因印刷來不及，到二次才能兌清。預約的時間，不能過久，若蒙光顧，還請從速。

預約辦法

冊數：全部：自一卷一號起，至五卷六號止，計三十號，分作五厚冊裝訂。

價值：預約：每部價銀四元一次交足。

書出後：每部實價銀五元不折不扣。

時期：預約期：自登報日起，至陽曆九月二十日截止，外埠以發信日為準。

兌書期：陽九月底，先兌前三卷；陽十一月十日，兌清後兩卷。

寄費：國內：每部五角三分。

國外：日本與國內同，其餘各國，每部一元六角。

注意事項：

無論購預約，或出版後購書，只能五卷合購，不拆零賣。

國內匯兌不通地方，可用郵票代銀，但郵票只能作九五折用。外國郵票，上海沒有用處，請莫寄來。

上海棋盤街群益書社

（《新青年》6 卷 5 號）

重印前五卷廣告

《〈新青年〉第一、二、三、四、五卷合裝本全五冊再版》

《新青年》雖然是力求進步的雜誌，卻是以卷有一卷的色彩，一號一篇都各有各的精神。儘管是現在不談了的問題，但是現在拿起看，仍然不失為很有價值的文章；因為那文章在當時實在是極有關係的。

又有許多現今正在討論的問題，卻是由從前一直說下來的。新近才看《新青年》的人，往往有許多語句，意思，不很瞭解；這是不知道說話的來源的原故，於從前幾卷似乎都不能不看看的！

這《新青年》，彷彿可以算得「中國近五年的思想變遷史」了。不獨社員的思想變遷在這裡面表現，就是外邊人的思想變遷也有一大部在這裡面表現。要研究以後的思想會如何變遷去，就不可不知道現在的思想是如何變遷來的！

《新青年》開手就注重《通信》一欄，因為通信可以隨便發表意見。所以那通信欄裏真有許多好材料現在也還是不能不看的。

還有一個「孔子問題」，是從前《新青年》裏面說得很詳細的，孔子這個

人，我們同他的關係太深，將來有許多糾葛必要弄明白。那麼從前《新青年》裏關於這個問題的議論，竟非詳細參考一下不可！

上海棋盤街群益書社印行

（《新青年》7 卷 1 號）

五卷合賣／不能選擇

常裝；實價銀五元

外加郵費：國內五角，日本八角，其餘各國一元六角

精裝；實價銀六元五角

外加郵費：國內五角，日本八角，其餘各國一元八角

（《新青年》7 卷 1 號）

《國民公報廣告》

本報發刊，已屆十年。現在力圖順應世界潮流，將內容大加改良。採訪中外新聞，務極準確。主張正大，以期促政治之改進，謀思想之革新。又承梁任公先生允將此次歐遊中一切撰述寄與本報發表。其同行之蔣百里、張君勵、徐振飛諸君，均允隨時寄稿。愛讀諸公，必以先睹為快。

社址在北京宣武門外大街。電話：南局五百九十三號。預訂本報全年，大洋六元。每月大洋六角。外埠另加郵費。中交京鈔，按市價折算。特此通告。

（《新青年》5 卷 6 號）

本志所用標點符號和行款的說明

本志從第四卷起，採用新標點符號，並且改良行款，到了現在，將近有兩年了。但是以前所用標點符號和行款，不能篇篇一律，這是很須改良的。現在從七卷一號起，畫（華）一標點符號和行款，說明如左：

（1）標點符號

（a）。表句。

（b），表頓和讀。

（c）；表含有幾個小讀的長讀。

（d）、表形容詞和名詞間的隔離。

（e）：表冒下和結上。

（f）？表疑問。

（g）！表感歎，命令，招呼和希望。

（h）「」『』（甲）表引用詞句的起訖。（乙）表特別提出的詞和句。

（i）——（甲）表忽轉一個意思。（乙）表夾註的字句，和（）相同。（丙）表總結上文。

（j）……刪節和意思沒有完。

（k）（）表夾註的字句。

（l）——在字的右旁。表一切私名，如人名地名等。

（m）﹏﹏在字的右旁。表書報的名稱和一篇文章的題目。

（2）行款

（a）每面分上下兩欄，每欄橫十七字直二十五字。

（b）凡每段的第一行，必低兩格。

（c）凡句讀的『。』『？』『！』『，』『；』『：』等符號，必置字下占一格。

（d）凡『。』『？』『！』三個符號的低下，必空一格。

本志今後所用標點符號和行款，都照上面所說辦理。請投稿和通信諸君，把大稿和來信也照此辦理！

（《新青年》7 卷 1 號，目錄後首頁）

附錄三：《創造月刊》主要文學廣告摘錄（1926年至1929年）

1926年

3月

　　（《創造月刊》1卷1期）卷頭語

　　天地若沒有合攏來的時候，人生的缺陷，大約是永遠地這樣的持續過去吧！啊啊，社會的混亂錯雜！人世的不平！多魔的好事！難救的眾生！

　　回想起來，《創造》季刊的出世，去今已有四五年，《週報》的廢刊，到現在也有兩三個寒暑了！

　　我們覺得生而為人，已是絕大的不幸，生而為中國現代之人，更是不幸中之不幸，在這一個煎熬的地獄裏，我們雖想默默的忍受一切外來的迫害欺凌，然而有血氣者又那裏能夠！

　　我們過去的一切，雖不值得識者的一笑，然而我們的一點真率之情，當為世人所共諒。現在我們所以敢捲土重來，再把《創造》重興，再出月刊的原因，就是因為（一）人世太無聊，或者做一點無聊的工作，也可以慰藉人生於萬一。（二）我們的真情不死，或者將來也可以招聚許多和我們一樣的真率的人。（三）在這一個弱者處處被摧殘的社會裏，我們若能堅持到底，保持我們弱者的人格，或者也可為天下的無能力者、被壓迫者吐一口氣。

　　我們的志不在大，消極的就想以我們無力的同情，來安慰安慰那些正直的慘敗的人生的戰士，積極的就想以我們的微弱的呼聲，來促進改革這不合理的目下的社會的組成。至於創造社的脫離各資本家的淫威而獨立，本月刊為大家公開的園地等等可以不必再說，想早已為諸君所察及。以後每期的稿

子如何，執筆者何人，更不必自吹自捧，預先來引誘諸君。不過有一點我們可以請諸君放心的，就是「我們所持的，是忠實的眞率的態度！」《創造月刊》，從今日起，又得每月與愛護創造社的諸君相見了。

　　一九二六，二月二十一日，達夫

（1926 年 3 月 16 日出版《創造月刊》第 1 卷第 1 期）

1926 年

3 月

《創造月刊》1 卷 1 期

請閱異軍突起的《幻洲》半月刊

　　《幻洲》爲擺脫一切舊勢力的壓迫與束縛，青年的言論權威之集中點，向上的，新的，進取的，不妥協的半月刊。

　　內容計分兩部，前部爲「象牙之塔」，由葉靈鳳主編，專載純文學的作品，小說，戲劇，詩歌，小品雜記，插圖，翻譯都有。後部爲「十字街頭」，由潘漢年主編，專載關於一切不入流的怪文和社會，政治道德以及一切男女婚姻等之問題的批評與討論。假如篇幅有餘，我們還想進而及於裝飾，娛樂及電影諸問題，總之，我們要竭力喊出青年人的可悶和毫無顧忌地說出不得不說的一切話。

　　本刊爲四十六開本，道林紙精印，色紙封面，一切裝訂，排印和插圖方面，都將由靈鳳賣力設計。不願怎樣自誇，自信僅在外觀一方面，出版後一定要予國內定期刊物以一個大大的驚異！

　　每半月超前出版，每次九十頁左右，定價每冊一角。預訂全年二元二角，半年一元二角，國內郵費在內，國外全年加八角，半年加四角。創刊號準本年十月一號出版。編輯及發行通信地點爲上海寶山路三德里 B22 號幻社總部。

（1926 年 3 月 16 日出版《創造月刊》第 1 卷第 1 期）

1926 年

3 月

張資平著《飛絮》，《落葉叢書》第二種

女性第一稱，自敘體的長篇創作，是作者讀了一部日本小說，受著感興而寫成。

作者對於三角戀愛和性的苦悶的描寫的手腕，讀者在他的創作集《愛之焦點》《雪的除夕》等中可以看出。而這部創作因爲是用了女性第一稱的體裁的原故，對於事實結構和心理的描寫上，更寫得深刻入微，異常精彩，實是文壇上寫三角戀愛，不，寫四角戀愛的第一傑作。

一冊四角五分

上海創造社出版部發行

（1926 年 3 月 16 日出版《創造月刊》第 1 卷第 1 期）

1926 年

3 月

《少年維特之煩惱》

郭沫若譯

定價：瑞典紙四角／道林紙六角

本書曾經泰東書局出版，現經譯者重行校閱，改正不少處所，由出版部用瑞典紙及道林紙精校重印，道林紙本並加入原著作及書內主人公夏綠蒂姑娘等寫眞銅圖三幅，較原譯本更見精彩矣。

（1926 年 3 月 16 日出版《創造月刊》第 1 卷第 1 期）

1926 年

4 月

郭沫若作《落葉》

《落葉叢書》第一種

這是一部書函體的長篇創作。是借一位日本姑娘寫給一個中國學生的四十餘封情書連綴而成。這其中可以看出壓在命運的威權和現代社會制度之下的人們的悲哀，也可以看出愛情的魔力。爲了愛，許多平常不敢作的事，現在都毅然行出了。

作者是代中國文壇上有數的人物。這一篇的內容，都是從實生活中體驗

而出。所以應用的文句雖極單純，然一位少女熱烈的情緒，眞率的性格，都已活躍在紙上。

  布面一冊：售洋四角二分

  紙面一冊：售洋二角八分

  上海創造社出版部發行

  寶山路三德里 A 十一號

        （1926 年 4 月 16 日出版《創造月刊》第 1 卷第 2 期）

1926 年

4 月

《出了象牙之塔》

  這是廚川白村泛論文學，藝術；思想，批評社會，文明的論文集。作者說：「我是也以斯蒂芬先生將自己的文集題作《貽少年少女》一樣的心情，將這一小著問世的。」

  現經魯迅先生譯出，陶元慶先生畫封面，全書約二百六十面，插畫五幅，實價七角。外埠直接函購者不加郵費，但不能以郵票代價。

  總發行處：北京東城沙灘新聞路五號，未名社刊物經售處。

        （1926 年 4 月 16 日出版《創造月刊》第 1 卷第 2 期）

1926 年

4 月

創造社出版部啟事一

  二月二十八日爲本部第一期股款截止之期，是日結算，除北京及日本二處因路（遠）尚未報告外，武昌，長沙，上海三地計集得八百六十二股，凡股東一百三十餘人（名錄見洪水第十三期即二卷一期），組織股東會事，已經籌備擬定，不日即發通告。以後關於本部消息，除分發股東外，仍擇尤在月刊及《洪水》上公佈。

        （1926 年 4 月 16 日出版《創造月刊》第 1 卷第 2 期）

創造社出版部啟事二

本部第一期股，已於二月二十八日截止，現經籌備諸君議決自三月十六日起招集第二期股款五千元。簡章如下：

1、本部由創造社同人發起組織，專辦創造社書報之發行事宜。

2、股額五千元，分作一千股，每股五元，一次繳足。

3、八月三十一日為截止期。

4、設股時除股息五釐外，有特價購書之權利。

5、收股處制定如下：

    上海：寶山路三德里本部

    武昌：國立武昌大學張資平

    北京：國立北京大學現代社趙其文

    廣州：國立廣東大學成仿吾

    揚州：第五師範洪為法

    日本：東京帝國大學馮乃超

           東京帝國大學李初梨

（1926 年 4 月 16 日出版《創造月刊》第 1 卷第 2 期）

1926 年

4 月

創造社出版部廣州分部成立啟事

本分部已經組織就緒，營業地點已擇定廣州昌興新街四十二號。愛讀《創造》諸君，如欲購買股票，預訂《創造月刊》，《洪水》半月刊，及預約創造社叢書，請來本分部與周靈均君接洽。

附告：本分部除發行上海總部出版之書報外，並代售國內各種優良文學讀物。

（1926 年 4 月 16 日出版《創造月刊》第 1 卷第 2 期）

1926 年

6 月

《洪水》編輯部緊要啟事一

《洪水》自發行以來，得到國內外青年的意外的同情，銷路日益擴張，現幾超過五千份；這可見我們的小小的《洪水》，從前雖只是一份發表自己的自由思想的刊物，而現在已經對全國青年負著一種重大的使命了。爲使得《洪水》的精神益見堅強，內容益見豐富起見，《洪水》同人議定自九月，即自第三卷第一號，即自第二十五期起，編輯部移至廣州，由郭沫若先生主編，以後社內外同人賜稿《洪水》者，即請直接寄至廣州廣東大學轉《洪水》編輯部。（但賜稿《洪水》第一週年增刊者，仍寄交在上海的全平。）

（1926 年 4 月 16 日出版《創造月刊》第 1 卷第 2 期）

1926 年

6 月

《洪水》

思想沒有滅絕，感情還未冰化，有革命精神的青年人！不可不看擺脫一切派別，拋去一切成見，爲自己努力的半月刊《洪水》！！！

《洪水》自第三卷起，即自二十五期起，改由郭沫若先生主編，郭先生的文字和思想，已爲讀者所深知，所以第三卷的《洪水》的精神將益見猛進，內容將益見精彩，這是可以預卜的。同時《洪水》同人在第二卷滿，第三卷開始的時候，爲增加讀者的興趣和勉勵自己的工作起見，將出一冊有常刊三期或四期那麼大的增刊。本部爲優待愛好《洪水》的諸君起見，在這二卷將滿的時候定了個優待定戶的辦法，請諸君注意。

（1926 年 6 月 1 日出版《創造月刊》第 1 卷第 4 期）

1926 年

6 月

《六種新書預約》

一、增訂本《少年維特之煩惱》精裝六角／平裝四角

　　本書的價值，用不著此地再多說，譯者郭沫若在增訂本的後序中歡呼說：「死了四年的維特於今又復活了起來，我們從書賈的手裏把他救活了，我們從庸俗的醜態裏把他救活了！」這幾句便可見增訂本的價值。

　　全書二百五十頁，新增銅版圖二幅，七月上旬出版。

　　二、增訂本《沖積期化石》精裝六角／平裝四角

　　本書是張資平先生的第一個長篇創作。現在有許多讀者知道張先生是擅長描寫三角戀愛而稱贊他近來的短篇，殊不知這部《沖積期化石》裏另外有他的獨到的描寫和結構爲他的近作所不及。

　　原本誤植太多，現均由作者親校改排，八月出書。

　　三、《木犀》四角五分

　　創造社小說選的第一集，內含未曾單印本的佳作七篇，如陶晶孫的《木犀》，張資平的《聖誕節前夜》，郭沫若的《葉羅提之墓》，淦女士的《隔絕》等。

　　道林紙精印，七月初出書。

　　四、《灰色的鳥》四角五分

　　創造社的小說選第二集，內含仿吾的《灰色的鳥》，沫若的《喀爾美蘿姑娘》，郁達夫的《薄奠》，全平的《嫩筍》，淦女士的《旅行》等七篇。

　　凡六萬字，道林紙精印，七月中出書。

　　五、《橄欖》郭沫若著七角

　　作者是一個流浪人，本書所寫的便是作者與他的愛人在流浪中的故事。有慘絕的生離，有可羨的歡聚，有恬淡的牧歌，有憤恨的咒詛。至於行文的俊美，思想的深遠，不必在此多說。全書分飄流三部曲，行路難，山中雜記，路畔的薔薇四章。

　　凡十萬言，七月末齣書。

　　六《銀匣》郭沫若譯，六角

　　內含高爾綏華斯的社會劇《銀匣》及《正義》兩篇。原文的精彩和譯筆的流暢是不用申說讀者也深知的。

　　附銅版圖二幅，道林紙印二百餘頁，八月初出書。

　　預約法

　　預約一種八五折，二種以上八折，四種以上七五折，全預約六五折。外埠不要郵費，但須掛號費每本五分，以免寄時遺失，郵票十足通用。股東適用記賬法。

自即日起本埠七月二十日截止，外埠七月末止。

（1926 年 6 月 1 日出版《創造月刊》第 1 卷第 4 期）

1927 年

2 月

張資平氏的第一篇著作《沖積期化石》改訂本出版了

精裝六角／平裝四角

這是張資平氏的第一個長篇著作，也可以說是中國近今新文壇上的第一個長篇著作。

一九二二年的二月間，本書曾由泰東圖書局刊行，銷路極形旺盛，但是可憐得很，該版誤植既多，紙張又是惡劣，不僅讀者的不滿意處在此，著者的不滿意處亦復在此。終於這一回決計棄舊換新，毀版重排，愛讀張資平氏著作的諸君，還請再來一見「化石」的新面目。

（1927 年 2 月 1 日《創造月刊》第 1 卷第 6 期）

1927 年

3 月

《瓶》

這是郭沫若在一九二五年作的情詩。

在這裡，作者的藝術較《女神》時代所寫的，更見充實真切。

《旅心》的作者穆木天曾經做過一度的介紹。他說這首《瓶》是實生活的真實的表現，是昇華的人生。

現已印出，每冊二角五分。

（1927 年 3 月 1 日《洪水》半月刊第 3 卷第 28 期）

1927 年

7 月

發售預約《創造月刊》彙訂本第一集

《創造月刊》第一至第六各期，早經售罄，而來函訂購者，仍絡繹不絕，

爲特重印一千，以供需求。書頁用瑞典紙精印，書面用布裝粉字，內有插圖多幅，售價兩元，特售預約一次，照價七折，股東預約六折，郵寄每冊一角五分，掛號另加五分。

預約截止期：七月底

本書出版期：八月半

預約處：上海寶山路三德里創造社出版部

（1927年7月15日《創造月刊》第1卷第7期）

1928年

1月

《浮士德》FAUST

久已喧傳於國內刊物上的世界名著「浮士德」，終於快要出版了。

這本原本是作者歌德一生的力作，姑且可以不說，就是這本譯本，也盡可說是譯者的偉大的功績。

譯者郭沫若在十年前的今日，早存了翻譯全部的宏願，期間因時譯時輟，故未能一了此志。遲之又遲，直到今天才把舊稿整理了一番，修改的修改，補譯的補譯，在下月份的十五號，浮士德準可和你們讀者相見了。

全書計四百餘頁，實價一元二角，凡在印刷期間（即一月十五日以前）預約此書者，一律特價優待。折扣如下：

預約特價

（一）非股東：七五折，計實收洋九角

（二）股東：六折，計實收七角二分

（三）寄費：照書價加一成，如需掛號另加五分

（1928年1月1日《創造月刊》第1卷第8期）

1928年

1月

蔣光慈編《俄羅斯文學》出版預告

全書分二部：上部「十月革命與俄羅斯文學」，下部「十月革命前的俄羅

斯文學」，十二萬餘言，很可爲文學者研究之一助。月內出版，每冊七角。

上海創造社出版部

（1928 年 1 月 1 日《創造月刊》第 1 卷第 8 期）

1928 年

1 月

《創造月刊》的姊妹雜誌《文化批判》月刊出版預告

本志爲一部分信仰眞理的青年學者，在鬼氣沉沉、濁流橫溢的時代不甘沉默而激發出來的一種表現，其目的在以學者的態度，一方面介紹最近各種純正思想，他方面更對於實際的諸問題爲一種最嚴格的批判工作。它將包含哲學，政治，社會，經濟，藝術一般以及其餘有關的各方面的研究與討論。

本社受《文化批判》同人諸君的委託，僅預告《文化批判》月刊將於明十七年元月中與諸君相見。預定函購等概依《創造月刊》辦法。

我們深信《文化批判》將在新中國的思想界開一個新紀元，我們切望海內外覺悟的青年同志們一致起來擁護這思想界的新的生命的力。

創造社謹啓

（1928 年 1 月 1 日《創造月刊》第 1 卷第 8 期）

1928 年

1 月

《創造週報》改出《文化批判》月刊緊要啟事

本報原定一月一日復活起來，重做一番新的工作，但目前因爲本報同人擬一心致志於《創造月刊》的編輯關係，故議決定先將週報停辦，同時改出《文化批判》月刊一種。該刊從十七年元月起，按月逢十五日出版，全年十二冊，零售每期二角八分，預訂全年三元，半年一元六角，國內寄費不加，國外另加全年八角，半年四角；股東訂購，連郵全年計洋二元六角，半年一元五角三分。已預定週報者，得改訂「文化批判」，無須補費，以示優待。（不願者請示辦法）

創刊號要目預告

1、藝術與社會生活

2、理論與實踐

3、哲學的任務

4、科學的社會觀

5、宗教批判

6、滿蒙侵略之社會根據

7、上海（詩兩首）

8、偉大的創造者（小說）

9、同在黑暗的路上走（劇）

10、祝詞

上海創造社出版部謹啓

（1928 年 1 月 1 日《創造月刊》第 1 卷第 8 期）

1928 年

2 月

《文化批判》月刊創刊號出版

這裡是一個強有力的鬥爭場，有我們的幾許戰友的言葉，也有我們的幾許戰友的策略。在這創刊的當兒，我們謹爲讀者介紹。

第一號內容凡十餘篇要目如下：

1、祝詞：成仿吾

2、文藝和社會生活：馮乃超

3、哲學底任務：彭康

4、理論與實踐：朱磐

5、宗教批判：李鐵聲

6、科學的社會觀：朱鏡我

7、滿蒙侵略底社會的根據：同前

8、兩首詩：馮乃超

9、偉大的創造主：李初梨

10、同在黑暗的路上走：馮乃超

定價：二角八分，全年三元，半年一元六角，寄費另加。股東全年二元六角。

上海創造社出版部發行

（1928 年 2 月 1 日《創造月刊》第 1 卷第 9 期）

1928 年

3 月

《前茅》

郭沫若著

每冊三角

這是作者五六年前的舊作集。從詩人早年的作品，如《沫若詩集》和這冊《前茅》，我們就可以見到他的思想的端倪。常聞人言大詩人即大思想家的話，我們讀這部「前茅」就可以得到一個強有力的證明。

（1928 年 3 月 1 日《創造月刊》第 1 卷第 10 期）

1928 年

3 月

《抗爭》

鄭伯奇著

每冊四角

鄭氏這部《抗爭》是他從事著作以來第一次的成績。內容共分兩部：一為戲劇，即：（1）抗爭，（2）危機，（3）合歡樹下；一為小說，即：（1）最後之課，（2）忙人，（3）A 與 B。

鄭氏此集，又以喜劇著稱，劇中對話，靈妙生動，不可不讀。

（1928 年 3 月 1 日《創造月刊》第 1 卷第 10 期）

1928 年

7 月

一個偉大的從新的開場！！！

第一卷的《創造月刊》，是中國新文壇上唯一的純文藝雜誌，曾得了萬千讀者的熱愛。現在是第二卷在開始了！它將從新開始它的步武，將積極地從

商品化的，奴隸化的現代藝術，求她真正的解放，更將建設解放的藝術，建設人類解放的藝術，建設 Proletarian 藝術，同時還要消極地肅清一般庸俗的批評家的見解，克服一切反動的著作家的言論。因此，以後的《創造月刊》是不再以純文藝的雜誌來自縛，它將以戰鬥的藝術求它的出路。

第一期在排印中，要目如下：

《創造月刊》第 2 卷第 1 期

1、新的開場（卷首語）：王獨清

2、冷靜的頭腦（論文）：馮乃超

3、演劇運動之意義（論文）：沈起予

4、帝國的榮光（小說）：鄭伯奇

5、勘太和熊治（木頭戲腳本）：陶晶孫

6、乳娘（戲劇）：龔冰盧

7、外白渡橋（詩）：馮乃超

8、偉大的時代（詩）：君塗

9、火山下的上海（隨筆）：段可情

10、王七豹的出路（小品）：陳極

11、哥爾基論（論文）：嘉生譯

12、哥爾基和我們一道的麼（論文）：李初梨譯

13、壙坑姑娘（小說）：張資平譯

14、不拍手的人（小品）：李初梨譯

15、文藝戰線上的封建餘孽（批評）：杜荃

16、文壇的五月（批評）：何大白

17、文藝界的反動勢力（通信）：梁自強

（1928 年 7 月 10 日《創造月刊》第 1 卷第 12 期）

1928 年

8 月（10 日）

（《創造月刊》2 卷 1 期）「卷頭語」，《新的開場》

獨清

一

　　時期到了，我們要切實努力於我們藝術底解放的時期到了！

　　目前，在這種混亂的狀態下，個人主義的妖氛正迷漫著我們底大陸，我們底一切都快要被這種空氣所窒死，我們底藝術也被加上了重重的桎梏而不能有一步的前進。

　　我們認清了藝術底職務是要促社會底自覺，藝術決不能爲少數者所私有，決不能只作少數特權者底生活和感情的面鏡。我們認清了藝術若不去到多數者底大隊裏面，它底根本便不能成立。

　　所以，在這個重大的時期，我們要切實努力於我們藝術底解放。

　　二

　　時期到了，我們要從藝術中解放的時期到了！

　　這是無容諱飾，過去我們多陷在一個錯誤的深淵裏：我們曾經把藝術當作了一個泥塑的菩薩，在所謂藝術至上主義的聲浪中我們曾經作過些無意義的膜拜。

　　這個是因爲被一向排斥多數者的藝術底本質所迷惑，結果自然成了藝術底奴隸。我們現在的要求是要破壞那種藝術底本質，要使藝術來隸屬於我們底生活而不要使我們底生活爲藝術所隸屬。

　　所以，我們要努力於藝術底解放，還得努力使我們從藝術中解放出來。

　　三

　　但是，我們目前的世界已經分裂成了兩個整個的團體：一個是在盡性地榨取，一個是在血淋淋地苦鬥。這兩個團體底激戰將要愈進愈猛，而決沒有一點可以融和的餘地。

　　在這血淋地苦鬥著的陣營中的我們，誓要奪回我們被剝奪的自由，恢復我們被壓禁到呻吟地步的言論，要把我們底屈辱除去，要使我們有新的生活底到臨。

　　在這兒，我們底藝術有一個新的開場了。

　　「那不是解剖刀而是武器」。這句話我們便用來作了我們今後藝術底製作的唯一信條！

　　四

　　我們要切實努力於藝術底解放，我們要努力使我們從藝術中解放出來，我們要把藝術作爲我們苦鬥的武器，——我們有一個新的開場了！

　　　　　　　　　　（1928 年 8 月 10 日《創造月刊》第 2 卷第 1 期）

1928年

8月

(〈創造月刊〉2卷1期)編輯後記

從這一期起,我們從新開始我們的步武,編輯的大致是跟著文學部決定的方針。從商品化,奴隸化的今日藝術求我們的真正的藝術的解放,建設解放的藝術,建設人類解放的藝術,建設無產階級的藝術,這是我們的原則;同時,我們不能廓清一切流俗的批評家的見解,克服一切反動的藝術的污穢的存在,這是我們的責任。

本志以後不再以純文藝的雜誌自稱,卻以戰鬥的陣營自負。我們在這陣營中,對於敵人加以襲擊,對於同志希求互助。我們曉得我們的勢力很孤單,同時我們決不能因此氣餒。然而,我們要前進的方向,當然是讀者諸君的方向,我們希望於諸君是很厚的。

藝術和我們的身體的發育一樣,同是很普通的事實。我們對於藝術的愛好,不應該是了不得的難事。目前的狀態不容許如此的,就因為藝術獨佔於少數的人。這是藝術墮落,我們不能不在戰鬥的過程中,恢復它本來的作用。我們的文學理論再不是玄妙不可解的東西,而是戰爭的「指導理論」的文學理論。有人以為謾罵,因為他自己覺得被罵。

我們覺得新興文學的作品多數脫不了一向的杵臼,──這是技術上的問題──脫不出前人的技巧,以致把革命的熱情凋萎於纖細的容器中,所以海外新興文學有介紹到中國的需要,故有翻譯欄的新設。這期不能介紹海外的名篇實因不得已的事情。對於海外翻譯文學,或許因為中國人的生活、知識、情感等範疇的不同,不能充分理解亦是意中事,然而,我們不能不向世界文化的水準線,努力恢復我們落後了數世紀的文化。這裡才有我們對於文化運動的熱烈的希望與期待。

本社的工作不局限於文藝,他如美術,音樂,尤其是演劇都是我們提倡的事業。這些工作,當在進展的途中,把它們實現,以後本志亦特別注重關於演劇問題或美術、音樂等問題的文章。

從前,本志由個人來編輯,所以個人的關係就不能不直接影響到雜誌來。這實因同人四散各方,又沒有鞏固的組織。以後,若沒有外間的變故,本志再不會延誤的。

　　本期原擬定爲戲劇專號，以廣介紹各國戲劇運動的近況，復以刺激及促進中國戲劇運動，後因欲使本部各種計劃作平行的進行，再因本社演劇部還沒有具體地成立，不得不作罷。

　　本期新闢文藝時評一欄，以批評國內作品及文藝界的傾向。大白的本期的批評完全是外在的對於文壇的批評。

　　關於外來投稿，這裡要寫點意見。近來用信箋或抄簿紙寄稿的不少，爲我們便利起見，來稿至望用新式原稿紙。還有一件事，近來來稿很多，均有登錄，（已達二百多號）不合用稿件如要退還的必定退還，但是，合用稿件因雜誌篇幅及體裁的關係不即發表而留下的也有。這事要投稿諸兄理解，不要常常走信催促。來稿要退回的至望聲明。

　　近來外間對於本社造了許多謠言，這無非出自他們的個人主義的打算的心機，這是污俗的商人的行爲。但是，我們相信讀者諸君不至爲這套無聊的煽動所瞞蔽，仍將以深厚的同情援助我們的工作。

文學部

一九二八年，六月，二十六日

（1928 年 8 月 10 日《創造月刊》第 2 卷第 1 期）

1928 年

8 月

《水平線下》，郭沫若著（短篇小說集），每冊六角

　　作者此集，共收容到宜興去，尙儒村，亭子間中，湖心亭，百合與番茄，後悔，矛盾的調和等篇，題名水平線下，讀者當不難知道他的內在的意義。

　　在這幾篇文章裏，你們會領悉作者的一切過程。這過程，概括一句起來，可以說作者是從《女神》、《星空》，塔上面降落到水平線下了。但是，並不打緊！他卻又從那最低陷的深處翻個跟斗出來了。這條出路，是可以從他的三部著作：《前茅》，《恢復》和將要出版的《盲腸炎》（以上三冊各三角）裏看取。

　　上海創造社出版部出版

（1928 年 8 月 10 日《創造月刊》第 2 卷 1 期）

1928 年

9 月

（《創造月刊》2 卷 2 期）「卷頭語」《怎樣地克服藝術的危機》

前期文化運動，這是鬱勃的民族感情的爆發，只因為沒有發達了的經濟的社會的基礎，在磽瘠的土壤上不能怒開燦爛的百花，同時，卻因此，它免掉了產業社會的交換法則的頑固的支配。

後期文化運動，這是階級鬥爭的感情的暴風，只因為有了發達的經濟的社會的基礎，在沃饒的土壤上當會開放燦爛的百花；然而，資本家社會普遍的主人——交換法則——的絕對的意志，對於人類的覺悟——階級的醒覺，非加以殘酷的蹂躪不肯干休；卻因此，它不能不遭逢著偉大的危險。

發展途上的中國社會的經濟狀態，漸次給布爾喬亞的趣味文學以相當發達的基礎。

對於認識了社會發展的法則的我們，這個危險不能不是我們的鬥爭的對象！

「大多數就沒有文學，文學就不是大多數的。」這樣厚顏地宣言著的小布爾喬亞的文學家，奴顏婢膝地跪在他們的主人的支配下，為保持「稀有的幸福」的特權階級的少數人，做他們的趣味文學。

藝術愈是商品化，愈與社會的現實相背走。我們不能不從這鐵鎖鏈解放我們的藝術。

其次，我們的鬥爭的對象，不能不直向借革命藝術的美名，密輸布爾喬亞的意識的所謂「民眾藝術」「農民藝術」，揭破牠的美麗的面絹，暴露愚民政策的真相。

怎樣地可能呢？

解決的答案在建設普羅列搭利亞藝術的問題裏。我們的藝術是階級解放的一種武器，又是新人生觀新宇宙觀的具體的立法者及司法官。革命的整個成功，要求組織新社會的感情的我們的藝術的完成。

但是，革命的途上，我們的藝術不能不清掃斬除目前的危機與障礙。我們的路是荊棘的路！

——乃超 12.8.1928

（1928 年 9 月 10 日《創造月刊》第 2 卷第 2 期）

1928 年

10 月

《懸賞徵文審查報告》

徵文審查的結果展緩至今天才能向外間發表，我們是十二分的表示歉意。

四月中由文學部選出審查委員六名當審查責任。

應募稿十三種中，從形式及內容雙方的標準下只能選出兩種。能夠全部符合本社徵文的條件的作品，很遺憾的，還是沒有。經審慎的討議的結果，決定下列兩名當選。

二等當選：汪錫鵬——結局

三等當選：周閬風——農夫李三麻子

汪錫鵬君以多彩的筆觸描繪一女子的流離轉變的命運，配以變亂多端的時代背景之一角。從手法上看來，是成功的作品。同時，作者自身的告白也是很老實的，這篇只把時代的一角描寫出來。這就是說從側面觀看時代潮流的奔潮。取材和態度是制約作品之能否成為偉大的一關鍵，對於我們這位前途燦爛的青年作家的藝術的素質，我們不能不希望他再進一步認識社會的真相。

周閬風君以樸素的手法描寫農村零落過程中農民的憂鬱。手法上雖有多少未成熟的地方，然而農村生活的卷軸重以紆徐的拍子展開，對於他的取材的態度是我們所引為滿意的。我們希望他能夠再把農民的生活，感情及共通的他們的煩悶具體地表現出來。

至於其他未得入選的傾向大抵因為表現技術的未熟，同時流貫內部的，只是個人主義的 Sentimentalism。落葉和少年維特的煩惱深深支配著青年的心情，從審查的經過我們發見這結論。表現形式取日記或手箚體裁的傾向，不過是外面地說明這個事情。

我們明白這個報告會使一部分的讀者不愜意。當選中缺去一等，原來不是我們希望的，但是，事實上，能夠充分滿足我們徵求的條件的作品還是沒有出現，我們這個辦法是萬不得已。同時我們在最近未來中，會有第二次徵文的計劃。我們希望每次徵文之內，可以把二三個有為的青年作家出現到社會裏來。

審查委員：

張資平

王獨清

段可情

李初梨

傅克興

馮乃超（負本文責）

（1928 年 10 月 10 日《創造月刊》第 2 卷第 3 期）

1929 年

1 月

《暗夜》華漢著（定價大洋五角）

這部書，是描寫中國農民的苦況，及其反抗的精神底作品，內容穿插甚多，令人有哭笑不得之感，最後一段，尤富興奮的力量，不明瞭現代中國農民的生活的人們，閱之，可以豁然，就是很瞭解的人們，讀之，也可以一層更深的認識。

（1929 年 1 月 10 日《創造月刊》第 2 卷第 6 期）